ONGOMANE
GOBOLONDO MOUNTAIN
LPLATZ
PIGGS PEAK
DEBEDEBE
MANZINI
BANANENSTAND
FRISEUR
SCHUHMACHER
HARDWARE STORE
GENERAL DEALER
GEGE
MBABANE
LUDZIWANA
LAVUMISA

Oetinger

Kirsten Boie

Mehr von Kirsten Boie (Auswahl)
Thabo – Detektiv & Gentleman – Der Nashorn-Fall
Thabo – Detektiv & Gentleman – Die Krokodil-Spur
Entführung mit Jagdleopard
Der Junge, der Gedanken lesen konnte
Der durch den Spiegel kommt
Skogland
Wir Kinder aus dem Möwenweg

MIX
Papier aus verantwortungsvollen Quellen
FSC® C014496
FSC www.fsc.org

Einband und Vignetten von Maja Bohn
Satz: Dörlemann Satz, Lemförde
Druck und Bindung: GGP Media GmbH,
Karl-Marx-Straße 24, 07381 Pößneck, Deutschland
Printed 2017
ISBN 978-3-7891-2034-3

www.oetinger.de
www.kirsten-boie.de

Kirsten Boie

THABO

- Detektiv & Gentleman -

Der Rinderdieb

Vignetten von Maja Bohn

Verlag Friedrich Oetinger · Hamburg

Eine Namensliste der Personen und eine Liste aller schwierigen Wörter findet ihr ganz am Schluss des Buches.

1

Der Löwe neben uns hat gerade gegähnt, als in meiner Hosentasche das Handy vibrierte. Auf Safaritour stelle ich mein Handy immer auf Vibrationsalarm, meine Damen und Herren. Egal, ob es die Zwei-Stunden-, die Drei-Stunden-, die Dämmerungs- oder die Nacht-Safari ist. Alles andere wäre ja unsinnig. Stellen Sie sich vor, Sie haben gerade eine Gruppe Giraffen aufgespürt oder (auf der Dämmerungs-Safari) vielleicht sogar einen Leoparden, und dann klingelt Ihr Handy! Eish! Das würden Sie auch nicht wollen.

Auch den Touristen sagen Onkel Vusi und ich am Anfang der Tour immer, dass sie ihre Handys ausschalten sollen. Oder wenigstens zum Vibrationsalarm wechseln. Aber es gibt alte Damen, die nicht wissen, wie man es macht. (Verzeihen Sie, wenn das klingt wie mangelnder Respekt vor dem Alter! Es ist aber nur der Respekt vor der Wahrheit.) Manchmal rufen darum ihre Enkelkinder aus England gerade dann an, wenn wir endlich (wie jetzt) eine Löwenfamilie aufgespürt haben, und schon sind die Löwen weg.

Ich weiß natürlich, wie ich mein Handy auf Vibrationsalarm stellen kann, keine Sorge. Darum hat der Löwe auch immer noch neben uns gegähnt, während ich auf dem Beifahrersitz den Text auf dem Display gelesen habe.

SOFORT kommen, Thabo! Eilt!

Ich war verblüfft, als ich den Absender gesehen habe. Es war nicht Miss Agatha. Dabei ist Miss Agatha sonst eigentlich fast die Einzige, die mir SMS schickt. Dafür hat sie mir ja das Handy überhaupt geschenkt und bezahlt meine Karte. Damit sie mich immer und überall schnell erreichen kann, wenn es einen Notfall gibt. Aber diesmal war es kein Notfall. Diesmal kam die SMS von Emma.

Von Emma! Einen Augenblick lang habe ich gedacht, sie will, dass ich zu ihr nach England komme. Da geht Emma nämlich seit einiger Zeit aufs Internat. Emmas Mutter ist Ms Wendy Chapman, der Lion Lodge gehört, und warum sie glaubt, dass die Schulen in England besser sind als die Schulen bei uns im Königreich, verstehen Emma und ich beide nicht. Aber Emma kommt jetzt nur noch in den Ferien zu uns nach Hlatikulu. Zuletzt war sie im Sommer in Lion Lodge, zu Weihnachten.

Aber ich fürchte, ich habe Sie verwirrt, ngiyacolisa! Ich habe mich ja noch gar nicht vorgestellt!

Mein Name ist Thabo, Thabo Sonnyboy Shongwe, und mein Onkel ist Vusi Shongwe, der Ranger in Lion Park. (Ich lebe schon lange bei ihm, schon seit meine Eltern gestorben sind.) Wie alt ich bin, kann ich Ihnen leider nicht enthüllen, weil ein wahrer Gentleman nicht über das Alter spricht, das weiß ich von Miss Agatha. (Ich bin im besten Alter für einen Jungen, so viel kann ich sagen.) Miss Agatha ist die Tante von Emmas Mutter, Ms Wendy Chapman, jetzt verstehen Sie die Zusammenhänge.

Vielleicht fragen Sie sich, warum es einem Jungen, der in Lion Park die Touristen auf Safari begleitet, wichtig ist, wie sich ein wahrer Gentleman benimmt. Ich sage es Ihnen. Später einmal werde ich ein wahrer Gentleman sein, das ist ein Fakt. Ein wahrer Gentleman und ein Privatdetektiv.

Über beides lerne ich viel von Miss Agatha, wenn wir auf dem Seiden-Chintz-Sofa im Wohnzimmer ihres Cottage gemeinsam Filme angucken, auf DVD. Miss Agatha hat viele DVDs über schreckliche Verbrechen. Die meisten werden in England begangen, es muss ein sehr gefährliches Land sein. Am liebsten sehen wir Filme über die englische Dame Miss Marple, die gemeinsam mit ihrem Freund Mr Stringer auch die schwierigsten Verbrechen aufklärt, meistens gegen den Willen der Polizei. Überall auf der Welt ist die Polizei in Fragen der Verbrechensaufklärung nicht sehr hilfreich, das ist bekannt. Miss Agatha und ich mussten das selbst erleben, als wir im Sommer kurz vor Weihnachten unsere ersten beiden Fälle aufgeklärt haben. Gemeinsam mit Emma. Und mit Sifiso.

Sifiso Lovejoy Madlopha ist mein bester Freund, und was er später einmal werden will, kann ich Ihnen nicht mit letzter Gewissheit sagen. (Nicht Gentleman, glaube ich. Aber eventuell, wie ich, Privatdetektiv.) Wahrscheinlich denkt Sifiso nicht so viel darüber nach. Seit seine Eltern an der schrecklichen Krankheit gestorben sind, hat er den ganzen Tag genug Arbeit mit seinen drei jüngeren Geschwistern. Vielleicht wird er später Automechaniker. Autos findet Sifiso sogar spannender als Verbrechensbekämpfung. Trotzdem hat er bei der Aufklärung unserer letzten Fälle eine wichtige Rolle gespielt. (Emma war das nicht immer ganz recht, glaube ich. Emma ist eifersüchtig. Sie möchte allein meine beste Freundin sein.)

Und nun diese SMS, ausgerechnet während der Safari neben der Löwenfamilie!

»Onkel Vusi!«, habe ich leise in das Motorengeräusch des haltenden Jeeps geflüstert. »Ich muss dringend zurück! Können wir Schluss machen?«

Auf der Aussichtsplattform oben auf dem Jeep haben die Touristen glücklich geseufzt und mit ihren Handys und Tablets Fotos oder Videos vom gähnenden Löwen gemacht. Manche hatten sogar echte Kameras dabei.

Onkel Vusi hat auf seine Armbanduhr gesehen. (Er ist sehr stolz, dass er eine Armbanduhr hat. Nicht viele Menschen haben eine Armbanduhr.) »Wir haben noch zweiunddreißig Minuten!«, hat er streng gesagt. »Zwei-Stunden-Safari heißt, dass die Safari zwei Stunden dauert. Ich will von den Gästen keine Beschwerden hören.«

Oben auf den Bänken haben die Touristen sich jetzt gegenseitig mit kleinen Begeisterungsschreien die Bilder auf ihren Displays gezeigt, Onkel Vusi und ich kannten das schon. Das hieß, dass sie die Löwen lange genug gesehen hatten. Wir konnten weiterfahren.

Vor allem möchten die Touristen zu Hause zeigen können, dass sie bei uns in Afrika Löwen gesehen haben. Onkel Vusi und ich wissen das. Giraffen sind gut, Nilpferde sind gut, Nashörner sind gut, Zebras sind gut, Antilopen und Warzenschweine sind eher unwichtig. Aber Löwen und Elefanten müssen sein. Nach einer Safari ohne Löwen und Elefanten geben die Gäste kein Trinkgeld.

»Wir haben die Löwen doch schon geschafft!«, habe ich geflüstert, während Onkel Vusi langsam angefahren ist, um die Löwenfamilie nicht zu erschrecken. (Die Löwenfamilie lässt sich allerdings nicht so leicht erschrecken. Sie kennt Onkel Vusis Jeep.) »Bitte, kehr um, Onkel Vusi! Es geht vielleicht um ein Verbrechen!«

Onkel Vusi hat über das Lenkrad nach vorne geguckt und den Jeep in das Akazienwäldchen mit der Wasserstelle gelenkt, die auch jetzt mitten im Winter und nach drei Monaten ohne Regen noch nicht vollkommen ausgetrocknet war. Sie verstehen, dass sich darum an der Wasserstelle vor allem in der Trockenzeit immer viele Tiere versammeln. Für Onkel Vusi und mich ist das praktisch.

»Nur noch die Elefanten!«, hat er gesagt und fünf Wagenlängen vor der Wasserstelle angehalten. »Dann kannst du zu deinem Verbrechen, Thabo.«

(Ich fand nicht, dass Onkel Vusi so leichtfertig über Verbrechen sprechen durfte. Er hatte schließlich bei meinem ersten Fall am eigenen Leib erlebt, wie wichtig meine Arbeit als privater Ermittler war. Aber Onkel Vusi ist mein Onkel und hat mich bei sich aufgenommen, darum kritisiere ich ihn nicht.)

Oben auf der Plattform haben die Touristen wieder begeisterte Laute ausgestoßen. Drei große Elefanten haben im Schlamm am Rande des Teichs ihre Rüssel ins Wasser gehalten und getrunken. Oder sich mit dem Wasser selbst nass gespritzt. Ich wusste, dass oben jetzt wieder Videos gemacht wurden. Nach dieser Safari durfte ich auf ein gutes Trinkgeld hoffen.

»Bitte beachten Sie auch die Jungen!«, hat Onkel Vusi leise nach oben gesagt. »Sehen Sie sie?«

Drei kleine Elefanten haben im Dickicht hinter der Wasserstelle Blätter von den Zweigen gerupft. Eine ältere Touristin mit Safari-Hut hat glücklich aufgestöhnt.

»Siehst du das, Leonard?«, hat sie geflüstert. »Kriegst du die drauf?«

Ihr Mann trug auch einen Safari-Hut. Viele Touristen tragen kakifarbene Safari-Kleidung, wir verstehen nicht wirklich, warum. Miss Agatha sagt, wenn die Touristen keine Safari-Kleidung tragen, haben sie nicht das Gefühl, dass sie wirklich in Afrika sind. Und dass sie etwas Gefährliches erleben. Gefährlich muss Afrika schon sein.

Das Gefühl konnten wir ihnen zum Abschluss unserer Safari gerne verschaffen.

»Wir können leider nicht auf dem direkten Weg zurück«,

hat Onkel Vusi nämlich gesagt. »Sonst müssten wir zwischen der Mutter und ihren Kälbern hindurch. Und das mögen Elefantenmütter gar nicht!«

Oben auf der Plattform haben die Touristen den Atem angehalten. Touristen sind merkwürdig. Wenn sie sich bei ihrer Safari nicht wenigstens ein bisschen fürchten, sind sie unzufrieden. Andererseits möchten sie aber auch gerne lebend nach Hause zurückkommen.

»Greifen die uns sonst an?«, hat die Frau mit dem Safari-Hut begeistert gehaucht. »Oh mein Gott!«

Mein Handy hat wieder vibriert. ***Wo bleibst du, Thabo, verdammt!***, hatte Emma geschrieben. ***Bin bei Auntie Agatha.*** Ich habe es ausgeschaltet.

»*Manchmal* greifen sie an«, habe ich dann nach oben gesagt. »Elefanten. Wenn sie glauben, wir würden ihren Kindern was tun. Was glauben Sie denn, warum Sie hier nicht allein mit Ihren Autos rumfahren dürfen?«

»Oh!«, hat die Frau gesagt. Der Mann neben ihr hat die Augen weit aufgerissen, und ich wusste, dass Onkel Vusi jetzt wenden und zurückfahren konnte. Die Touristen hatten Löwen und Elefanten gesehen und ihren Nervenkitzel gehabt. Danach würde es ihnen nichts ausmachen, wenn die Zwei-Stunden-Safari nicht wirklich zwei Stunden gedauert hatte. Sie hatten genug Bilder für ihre Freunde zu Hause gemacht.

Und ich habe tief in mir drin ein kleines, glückliches Gefühl gefühlt. Emma war wieder da! Natürlich haben Sie schon gemerkt, dass Emma ziemlich ungeduldig und keine wahre Lady ist. Nicht nur, weil ihr das nötige Alter für eine Lady fehlt. Eine wahre Lady würde niemals »verdammt« in einer SMS schreiben. *Sagen* würde sie »verdammt« auch nicht. Leider ist das Emma ganz egal.

Vielleicht wundern Sie sich, dass ich »leider« schreibe. Sie denken, dass es mir doch ganz gleichgültig sein kann, ob Emma sich wie eine wahre Lady benimmt. Das ist leider (wieder!) nicht die Wahrheit.

Denn wahrscheinlich werde ich Emma heiraten, sobald ich ein Gentleman bin. (Ich habe nur noch nicht entschieden, ob sie meine erste oder meine zweite Frau werden soll.) Und die Frau eines Gentlemans sollte sich natürlich wie eine Lady zu benehmen wissen.

Das andere Mädchen, das ich (wahrscheinlich) später heiraten werde, ist Hlahla Delighty. Hlahla Delighty ist Sifisos ein bisschen jüngere Schwester. Sie ist lieb und fleißig und zuverlässig und hilft Sifiso sehr dabei, sich um die beiden Kleinen zu kümmern. (Die beiden Kleinen sind Sibusiso Pilot und Lungile Lemonade. Sich um Pilot und Lemonade zu kümmern, ist nicht immer einfach. Vor allem Lemonade hat den Geist eines Schwarms wilder Bienen in sich, sagt Sifiso. Ich weiß nicht, wie er es mit Lungile Lemonade aushält.)

Jeden Tag kocht Hlahla Delighty den Maisbrei im dreibeinigen Topf (nur wenn Maismehl da ist, natürlich) und holt das Wasser und wäscht die Kleider für alle im Fluss, selbst wenn sie in der Trockenzeit weit dafür gehen muss. Eine Frau wie Hlahla Delighty ist eine Freude für jeden Mann, der die Lobola für sie zahlen kann, meine Damen und Herren. (Die Lobola ist der Brautpreis, das wissen Sie.)

Bei Emma bin ich mir manchmal nicht so sicher, was die Freude betrifft. Aber vielleicht ist mir die Lobola für zwei Frauen sowieso zu teuer. Und außerdem habe ich ja noch Zeit.

2

Auf dem Parkplatz von Lion Park sind die Touristen zufrieden aus dem Jeep gestiegen. Der älteren Frau mit dem Safari-Hut musste ich helfen, die Leiter von der Plattform nach unten zu klettern. Sie hat trotzdem gelächelt.

Die Touristen haben alle gelächelt. Auf dieser Safari hatten sie genug Fotos und Videos für ihr Geld gemacht. Darum haben sie auch alle Trinkgeld gegeben, und nicht wenig.

»Neunzig Emalangeni!«, hat Onkel Vusi gesagt, nachdem ich ihm auch meine Münzen hingehalten hatte. »Eish!« Mit Trinkgeldern verdient Onkel Vusi viel mehr als mit seinem Ranger-Job.

Und zum Glück gibt er das Geld auch nicht immer gleich für Buganu oder Tjwala aus wie Sipho Joyful. Sipho Joyful ist leider ein Ranger-Kollege von Onkel Vusi, und ohne ihn wäre das Leben schöner, sagen Onkel Vusi und die anderen drei Ranger Xolani, Bongani und Sipho Happy. Jetzt hat er schon wieder auf einer Bank am Parkplatz gelegen, die eigentlich für die Touristen gedacht war, und hat geschnarcht, mit einer Dose teurem namibischem Windhoek Beer neben sich. Um so viel Geld für Bier zu bekommen, wie Sipho Joyful es jeden Tag trinkt, muss er bestimmt viel mehr Trinkgeld kassieren als Onkel Vusi und ich.

»Ich geh dann mal, Onkel Vusi!«, hab ich gesagt. »Ich bin zurück, bevor es dunkel wird!«

»Grüß deine kleine englische Freundin von mir!«, hat Onkel Vusi gesagt. Aber ich bin schon losgerannt.

Vom Parkplatz von Lion Park zu Miss Agathas Cottage ist es nicht weit. Auf dem Weg habe ich an Emma gedacht und daran, wie ungeduldig sie sein konnte. Früher habe ich das jeden Tag zu spüren bekommen. Aber jetzt ist Emma den größten Teil des Jahres in ihrem englischen Internat. Nur an Weihnachten und in ihren großen Ferien kommt sie nach Hause. Ihre großen Ferien dauern von Kholwane, dem Monat des Spatzen, bis Inyoni, dem Monat der Wanderung. (Dazwischen liegt auch noch Ingci, der Monat der Antilope. Fast drei Monate Ferien! Eish!)

Ich weiß nicht, warum die Engländer ausgerechnet im Winter so lange Ferien haben. Emma sagt, weil es in England dann Sommer ist, Juli, August, September. Da fahren die Menschen an den Strand und baden. Obwohl es am Tag in England dann fast gar nicht wärmer ist als bei uns in diesen Monaten. Was für ein kaltes Leben!

Ich habe gleich gesehen, dass Emma nicht der einzige Gast in Miss Agathas Garten war. Auf dem Tisch, der wie immer auf dem Rasen mit den Bougainvilleen gedeckt war (der Rasen war nach der langen Trockenzeit natürlich gelb), standen (auch wie immer) eine Kanne Tee und eine Platte mit Scones. Scones sind Miss Agathas Lieblingsgebäck, Sie werden sie kennen. Es sind diese englischen Kuchenbrötchen, die ein wenig schmecken wie süßer, getrockneter Lehm. Der Geschmack der Engländer ist merkwürdig, das wissen wir alle hier im Königreich. Aber die Freunde von Miss Agatha haben sich daran gewöhnt.

Heute saßen (neben Emma) zwei Freunde von Miss Agatha am Tisch: Der erste war Reverend Hlophe, der uns bei der Aufklärung unseres letzten Verbrechens vielleicht nicht ganz so geholfen hatte, wie es einem Mann Gottes hätte möglich sein sollen; dafür hatte er uns aber in seinem hellblauen Morris Minor 1000, Baujahr 1967, zum Finalspiel des Wohltätigkeitspokals der Königlichen Brauerei (Manzini Leopards gegen Mbabane Mambas) im Zonkizizwe-Stadion mitgenommen. Wir waren ihm sehr dankbar gewesen. Miss Agatha hatte uns nicht fahren wollen.

Den zweiten Gast hatte ich noch nie gesehen. Er hatte weiße Haare und viele Falten, was hieß, dass er alt war. Dem Alter gebührt unser Respekt, deshalb habe ich ihn auch begrüßt, bevor ich Emma begrüßt habe.

»Sawubona, Nkhosi!«, habe ich gesagt und mich ein wenig verbeugt.

»Das ist mein guter alter Freund Buyisiwe Fairplay Dlamini, Thabo!«, hat Miss Agatha fröhlich gerufen, bevor Babe Dlamini meine Begrüßung beantworten konnte. (Für eine Lady war das nicht sehr höflich, ich staune.) Dabei hat sie nicht aufgehört, mit ihren Stricknadeln zu klappern. Miss

Agatha kann stricken, ohne hinzusehen. »Er ist für einige Zeit aus Mbabane zu Besuch bei seiner Familie! Wir kennen uns noch aus der Zeit, als unsere englische Königin auch Königin hier im Land war. Wie waren wir jung damals, Buyisiwe! Und wie gut konntest du tanzen!«

Babe Dlamini hat sich leicht verneigt, so gut das im Sitzen möglich war. »Und du warst die Schönste auf jedem Fest, wenn es mir gestattet ist, das zu sagen, Agatha!«, hat er gesagt. »Ich habe weiß Gott lange genug versucht, dich zu überzeugen, meine zweite Frau zu werden!«

Miss Agatha hat gelacht. Ihre Stricknadeln waren einen Augenblick still. »Zweite Frauen sind bei uns nicht üblich, wie du weißt, Buyisiwe!«, hat sie gesagt. »Ich habe mich trotzdem geschmeichelt gefühlt.«

Emma hat mich die ganze Zeit angestarrt. Nicht wirklich freundlich, muss ich sagen. »Wo warst du denn so lange, Thabo, verdammt?«, hat sie geflüstert. Mit vollem Mund. Vielleicht kriegt sie in ihrem englischen Internat nicht genug Scones. »Ich hab dir zwei Nachrichten geschickt!«

War das eine Begrüßung nach mehr als fünf Monaten, meine Damen und Herren? War das eine Begrüßung? Aber ich kenne ja Emma.

»Ich war mit dem Jeep in Lion Park unterwegs!«, habe ich gesagt. (Ich weiß, das war auch nicht sehr freundlich.) »Onkel Vusi hat die Safari extra früher abgebrochen.«

Wenn Sie glauben, dass Emma jetzt »Oh, dann entschuldige bitte!« oder »Oh! Vielen Dank!« gesagt hätte, dann haben Sie Emmas Charakter noch nicht vollständig verstanden. Das wird Ihnen noch gelingen, haben Sie keine Sorge.

»Jedenfalls schön, dass du wieder hier bist!«, habe ich hinzugefügt. »Herzlich willkommen zu Hause, Emma!«

Emma hat geschnaubt. Um ein Verbrechen ging es bei ihren eiligen SMS also offenbar nicht. Sonst hätte sie doch etwas gesagt.

In diesem Augenblick haben vor Miss Agathas Cottage Reifen auf dem Kies geknirscht. Ein Auto hat gebremst, und alle haben wir unsere Köpfe in die Richtung gedreht, wo jetzt Inspector Gwebu lächelnd um die Ecke kam.

3

Inspector Quinton Gwebu, mit dem wir bei der Aufklärung unserer letzten Fälle manchmal zusammengearbeitet haben, ist der Chef des Polizeipostens Debedebe und einer von Miss Agathas guten Freunden.

»Quinton!«, hat Miss Agatha gerufen. »Wie nett! Setzen Sie sich doch zu uns!« Dann hat sie über die Schulter ins Haus gerufen: »Dumisani! Kannst du bitte noch eine Teetasse bringen? Der Inspector ist gekommen!«

Inspector Gwebu hat abgewinkt. »Nicht nötig, Agatha, nicht nötig!«, hat er gesagt und sich ächzend auf den letzten freien Stuhl fallen lassen. Inspector Gwebu ist ein Freund stärkerer Getränke. Bei Miss Agatha bekommt er sie leider nicht. Aber er muss ständig zu so vielen Beerdigungen, dass er keinen Mangel leidet.

»Wirklich nicht, Quinton?«, hat Miss Agatha gefragt. »Aber wenigstens einen Scone? Was führt Sie zu mir?«

Inspector Gwebu hat sich ein Kuchenbrötchen genommen und mit Genuss hineingebissen. »Ich wollte nur mal kurz vorbeischauen«, hat er gesagt. (Mit vollem Mund, ich will es nicht verschweigen. Inspector Gwebu legt keinen Wert darauf, ein Gentleman zu sein.) »Ich war heute den ganzen Tag wegen der Brandstiftung unterwegs, sicher haben Sie schon davon gehört? Oben am Gobolondo Mountain?« Er hat sich noch einen Scone genommen.

»Furchtbar!«, hat Miss Agatha gesagt und ihr Strickzeug einen Augenblick sinken lassen. Ich wollte mir nicht vorstellen, was es werden sollte und für wen. »Furchtbar, furchtbar! Wie viele Hütten waren es?«

Babe Dlamini hat sich vorgebeugt. »Wie viele Hütten waren was?«, hat er interessiert gefragt. Er war ja gerade erst aus Mbabane gekommen, da konnte er natürlich nicht alles wissen, was hier bei uns passiert war.

»Drei!«, hat Reverend Hlophe gesagt. »Die armen Familien! Alles abgebrannt und alles verloren! Ihre Kleidung, das Maismehl und die Bohnen, die Schulhefte der Kinder, sogar ihre Hühner, alles verbrannt. Ich bete für sie.« Er hat sich noch einen Scone genommen.

»Ein kleines Mädchen wäre in den Flammen fast ums Leben gekommen, sie liegt jetzt im Krankenhaus in Mbabane!«, hat Miss Agatha gesagt. »Stell dir vor, Buyisiwe! Was müssen das für Menschen sein, denen es nichts ausmacht, wenn ein Kind verbrennt? Furchtbar! Und die Feuerwehr natürlich wie immer zu spät!«

Vielleicht haben Sie nicht gedacht, dass wir eine Feuerwehr haben bei uns im Königreich. Aber wir haben eine Feuerwehr. Nur kommt sie oft nicht rechtzeitig, vor allem, wenn nur kleine Hütten brennen und nicht eine große

Fabrik, das ist ein Fakt. Und wenn die Feuerwehr kommt, gibt es sowieso oft kein Wasser, um den Brand zu löschen, vor allem nicht in der Trockenzeit. Was kann eine Feuerwehr tun, die kein Wasser hat? Eish! Diese Feuerwehr kann gar nichts tun. Das wird in der Trockenzeit in Ihren Ländern nicht anders sein.

»Und, haben Sie schon einen Verdacht, Babe Gwebu?«, hat Mr Dlamini gefragt. »Wer tut so etwas? Wer setzt denn Hütten in Brand, noch dazu in so einer abgelegenen Gegend? Am Gobolondo Mountain, haben Sie doch gesagt?«

Inspector Gwebu hat genickt und geschluckt. Darum konnte man seine Antwort jetzt besser verstehen. »Genau das erschwert die polizeiliche Aufklärungsarbeit, Babe Dlamini!«, hat er geantwortet. »Verstehen Sie? Wenn niemand einen Vorteil davon haben konnte, dass die Hütten brannten. Armselige Hütten, und ganz abgelegen! Bei der Verbrechensaufklärung suchen wir immer zuerst nach dem Motiv. Aber was kann die Polizei tun, wenn kein Motiv erkennbar ist? Hier stoßen wir an die Grenzen unserer Ermittlungsarbeit.«

Die Grenzen der Ermittlungsarbeit! Eish! Was hätte die englische Dame Miss Marple wohl getan, wenn kein Motiv erkennbar war? Miss Marple hätte jedenfalls nicht so schnell aufgegeben, das ist ein Fakt. Aber die Polizei ist eben die Polizei. Darum brauchen wir so dringend private Ermittler.

Emma hatte sich weit vorgebeugt. (Sie verstehen: Emma hörte auch zum ersten Mal von der Brandstiftung und dem kleinen Mädchen. Emma war ja gerade erst aus ihrem kalten englischen Sommer gekommen.)

»Es *muss* ein Motiv geben!«, hat Emma gesagt. Ich wusste genau, was sie dachte. Und warum sie plötzlich so zufrieden aussah: Vielleicht standen wir kurz vor unserem dritten Fall! Kaum war sie aus ihrem englischen Internat zurück! Wir würden uns in ihren großen Ferien nicht langweilen. »Was ist mit Rache als Motiv, Babe Inspector Gwebu? Haben Sie darüber nachgedacht?«

Inspector Gwebu hat abgewinkt.

»Ich habe alle drei Familien befragt!«, hat er gesagt. ›Könnte es einen Grund geben, dass irgendwer euch schaden wollte?‹, habe ich alle drei Familien gefragt. Sie haben alle drei verneint. Es gibt also keinen solchen Grund.«

Emma hat mich angeguckt und mit den Augen gerollt. (Niemand kann mit den Augen rollen wie Emma.) Dies war wieder ein typischer Fall, bei dem die Polizei nicht klug genug ermittelte. (Vielleicht ist es angebracht zu sagen: schlampig. Ein Fall, bei dem die Polizei schlampig ermittelte.) Was, wenn zum Beispiel – ngiyacolisa, aber ich muss diese Dinge erwähnen, weil es diese Dinge gibt! – ein Mann aus einer der abgebrannten Hütten eine Geliebte hatte – und diese Geliebte war die verheiratete Frau eines anderen Mannes? Hätte dieser Ehemann dann nicht einen guten Grund gehabt, sich zu rächen und die Hütte des Liebhabers abzubrennen und vielleicht sogar – ngiyacolisa, ngiyacolisa! – seine ganze Familie auszulöschen? Viele Verbrechen in unserem

Land geschehen, weil Ehemänner sich rächen wollen, das wird bei Ihnen nicht anders sein.

Und hätte dieser Liebhaber Inspector Gwebu dann von seiner Geliebten erzählt? Eish! Nie im Leben hätte er das getan. Natürlich dürfen wir nach den alten Sitten zwei Ehefrauen haben (oder mehr) bei uns im Königreich, wenn unser Geld für zwei Ehefrauen reicht; aber die Ehefrauen anderer Männer dürfen wir nicht lieben. Es ist gegen das Gesetz. Es wird bestraft. Niemals würde ein Mann Inspector Gwebu darum von so einer Liebe berichten! Ich habe mich gewundert, dass Inspector Gwebu nicht selbst auf die Idee gekommen war.

Andererseits: Die Polizei kommt selten von allein auf die richtigen Ideen, wir haben es bei unseren letzten Ermittlungen erfahren müssen. Und wenn die Polizei nicht von allein auf eine Idee gekommen ist, macht es keinen Sinn, sie davon überzeugen zu wollen. Von fremden Ideen lässt die Polizei sich nicht überzeugen, Sie können es aus den Filmen lernen, die Miss Agatha und ich gemeinsam studiert haben. In England versucht Miss Marple es immerzu. Aber der englische Inspector seufzt nur, wenn sie ihm etwas erklären will. Natürlich behält Miss Marple am Ende immer recht.

So war es bisher auch jedes Mal bei uns in Hlatikulu gewesen.

Inspector Gwebu hat jetzt den letzten Scone von der Platte genommen. »Und es ist zusätzlich schwierig, bei den Ermittlungen voranzukommen, wenn die Mitarbeiter verschwunden sind und man ganz auf sich allein gestellt ist!«, hat er gesagt. Ein paar Krümel sind aus seinem Mund auf den Tisch gespritzt. »PC Sipho Godbless – wieder mal nicht aufzutreiben!«

»War er wieder wegen seiner Lobola unterwegs?«, hat Miss Agatha mitfühlend gefragt.

Die Lobola, das hatte ich gesagt, ist der Brautpreis, den der Bräutigam der Familie der Braut vor der Hochzeit zahlen muss. Eine schöne Braut kostet mehr Rinder als eine hässliche. Und eine Braut, an der der Mann später verdient – also eine Braut, die studiert hat und zum Beispiel als Anwältin oder bei einer großen ausländischen Firma jeden Monat viele Emalangeni bekommt, kostet manchmal sogar noch mehr. Aber ich konnte mir nicht vorstellen, dass Sipho Godbless viel für seine Verlobte zahlen musste. Emma und ich hatten diese Verlobte einmal gesehen. Ich will nicht respektlos sein, meine Damen und Herren, aber die Verlobte Duduzile Mbisi hatte nicht ausgesehen, als könnte sie besonders teuer sein.

»Weiß der Himmel!«, hat Inspector Gwebu gesagt und mit den Augen den Tisch abgesucht. Leider vergeblich. Es war alles aufgegessen. »PC Sipho ist nicht zum Dienst erschienen, so viel kann ich sagen. Ohne Entschuldigung.« Dann hat Inspector Gwebu vielleicht begriffen, dass es unhöflich war, wenn immer nur er geredet hat.

»Und Sie, Reverend Hlophe?«, hat er gefragt. »Alles in Ordnung mit Ihren Schäfchen?«

Ich habe versucht, Emma ein Zeichen zu geben, dass wir

unauffällig aufstehen sollten. Bei solchen Gesprächen zwischen Erwachsenen dabeizusitzen und mit den Füßen zu wippen vor Ungeduld, kann Zeitverschwendung sein, ngiyacolisa. Vor allem, nachdem Inspector Gwebu gerade von der schrecklichen Brandstiftung berichtet hatte. Emma und ich mussten uns so schnell wie möglich an die Aufklärungsarbeit machen.

Aber vielleicht hat sich Emma noch immer über mich geärgert. Jedenfalls hat sie getan, als hätte sie meinen Blick gar nicht gesehen. Und dabei hatte ich ihr doch eben gar nicht schnell genug kommen können!

»Ja, Reverend Hlophe!«, hat Emma gesagt und sogar noch einen Schluck Tee genommen. »Und auch alles in Ordnung mit Ihrem Auto?« Vielleicht dachte Emma, dass sein Morris Minor Reverend Hlophe mehr interessierte als seine Schäfchen. Sie kannte ihn schließlich gut.

4

»Reverend Hlophe ist wegen des Kirchturms hier!«, hat Miss Agatha gesagt. »Ich dachte, ich sollte ihn mit meinem guten Freund Buyisiwe bekannt machen. Ich bin sicher, Buyisiwe ist ein guter Christ und kann Ihren großen Wunsch daher verstehen, Reverend!«

Ich habe gesehen, wie Babe Dlamini ein wenig zusammengezuckt ist. Aber vielleicht muss ich Ihnen zunächst erklären, was Reverend Hlophes größter Wunsch ist, schon lange. Reverend Hlophes größter Wunsch ist ein Kirchturm mit einer Glocke für seine kleine Kirche bei uns in Hlatikulu. Ich weiß, dass bei Ihnen in England alle Kirchen einen Kirchturm haben, sogar in den kleinen Dörfern. Sie haben einen Kirchturm, und sie haben gleich mehrere Glocken. Ich weiß es aus den Filmen, die ich mit Miss Agatha ansehe. Woher Reverend Hlophe es weiß, kann ich nicht sagen.

Bei uns im Königreich haben nur wenige Kirchen einen Kirchturm. In Hlatikulu zum Beispiel hat die Kirche keinen Turm. Gerade darum wünscht sich Reverend Hlophe so sehnlich einen Turm. Die Glocken könnten die Gläubigen am Sonntag zum Gebet rufen, sagt er.

Es ist aber nicht nötig, die Gläubigen kommen auch ohne Glocken. In England dagegen können die Glocken läuten wie verrückt, sagt Emma, viele Gläubige machen sich am Sonntag trotzdem nicht auf den Weg. Ich weiß also nicht, ob ein Turm mit Glocken wirklich nützlich ist.

»Natürlich verstehe ich Ihren Wunsch, Reverend!«, hat Babe Dlamini gerufen. »Ein Wunsch zu Ehren Gottes, nichts anderes!« Er hat geseufzt. »Und ich will diesen Wunsch gerne von ganzem Herzen und im Gebet mit all meiner Kraft unterstützen! Nur leider, leider – ngiyacolisa, Reverend! – nicht mit meinem Geld.«

Ein Schweigen hat sich über den Tisch gebreitet. (Sie kennen dieses Schweigen vielleicht. Niemand wagt, etwas zu sagen, weil alle sich schämen.)

Dann hat Miss Agatha gelächelt. »Muss ich mir etwa Sorgen um dich machen, Buyisiwe?«, hat sie gefragt. »Läuft es nicht so mit der Firma?«

Sie hat erklärt, dass Babe Dlamini ein großes Logistikunternehmen besitzt. Logistikunternehmen bedeutet, das werden Sie wissen, dass ihm viele Trucks gehören, die Waren aus dem Königreich nach Südafrika transportieren und auf dem Rückweg von Südafrika andere Waren ins Königreich. Es sind moderne Trucks. Ich begreife, dass Miss Agatha geglaubt hatte, Mr Dlamini könnte Reverend Hlophe vielleicht mit seinem vielen Geld zur Seite stehen.

»Sorgen ist ein großes Wort, Agatha!«, hat Mr Dlamini geseufzt. »Aber die Zeiten! Die Zeiten sind schlecht! Oder mit anderen Worten: Die Zeiten sind nicht so gut, wie sie sein könnten. Darum habe ich für Türme und Glocken im Augenblick leider einfach kein Geld übrig. – Ja, wenn die Zeiten wieder besser werden, dann ganz gewiss, ganz gewiss!«

Ich habe Emma angeguckt. Sie sah aus, als ob sie dachte, wer denn wohl sonst Geld für Türme und Glocken übrig haben sollte, wenn nicht jemand, dem viele Lastwagen gehören, Zeiten hin oder her.

»Allerdings!«, hat Mr Dlamini gerufen, und dabei hat er gelächelt, als wäre ihm gerade etwas ganz Wunderbares eingefallen. »Was ist mit den Touristen? Versuchen Sie es doch bei den Touristen, Reverend, wie wäre es damit?«

Reverend Hlophe hat zurückgelächelt. Er ist ein höflicher Mensch.

Ich hab mich zu Emma hinübergebeugt. »Lass uns gehen, Emma!«, habe ich geflüstert. So interessant waren Türme und Glocken nun auch nicht, wenn am Gobolondo Mountain eine Brandstiftung auf Aufklärung wartete.

Emma hat gnädig genickt. Miss Agatha hat ihr einen strengen Blick zugeworfen. Ich habe meinen Stuhl zurückgeschoben.

»Vielen Dank für den Tee und die Scones, Miss Agatha!«, habe ich höflich gesagt. »Aber mich ruft die Pflicht.«

»Wagen waschen?«, hat Miss Agatha gefragt und gelächelt. Sie weiß, dass ich mich nach jeder Safari um Onkel Vusis Jeep kümmern muss.

»Und ich helf ihm!«, hat Emma gesagt und ist auch aufgestanden. »Salani kahle, alle zusammen! Viel Erfolg mit dem Turm, Reverend! Bessere Geschäfte, Babe Dlamini! Viel Erfolg bei den Ermittlungen, Inspector Gwebu!«

Die Männer am Tisch haben freundlich gelächelt.

»Dann los, Thabo!«, hat Emma gesagt. »Es gibt was zu tun.«

Sie hatte ja keine Ahnung, wie viel es zu tun geben würde.

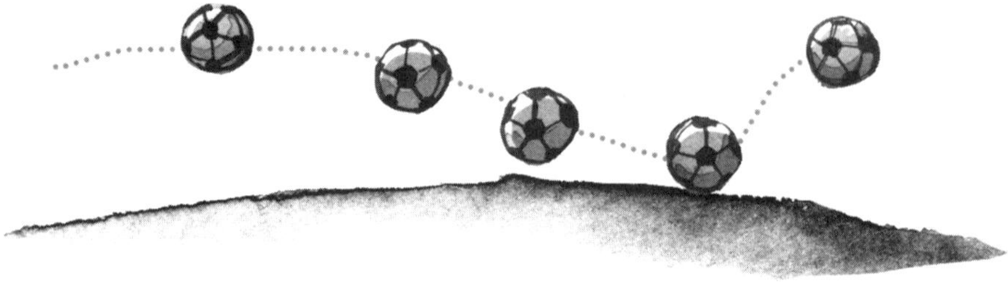

5

»Und warum sollte ich denn jetzt so eilig kommen?«, hab ich Emma gefragt, als wir durch das geöffnete Tor aus Miss Agathas Garten auf die rote Sandpiste getreten sind. »Ich dachte schon, dir ist etwas Schreckliches passiert!«

»Ach, vergiss es!«, hat Emma gesagt. Auf einmal hat sie wieder böse ausgesehen. Ich hätte sie nicht an ihre SMS erinnern sollen. »Du hast mir sowieso die ganze Freude kaputt gemacht!«

»Welche Freude?«, hab ich gefragt. Aber Emma hat nur die Lippen zusammengekniffen.

»Wir sollten jedenfalls Sifiso Bescheid geben, dass wir wieder an einem Fall arbeiten!«, habe ich gesagt, weil wir uns entscheiden mussten, ob wir geradeaus gehen oder links abbiegen wollten. »Vielleicht kennt er jemanden aus den abgebrannten Hütten!«

Das habe ich aber nicht wirklich geglaubt. Ich wollte nur, dass Sifiso bei unserer Ermittlungsarbeit dabei war. Aber ich wusste auch, dass Emma das ganz und gar nicht wollte. Weil sie eifersüchtig ist, ich hatte es schon gesagt. Und jetzt hatte sie sowieso schlechte Laune, warum auch immer.

»Das glaub ich im Leben nicht!«, hat Emma maulig gesagt. »Warum sollte Sifiso da jemanden kennen? Der Gobolondo ist Meilen entfernt!«

»Ich glaub das schon!«, hab ich gesagt und bin abgebogen. Einen richtigen Weg zu Sifisos Hütte gibt es natürlich nicht (das wäre ja auch überraschend, extra für Sifiso und seine Geschwister!), aber es gibt einen Pfad, den wir mit den Jahren ins Gras getreten haben, und dort ist an vielen Stellen die rote Erde zu sehen.

Als ich gesehen habe, dass Emma mir gefolgt ist, hab ich es noch mal versucht. »Und warum sollte ich also so eilig kommen?«, hab ich im Laufen gefragt. »Sag schon!«

Emma hat in der Tasche ihrer weiten Shorts gekramt. Vielleicht hatte sie keine Lust mehr, noch länger maulig zu sein. »Ich hab was mitgebracht für dich!«, hat sie gesagt. »Ich dachte, das findest du gut!«

Emma hatte mir bisher noch nie etwas mitgebracht, wenn sie aus England zurückgekommen war. (Ich muss sagen, ich war überrascht.) Wahrscheinlich hatte sie es kaum abwarten können, zu sehen, wie ich gucken würde. Und weil sie sich so lange gedulden musste, hatte sie schlechte Laune bekommen. Ich hab einen Augenblick gebraucht, bis ich begriffen habe, was Emmas Geschenk war. Es war nicht mal so groß wie meine Hand und sehr flach und viereckig und schwarz. Das Bild darauf zeigte einen Rennwagen.

Eine Handyschale! Emma hatte mir aus England eine Handyschale für mein Handy mitgebracht!

»Ngiyabonga, Emma, vielen Dank!«, habe ich gerufen. Viele Menschen haben Handys bei uns in Hlatikulu, aber ich habe noch nirgendwo eine Handyschale gesehen. Ich kenne sie aber aus dem Internet bei Miss Agatha. »Jetzt kann ich mein Handy nie mehr verwechseln!«

(Obwohl ich keine Ahnung hatte, wo ich mein Handy wohl hätte verwechseln sollen. Onkel Vusi hat kein Handy, und Sifiso hat kein Handy. Emma hat natürlich ein Handy.)

»Ja, schon okay«, hat Emma gesagt. »Für Auntie Agatha hab ich auch eine mitgebracht. Die gleiche wie für mich.« Ich glaube, sie ist ein bisschen rot geworden, was sollte das bedeuten? Ich glaube auch, dass sie jetzt wieder zufrieden war.

»Der Rennwagen ist sehr schön!«, habe ich darum noch mal gesagt. Ich glaube doch, dass ich Emma heiraten werde. Das mit der Lobola für zwei Frauen wird sich regeln lassen, wenn ich erst mal ein Gentleman und privater Ermittler bin.

Das letzte Stück zu Sifisos Hütte geht es abwärts, man kommt leicht ins Rutschen. Neben der Hütte hat Delighty gestanden und mit einem langen Ast sehr energisch im dreibeinigen Topf gerührt. Der dreibeinige Topf stand über dem Feuer auf dem Boden. Daneben saß Lungile Lemonade und ließ einen abgenagten Maiskolben im roten Staub auf und ab hüpfen. Sifiso lehnte an der Hüttenwand, und Pilot kickte ein Stück entfernt einen Fußball, den ich ihm aus einer Plastiktüte geknotet hatte. (Ich knote Pilot all seine Fußbälle. Ich kann es besser als Sifiso.) Irgendwie war die Stimmung merkwürdig.

»Sanibonani zusammen!«, habe ich gerufen. »Emma ist wieder da!«

»Yebo!«, haben Sifiso und Delighty geantwortet. Sie haben kaum hochgeguckt.

Nur Lemonade ist aufgesprungen und zu Emma hingerannt. »Sie heißt Jabu!«, hat sie gerufen und Emma den Maiskolben hingehalten. »Aber sie war böse. Ich hab sie verhauen!« Dabei hat sie den Maiskolben hin und her geschwenkt.

Emma hat geseufzt. Emma weiß, dass sich die kleinen Mädchen ihre Puppen aus abgenagten Maiskolben basteln. »Man darf Kinder nicht hauen, Lemonade!«, hat sie gesagt. Das hat Emma natürlich von Miss Agatha gehört. Miss Agatha liest Zeitschriften, in denen solche Dinge stehen, ich kann nur staunen. »Verhauen macht die Kinder nur noch böser!«

Lemonade hat den Kopf schief gelegt und Emma skeptisch angeguckt. »Englische Kinder!«, hat sie dann gesagt. »Nicht hier bei uns. Jabu ist jetzt wieder ganz lieb!« Und sie hat dem Maiskolben einen dicken Kuss auf die abgenagten Hüllen gegeben.

»Na, du musst es wissen!«, hat Emma gesagt. »Hallo, ist irgendwas los? Die Stimmung ist so mies, als ob euch einer euren Kochtopf geklaut hätte. Was ja nicht der Fall ist, wie ich sehe! Gibt's Streit?«

»Delighty macht sich lustig über mich!«, hat Sifiso gesagt. »Delighty behauptet …«

»Aber es ist die Wahrheit!«, hat Delighty gerufen und für einen Augenblick mit dem Rühren ausgesetzt. Man darf es nicht zu lange tun, sonst brennt der Maisbrei an. Das ist dann schade, weil man sowieso nicht immer genug Maisbrei hat, da muss man sorgfältig mit ihm umgehen. »Ich hab es wirklich gesehen!«

Ich habe zwischen Sifiso und Delighty hin- und hergeguckt. Sie müssten Delighty kennen, meine Damen und Herren, um meine Verwunderung zu verstehen. Delighty ist fleißig und zuverlässig und für Sifiso eine wunderbare Schwester, ich hatte es schon gesagt. Ich konnte mir nicht vorstellen, dass Delighty irgendetwas tat, um Sifiso zu ärgern.

»Sie macht sich lustig darüber, dass wir private Ermittler sind! Sie macht sich lustig darüber, dass wir Verbrechen aufklären!«, hat Sifiso gerufen. »Sie behauptet …«

»Ich wollte mich nicht lustig machen!«, hat Delighty gerufen. Weil sie wieder aufgehört hat, zu rühren, hat Emma ihr einfach den Ast aus den Händen genommen und selbst weitergemacht.

»Erzähl mal!«, hat Emma gesagt.

Delighty hat kurz zu Sifiso hingesehen. »Ich habe Holz gesammelt!«, hat sie gesagt und auf das Feuer gezeigt. »Ich hatte schließlich genug Mehl, um zu kochen, aber ihr wisst, wie schwierig es mit dem Holz ist!«

Ich wusste, wie schwierig es mit dem Holz war. Es gibt keinen Wald in unserer Nähe. Man muss immer ganz bis zur Eukalyptusplantage an der großen Straße laufen, wenn man kochen will. Jeder klagt darüber, wie schwierig es ist, genügend Holz zusammenzukriegen.

»Pilot ist mitgekommen, um mir tragen zu helfen ...«

»Das ist Frauenarbeit!«, hat Pilot empört gerufen. »Sifiso hat gesagt, ich krieg nichts ab vom Brei, wenn ich Delighty nicht helfe. Aber das ist Frauenarbeit!«

Ich habe abgewinkt.

»... und natürlich ist Pilot abgehauen, als wir am Fußballplatz vorbeigekommen sind«, hat Delighty gesagt.

Nun muss ich Ihnen vielleicht kurz etwas erklären. Bei uns im Königreich lieben wir das Fußballspiel, ich weiß, das tun Sie in Ihren Ländern auch. Unsere Fußballplätze sehen oft anders aus als Ihre Fußballplätze, das weiß ich aus dem Fernsehen bei Miss Agatha. Unsere Fußballplätze sind oft nur ein Stück Grasland, in das wir Zweige als Tore gesteckt haben. Aber wir spielen darum nicht schlechter, glauben Sie mir! Und Pilot liebt den Fußball.

»Ich bin hinterhergerannt«, hat Delighty gesagt. »Ich hab ihn doch gebraucht! Allein hätte ich zweimal gehen müssen, um genug Holz zusammenzukriegen! Und da hab ich es gesehen.«

»Was hast du gesehen?«, hat Emma gefragt. Sie hat nicht mit dem Rühren aufgehört. Emma würde vielleicht doch eine gute Ehefrau werden.

»Den Jungen!«, hat Delighty gerufen. »Der vor dem Tor Muti vergraben hat!«

»Muti?«, hab ich verblüfft gefragt.

»Ich sag doch, sie macht sich lustig!«, hat Sifiso gesagt.

Muti, meine Damen und Herren, ist unsere traditionelle Medizin. Es gibt Muti aus Früchten, und es gibt Muti aus Blättern, und es gibt Muti aus Wurzeln. Es gibt auch Muti aus Steinen. Und es gibt sogar Muti aus den Knochen der Tiere, und manches Muti hat Zauberkraft, das ist ein Fakt.

Darum gibt es immer wieder Menschen, die versuchen, den Ausgang eines Fußballspiels zu beeinflussen, indem sie die Schuhe der Spieler mit Muti einreiben (wenn die Spieler Schuhe tragen, natürlich nur) oder Muti auf dem Fußballfeld vergraben. Es ist nicht erlaubt. Es ist verboten, weil es einer Mannschaft einen unfairen Vorteil verschafft, das werden Sie verstehen. Trotzdem geschieht es. Alle Vereine haben Muti Men.

Aber wer sollte sich wohl die Mühe machen, auf unserem Fußballplatz, der nicht einmal richtige Tore besitzt, Muti zu vergraben? Auf unserem Fußballplatz, auf dem keine wichtigen Spiele stattfinden, nur vielleicht einmal eine Schulmannschaft gegen eine andere? Eish!

»Delighty hat gesagt, wir sollen der Sache nachgehen, wir sind doch schließlich private Ermittler!«, hat Sifiso gesagt. »Sie hat gesagt, als der Junge sie gesehen hat, ist er ganz erschrocken weggelaufen. Sie macht sich lustig über uns!«

Emma hat geseufzt.

»Also der Junge hat wirklich was vergraben, Delighty?«, hat sie gefragt.

Delighty hat genickt. »Er hatte ein gestreiftes Shirt an«,

hat sie gesagt. »Rot und blau gestreift! Hinten war eine Zehn drauf, und vorne stand ›Qatar‹. Ich hab es mir extra gemerkt!«

Ich hab zu Sifiso hingeguckt. »FC Barcelona!«, hab ich gesagt. »Ein Fußballfan, ohne Frage! Dann kann es *doch* sein, dass es um Muti geht, Sifiso!«

Jeder Junge bei uns hätte gerne ein Trikot vom FC Barcelona, das werden Sie verstehen. Oder von Bayern München oder Manchester United. Auf dem Markt in Manzini, wo die Kleidung verkauft wird, die die Menschen in Ihren Ländern nicht mehr brauchen und darum in Container werfen, gibt es manchmal solche Shirts. Aber es gibt sie niemals lange. Ich habe ja gesagt, jeder Junge hätte gerne so ein Trikot.

»Tja, dann hätten wir jetzt also gleich zwei Verbrechen aufzuklären, wie ich sehe!«, hat Emma gesagt und Delighty den Ast zum Rühren zurückgegeben. »Jetzt also auch noch Muti auf dem Fußballplatz! Gibt es hier denn demnächst überhaupt ein Spiel? Thabo und ich sind nämlich wegen der Brandstiftung oben am Gobolondo Mountain hier, Sifiso, da gibt es auch Arbeit für uns. Kaum bin ich wieder zu Hause, da überschlagen sich die Ereignisse!« Emma hat sehr zufrieden ausgesehen.

Und die Ereignisse hatten noch keinesfalls aufgehört, sich zu überschlagen. Oben auf dem Hügel habe ich PC Sipho Godbless vorbeigehen sehen.

6

»Sipho!«, habe ich gerufen und gewinkt. »Hallo, Sipho!«

Ich hatte nicht damit gerechnet, dass Sipho daraufhin zu Sifisos Hütte kommen würde. Das hat er aber getan.

»Natürlich gibt es ein Spiel!«, hat Pilot währenddessen gerufen. Emmas Frage war ja noch nicht beantwortet. »Am Freitag! Jericho High gegen Good Hope College Nhlangano!«

Jericho High ist unsere Schule, meine Damen und Herren. Die Kinder kommen aus allen Richtungen über die Hügel, um zu lernen. Die Kinder und die Jugendlichen. Darum war klar, dass beim kommenden Fußballspiel auf unserem Platz alle Zuschauer Jericho anfeuern würden. Niemals würde die Mannschaft aus Nhlangano so viele Fans mitbringen können, dass sie lauter klatschen und singen würden als die Fans von Jericho High, die zu Fuß zum Fußballplatz kommen konnten. Wer sollte so viele Busse bezahlen? Wenn ich Fan von Good Hope gewesen wäre, hätte ich vielleicht auch Muti auf dem Fußballplatz vergraben. Ist es schließlich nicht unfair, wenn die eine Mannschaft viele Fans hat, die sie bei einem Heimspiel unterstützen, und die andere Mannschaft hat keine? Und kann man nicht verstehen, dass Fans versuchen, diesen Vorteil durch Muti auszugleichen?

Das habe ich aber nicht gesagt.

Und ich wäre auch gar nicht dazu gekommen, weil jetzt PC Sipho auf den letzten Metern zu Sifisos Hütte fast noch ins Rutschen gekommen und gestürzt wäre.

»Eish!«, hat PC Sipho gerufen, als er seine Balance wiedergefunden hatte. »Hallo, Kinder!« Sipho hat übers ganze Gesicht gestrahlt. Glücklich gestrahlt.

»Was heißt hier *Kinder,* großer Sipho Godbless?«, hat Emma gesagt und die Brauen zusammengezogen. »Mach dich mal nicht so wichtig! Dein Boss ist sauer auf dich! Wo hast du dich denn den ganzen Tag herumgetrieben?«

PC Sipho Godbless ist der jüngste Polizist am Polizeiposten Debedebe und der rangniedrigste Polizist, und bei unseren letzten Fällen hatte er traurig bewiesen, dass in ihm leider keine Zukunft als großer Ermittler steckt. Und es stimmt genauso, dass PC Sipho Godbless sich gerne wichtigmacht. Das war natürlich auch jetzt der Grund dafür, warum er zu uns gekommen war.

PC Sipho hat abgewinkt. »Ich werde es Inspector Gwebu erklären!«, hat er gesagt. »Es war eine einmalige Gelegenheit, ich konnte sie nicht verstreichen lassen! Es ging um meine Lobola!«

Hatte ich es nicht gesagt? Schon seit Weihnachten gab es für PC Sipho kein anderes Thema mehr als seine Hochzeit und seine Lobola. Polizisten sollten eigentlich andere

Dinge im Kopf haben. Die Sicherheit der Bevölkerung zum Beispiel. Muti auf Fußballplätzen. Brandstiftung am Gobolondo Mountain.

»Hättest du dich um deine Lobola nicht morgen kümmern können?«, hat Emma gesagt. »Und heute um die abgebrannten Hütten in den Bergen? Also wirklich!«

PC Sipho hat ein bisschen herablassend gelächelt. »Das versteht ihr Engländer nicht!«, hat er gesagt. »Die Verhandlungen zwischen den Familien haben sowieso ewig gedauert!«

»Und jetzt seid ihr euch einig geworden?«, hat Sifiso gefragt. Für Sifiso ist Lobola ein spannendes Thema. Sifiso besitzt ja nichts. Er wird einmal keine Lobola zahlen können. Darum wird Sifiso später keine Frau haben, nicht mal eine einzige, das ist schade.

»Yebo, die Familien haben verhandelt!«, hat Sipho gesagt. Das musste er uns nicht erklären, so ist es immer. Die Onkel der Braut und die Onkel des Bräutigams setzen sich zusammen und reden darüber, wie viele Rinder der Bräutigam zahlen muss, manchmal reden auch die Väter. Die Verhandlungen können dauern. Niemals besitzt ja die Familie des Bräutigams so viele Rinder, wie die Familie der Braut fordert.

Denn natürlich geht es auch um die Ehre der Braut. Welcher Vater will seine Tochter für, sagen wir, nur vier Rinder hergeben? Er würde damit ja zugeben, dass seine Tochter hässlich ist. Und ohne finanziellen Nutzen für ihren Ehemann. Ein Vater muss die Ehre seiner Tochter verteidigen. Ein Vater muss viele Rinder fordern. Das müssen die Onkel auch.

»Die Familie wollte sehr viele Rinder für Duduzile!«, hat Sipho gesagt. »Ich hätte noch viele Jahre arbeiten und sparen müssen, um so viele Rinder zahlen zu können!«

»Und dann, was ist passiert?«, habe ich gefragt.

Wieder hat Sipho so glücklich gelächelt. »Die Lobola-App!«, hat er gerufen und sein Handy aus der Tasche gezogen. (Sipho hat ein Handy. Sipho hat auch immer Guthaben auf seiner Karte. Schließlich ist Sipho ein Polizist.) »Wir haben den Preis wissenschaftlich berechnet!« Er hat eine App geöffnet. Zuerst war nur eine Kuh zu sehen.

»Das meinst du jetzt nicht ernst, Sipho Godbless!«, hat Emma gerufen.

Aber Sipho hat schon mit dem Daumen auf das Display getippt. »Alter: 21 Jahre. Größe: 164 Zentimeter. Gewicht: 52 Kilogramm.« Er hat uns triumphierend angesehen. »Das ist Duduzile!«, hat er gesagt. »Und jetzt ihre Ausbildung!«

Zu Duduzile Mbisis Pech konnte Sipho da kein Studium eingeben und keine feste Arbeitsstelle und nur den Schulabschluss nach der sechsten Klasse. »Und darum macht das neun Rinder!«, hat Sipho zufrieden gesagt. »Nicht fünfzehn, wie ihre Onkel verlangt haben! Aber was konnten sie jetzt noch dagegen sagen? Die App ist Wissenschaft!«

Emma hat mit den Augen gerollt. »Das ist so entwürdigend, weißt du das?«, hat sie gerufen. »Den Wert einer Frau nach ihrer Größe auszurechnen? Und wie fett sie ist? Bist du bescheuert?«

»Das verstehst du nicht, Emma Chapman«, hat PC Sipho gesagt und sein Handy wieder ausgeschaltet. »Das sind doch dieselben Dinge, über die die Familien sowieso verhandeln. Aber jetzt ist es wissenschaftlich.« Er hat das Handy eingesteckt.

»Du weißt doch nicht mal, was Wissenschaft ist, Sipho Godbless!«, hat Emma gesagt. Das fand ich aber übertrieben.

»Ja, und nun habe ich also meine neun Rinder zusammen!«, hat Sipho triumphierend gesagt. »Wollt ihr sie angucken kommen? Gute Tiere, Duduziles Onkel werden sich freuen!« Er hat gelächelt. »Und so billig! Darum musste ich das Geschäft heute auch unbedingt abwickeln. Wer weiß, ob die Rinder morgen noch zu haben gewesen wären! Da konnte ich mich nicht um die Brandstiftung kümmern. Ganz unmöglich.«

»*Du* bist unmöglich!«, hat Emma gesagt, aber Sifiso ist aufgestanden und hat sich die Shorts abgeklopft.

»Ich guck mir deine Rinder gerne an, Sipho Godbless!«, hat er gesagt.

Da sind Emma und ich eben auch mitgegangen. Delighty ist bei ihrem Maisbrei geblieben und Lemonade bei ihrer Puppe. Pilot hat weiter Fußball gespielt.

7

Ich will Ihnen den Weg nicht beschreiben, meine Damen und Herren. Die Homestead von PC Siphos Familie liegt nicht weit von Lion Lodge entfernt in den Hügeln. Auch zum Polizeiposten Debedebe dauert es zu Fuß nur eine Viertelstunde. Es ist eine würdige Homestead mit fünf Hütten. Sie ist mit Dornbüschen eingezäunt und von Korallenbäumen beschattet. Die Korallenbäume haben jetzt im Winter so rot geblüht, dass sie geleuchtet haben wie das Feuer auf dem Gobolondo Mountain. Manche Hütten sind sogar aus Stein und haben ein Dach aus Wellblech. Und in der Mitte zwischen den Hütten liegt, wie es sich gehört, der Kraal, und darin standen sie jetzt im schwindenden Nachmittagslicht: neun braun-weiße Rinder für Siphos Lobola. (Ich hätte lieber gesagt: In diesem Kraal *grasten* sie jetzt, meine Damen und Herren, aber das wäre eine Lüge gewesen. Jetzt in der Trockenzeit war das wenige Gras gelb und verdorrt.)

»Schöne Tiere!«, hat Sipho gesagt und stolz auf seine Rinder gezeigt. »Gesund und kräftig! Und so billig!«

Hätten Privatdetektive wie Sifiso, Emma und ich da nicht vielleicht schon ins Grübeln kommen sollen? (Dass ein Polizist wie PC Sipho Godbless nicht ins Grübeln kam, war klar. Sie kennen die Polizei.) Die englische Dame Miss Marple, da bin ich mir sicher, wäre beim Anblick der stattlichen Tiere zu einem günstigen Preis ganz sicher sofort misstrauisch geworden.

Aber wir? Ich sage es nicht gerne: Keiner von uns ist misstrauisch geworden. »Na, da kann deine Verlobte sich ja freuen«, hat Emma stattdessen gesagt.

Ich vermute, für Emma werde ich die Lobola statt in Rindern in Emalangeni zahlen müssen. Ich weiß, dass Rinder für Sie in Ihren Ländern nicht so wichtig sind wie für uns. Ich habe gelernt, dass Sie in Ihren Ländern den Reichtum und das Ansehen eines Mannes nicht in Rindern bemessen. Nicht, wer einen Kraal voller wunderbarer Tiere besitzt, ist bei Ihnen ein angesehener Mann. Miss Agatha sagt, bei Ihnen zählt das Geld auf dem Bankkonto.

Das Geld auf dem Bankkonto, eish! Geld, das Sie nicht anfassen, nicht hören und nicht riechen können! Geld, das nachts nicht brüllt, keine Milch gibt und nicht geschlachtet werden kann! Der Anblick einer großen Herde fetter Rinder im Grasland macht jeden Besitzer glücklich, das ist ein Fakt. Ich weiß nicht, wie der Anblick einer Zahl auf dem Papier Menschen glücklich machen kann.

»Am nächsten Wochenende werde ich sie Duduziles Familie übergeben!«, hat Sipho gesagt und stolz auf seine kleine Herde gezeigt. »Das wird ein großes Fest. Was sagt ihr dazu?«

Aber wir hatten keine Gelegenheit mehr, auch nur irgendetwas dazu zu sagen. Hinter den Dornbüschen stürmte plötzlich eine Gruppe wütender Männer hervor. Sie hatten Knobkerries, Hacken und Stöcke in den Händen und haben ein Gebrüll ausgestoßen wie eine Büffelherde, wenn ein Löwe sich einem ihrer Kälber nähert.

Wir waren einfach zur falschen Zeit am falschen Ort. Und natürlich waren wir selbst daran schuld. Ich hatte es ja gesagt: Miss Marple wäre beim Anblick der Rinder längst misstrauisch geworden.

»Jetzt haben wir dich, Tsotsi!«, hat der Mann gebrüllt, der die Homestead als Erster erreicht hatte. Er hat eine langstielige Hacke geschwungen. »Auf ihn, Männer!« Er hat die Hacke so geschwungen, als ob er sie über Siphos Kopf niedergehen lassen wollte. Sipho hat sich auf den Boden geworfen und die Arme schützend über dem Kopf verschränkt. Ob ihm das bei einer Hacke wirklich geholfen hätte, weiß ich nicht.

»Nicht!«, hat Sipho gebrüllt. »Bitte nicht! Ich …«

Ich hab gesehen, wie Emma neben mir blitzschnell ihr Handy aus der Tasche ihrer Shorts gezogen hat, bevor sie mit einem Satz hinter der nächsten Hütte verschwunden ist. (Dabei habe ich bemerkt, dass Emmas Handy auch eine Handyschale hatte. Violett mit pinken Blumen. Das hätte ich von Emma nicht gedacht.) Ich habe mein Handy genauso aus der Tasche gezogen und mich hinter derselben Hütte wie Emma versteckt.

Die Nummer vom Polizeiposten Debedebe habe ich eingespeichert. Ein Privatdetektiv muss die Nummer der Polizei immer griffbereit haben. Aber natürlich hat wieder niemand abgenommen. (Sie kennen die Polizei. Vermutlich saß Inspector Gwebu immer noch bei Miss Agatha im Garten und überlegte, ob er nicht doch ein Tässchen Tee trinken sollte, wenn es nichts Besseres gab. Und wo PC Sipho sich gerade aufhielt, wissen Sie ja.)

Ich habe um die Ecke der Hütte einen verzweifelten Blick auf Sipho geworfen. Aber natürlich konnte ich gar nicht wirklich einen Blick auf ihn werfen. Denn inzwischen umringten ihn mindestens zehn Männer, und alle schwangen sie ihre Waffen. Weil Sipho nicht gebrüllt hat, habe ich aber geglaubt, dass noch niemand zugeschlagen hatte. (Natürlich hätte Sipho auch tot sein können. Dann brüllt man ja auch nicht.)

Ich habe nach Inspector Gwebus Handynummer gesucht. ***SOS!***, habe ich gesimst. ***Bewaffneter Überfall auf Siphos Homestead! Sofort kommen!*** Jetzt konnte ich nur hoffen.

Aber wie lange würde es dauern, bis Inspector Gwebu nach dieser SMS mit seinem Polizeifahrzeug bei uns angekommen war? Wenn es doch keine Straße gab, nur einen Pfad über das Grasland? Und was konnte Inspector Gwebu außerdem tun, ganz allein gegen zehn Männer mit Knobkerries?

»Sollten wir Sipho nicht helfen?«, hat Sifiso geflüstert, der sich auch hinter die Hütte geflüchtet hatte. Mittlerweile hatten die Männer PC Sipho auf die Füße gezerrt. Nicht sehr sanft, ich muss es leider sagen. Zum Glück sah Sipho sehr lebendig aus. Er hat sich gesträubt, sosehr er konnte. Aber gegen zehn bewaffnete Männer hat nicht mal ein Police Constable eine Chance. Schon gar nicht ein Constable wie PC Sipho Godbless.

Und erst recht nicht Sifiso, Emma und ich.

Man soll seinen Freunden helfen in der Not, das sagt Onkel Vusi, und das ist für mich wie ein Gesetz. Wir hätten uns auf die Männer stürzen und Sipho befreien müssen. Aber erstens war PC Sipho vielleicht doch nicht wirklich mein Freund, und zum Zweiten muss die Vernunft siegen, das ist für mich auch ein Gesetz. Was hätten Emma, Sifiso und ich denn wohl gegen zehn wütende, bewaffnete Männer ausrichten sollen? Die zehn wütenden, bewaffneten Männer hätten sich auch uns noch geschnappt, das ist ein Fakt.

»Das dauert doch ewig, bis die Polizei kommt!«, hat Sifiso geflüstert. In der Tür der Hütte gegenüber standen zwei kleine Kinder (so klein wie Pilot und Lemonade) und haben interessiert zugeguckt. In einer anderen Hütte, in der auf dem Boden ein Feuer brannte, hatten sich zwei Frauen versteckt. Bestimmt waren sie in Panik.

Ich war trotz allem nicht in Panik, das kann ich als erfahrener Privatdetektiv sagen. Aber was Sifiso, Emma und ich tun konnten, um Sipho zu helfen, wusste ich auch als erfahrener Privatdetektiv nicht. Oder was wir tun konnten, wenn die Bande womöglich gleich noch anfing, die Hütten auszurauben. (Weswegen sonst konnte sie gekommen sein?) Oder wenn sie anfing, die Rinder fortzutreiben.

Ich wollte Sifiso gerade ein Zeichen geben, dass er in seinem Versteck bleiben sollte, als ich das Geräusch gehört habe. Sifiso hatte unrecht: Es dauerte nicht ewig, bis die Polizei kam. Ich erkannte das Motorengeräusch von Inspector Gwebus Isuzu. Und eine große Erleichterung ist über mich gekommen und auch ein großer Stolz: Ist die Polizei auch in Ihren Ländern so schnell, seien Sie ehrlich? Sie haben die SMS noch kaum abgeschickt, da steht die Polizei schon vor der Tür? Natürlich ist Inspector Gwebu manchmal genauso dumm wie die Polizisten in England. Aber wenn es wirklich darauf ankommt, kann man mit ihm rechnen.

»Sifiso!«, habe ich geflüstert. »Jetzt kriegen die Kerle Ärger!«

Aber das hatte ich nur geglaubt.

8

Bevor ich noch überlegen konnte, wie Inspector Gwebu es geschafft hatte, so blitzschnell auf meine SMS zu reagieren, sprang er auch schon aus seinem Wagen.

»Wo?«, hat Inspector Gwebu gerufen und sich mit der Hand an den Gürtel gegriffen, wo seine Pistole steckte. Gezogen hat er sie aber nicht. »Wo ist der Kerl?«

Emma und ich sind aus unserem Versteck gesprungen. »Das sehen Sie doch, Babe Gwebu!«, habe ich gerufen. »Es ist nicht nur einer! Es ist eine ganze Bande!«

Inspector Gwebu hat sich zu mir hingedreht und so verblüfft ausgesehen, dass ich schon etwas hätte ahnen können. Aber ich habe es ja schon gesagt: An diesem Tag hat mein kriminalistischer Verstand sehr langsam gearbeitet.

»Zur Seite, Thabo!«, hat Inspector Gwebu gerufen.

Dann ist er auf die Angreifer losgestürmt, die mit ihren Hacken und Knobkerries noch immer um PC Sipho herumstanden und nicht die leiseste Anstrengung unternahmen, ihn freizulassen. Spätestens da hätte einem erfahrenen Privatdetektiv doch klar werden müssen, was hier gerade passierte!

»Das ist er!«, hat einer der Angreifer gerufen und mit seinem Stock auf PC Sipho gezeigt. »Der hier ist der Rinderdieb, Babe Inspector!«

Ich habe Sifiso angestarrt, und Sifiso hat zurückgestarrt. Und ich glaube, auch Emma hat allmählich verstanden, wie sehr wir im Irrtum waren.

Ich hätte mich gar nicht zu wundern brauchen, dass Inspector Gwebu so schnell auf meine SMS reagiert hatte, meine Damen und Herren! In Wahrheit hatte Inspector Gwebu nämlich keineswegs auf meine SMS reagiert, weder schnell noch langsam. Nicht wegen *meiner* SMS war Inspector Gwebu jetzt in Siphos Kraal.

Verzeihen Sie also, dass ich Ihre Polizei kritisiert habe, weil sie nicht so schnell ist wie Inspector Quinton Gwebu! Ngiyacolisa! Inspector Quinton Gwebu war schließlich überhaupt nicht schnell gewesen. Meine SMS hatte Inspector Gwebu wahrscheinlich noch nicht mal gelesen. Er war hier, weil die *Angreifer* ihn gerufen hatten! Eish!

Darum war Inspector Gwebu, das haben Sie jetzt verstanden, auch gar nicht gekommen, um die *Angreifer* zu verhaften. Er war gekommen, um *PC Sipho* zu verhaften.

Obwohl er bei der Erkenntnis wohl selbst ein bisschen überrascht war.

»Der da?«, hat Inspector Gwebu gefragt, als die Männer ein paar Schritte zurückgetreten waren und er seinen jungen Constable erkannt hat. »Der da hat eure Rinder gestohlen?«

»Yebo!«, haben die Männer gerufen. Alle zusammen. »Yebo, nehmen Sie ihn mit, Babe Inspector!«

»PC Sipho!«, hat Inspector Gwebu geschnaubt. »PC Sipho Godbless, kannst du mir erklären, was hier gerade vor sich geht?«

Aber die Männer waren viel zu aufgeregt, um Sipho reden zu lassen.

»Da sehen Sie doch meine Herde, Babe Inspector!«, hat der Mann gerufen, der die langstielige Hacke geschwungen hatte. »Meine Rinder! Ich vermisse sie seit zwei Tagen! Und jetzt sind sie wiederaufgetaucht! Und dieser Tsotsi schreckt nicht einmal davor zurück, sie hier so ganz offen zu zeigen!«

»Du behauptest, das ist deine Herde?«, hat Inspector Gwebu gefragt und ein Notizbuch aus der Tasche gezogen. »Deine und nicht PC Siphos? Und die anderen hier können das bezeugen?«

»Yebo, Babe Inspector!«, haben die Männer im Chor gerufen. Mir sind die Knie weich geworden.

»Und du, PC Sipho?«, hat Inspector Gwebu gefragt. »Ich sehe, diese Rinder stehen in deinem Kraal. Wieso stehen die Rinder in deinem Kraal, wenn sie diesem Mann gehören?«

»Es sind *meine* Rinder, Babe Inspector Gwebu!«, hat PC Sipho gerufen. Ich weiß nicht, ob er erleichtert war, dass Inspector Gwebu ihn vor den Angreifern gerettet hat, oder ob auch ihm allmählich etwas schwante. »Die Rinder für meine Lobola! Diese Männer lügen!«

Haben Sie verstanden, meine Damen und Herren? Haben Sie verstanden? Emma, Sifiso und ich hatten jetzt verstanden.

»Und wieso behaupten diese Männer dann, dass du die Herde gestohlen hast?«, hat Inspector Gwebu streng gefragt. »Sie haben sogar die Polizei zu Hilfe gerufen!«

Da hat PC Sipho gesagt, dass er keine Ahnung hätte. Er hätte die Rinder jedenfalls von einem Jungen gekauft, der hätte ihn zu einer Weide geführt, auf halbem Weg zum Gobolondo Mountain. Er hätte gesagt, die Rinder gehörten seinem Vater, und dieser Vater brauche sehr schnell Geld für einen Arzt, darum könnte er nicht verhandeln und würde die Rinder weit unter Preis verkaufen, wenn Sipho nur schnell genug bezahlen könnte.

»Und das konnte ich ja, Babe Inspector!«, hat PC Sipho gesagt. Die Stimme dieses Dummkopfs hat sogar noch ein wenig stolz geklungen. »Ich hatte ja für die Lobola gespart!«

»Das konntest du, soso«, hat Inspector Gwebu drohend geantwortet. »Du konntest schnell bezahlen. Dann hast du doch sicher eine Quittung bekommen, Sipho Godbless? Die beweist, dass du die Rinder gekauft hast und dass du die Rinder ihrem Eigentümer bezahlt hast?«

Aber genau das hatte PC Sipho nicht. »Ich habe bezahlt!«, hat er gerufen. »Aber ich habe keine Quittung bekommen! Wer fragt nach einer Quittung, am Fuß des Gobolondo Mountain?«

»Jeder, der kein Dummkopf ist, fragt nach einer Quittung, wenn er neun Rinder kauft, PC Sipho!«, hat Inspector Gwebu gesagt. »Das heißt, wenn er sie wirklich gekauft und nicht gestohlen hat!«

Ich sage es nicht gerne, aber ich glaube, ich hätte auch nicht nach einer Quittung gefragt.

Der Mann mit der Hacke hat sich schon wieder eingemischt. »Was hätte eine Quittung außerdem bewiesen?«, hat er gerufen. »Eine Quittung hätte gar nichts bewiesen, solange sie nicht vom Besitzer der Rinder unterzeichnet gewesen wäre! Und der Besitzer der Rinder bin ich!«

»Yebo!«, haben die anderen Männer gemurmelt.

»Und das könnt ihr beweisen?«, hat Inspector Gwebu gefragt.

Aber an diesem Punkt hätte es mich schon gewundert, wenn die Männer es nicht hätten beweisen können. »Das Brandzeichen, Babe Inspector!«, hat der Mann mit der Hacke gesagt.

Sie ahnen, was jetzt kam. Inspector Gwebu hat mit dem Handy ein Foto von den Brandzeichen gemacht, die alle Rinder auf ihrer Flanke trugen. Rinder bei uns im Königreich müssen ein Brandzeichen tragen. Damit der Besitzer immer und jederzeit beweisen kann, dass sie ihm gehören.

Dann hat Inspector Gwebu auf seinem Handy im Internet nachgesehen. Ich kenne die Seiten mit den Brandzeichen nicht, aber ein Inspector der Polizei muss sich auskennen. Viehdiebstahl ist nicht selten bei uns im Königreich, bei Ihnen wird es vielleicht nicht anders sein.

»Und wer sagt denn«, hat der Mann mit der Hacke gerufen, »dass dieser Tsotsi hier die Rinder tatsächlich gekauft hat? Wenn er nicht einmal eine Quittung besitzt? Wer sagt denn, dass er sie nicht selbst gestohlen hat? Er will sich herausreden, Babe Inspector!«

Inspector Gwebu hat PC Sipho kummervoll angesehen. »Zumindest bist du im Besitz einer Herde von neun gestohlenen Rindern«, hat er gemurmelt. »Daran besteht kein Zweifel. Und ich weiß ja selbst, wie verzweifelt du warst, weil du nicht genügend Geld für die Lobola hattest.« Er hat sich ganz gerade gemacht und seine Uniformjacke straff gezogen. »PC Sipho«, hat er gesagt und geseufzt, »ich verhafte dich wegen des Verdachts des Viehdiebstahls. Meinen eigenen Constable! Ich habe immer gewusst, dass es nicht weit her ist mit deinen polizeilichen Fähigkeiten, Sipho Godbless; aber dass du ein Rinderdieb bist, hätte ich denn doch nicht geglaubt. Nicht einmal für deine Lobola.«

Dann hat er PC Sipho zu seinem Wagen geführt. Wie er gesagt hatte: seinen eigenen Constable! Zum Glück nicht in Handschellen.

Ich habe Emma und Sifiso angesehen. Wir hatten eben noch geglaubt, mit der Brandstiftung am Gobolondo Mountain und dem vergrabenen Muti auf dem Fußballplatz hätten wir zwei neue Fälle aufzuklären. Aber die Brandstiftung und das Muti konnten warten.

Jetzt mussten wir uns erst mal um PC Sipho kümmern. Denn wenn er auch ein Wichtigtuer und nicht besonders schlau war: Ein Viehdieb war PC Sipho nicht, da war ich mir ganz sicher. (Emma und Sifiso wahrscheinlich auch.)

Und dass Inspector Gwebu kein Problem damit hatte, Unschuldige in der Zelle im Polizeiposten Debedebe schmoren zu lassen, das wussten wir aus Erfahrung.

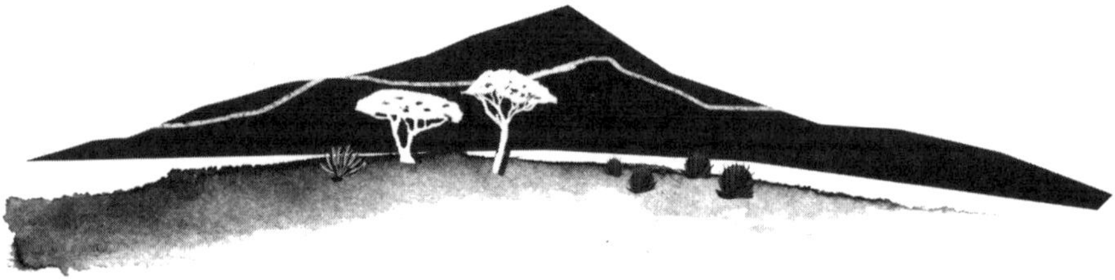

9

»Dieser Dummkopf!«, habe ich gesagt, als wir von PC Siphos Homestead quer über die Hügel zurückgelaufen sind. Am Horizont war der Himmel schon ausgeblichen, und Wolkenstreifen färbten sich rosa. Wir mussten uns beeilen, wenn wir vor der Dunkelheit zu Hause sein wollten. »Silima!«

»Du glaubst ihm seine Geschichte?«, hat Emma gefragt. »Sei doch nicht albern, Thabs!«

Ich habe ihr einen bösen Blick zugeworfen.

Aber Sifiso hat schon an meiner Stelle geantwortet. »Für wie dumm hältst du Sipho Godbless denn, Emma Chapman?«, hat er gefragt. »Dass er Rinder mit Brandzeichen stiehlt, sie in seinem eigenen Kraal weiden lässt und uns dann auch noch hinführt, um sie zu zeigen? Eish!«

Ich hatte es ja schon gesagt, Emma und Sifiso geraten leicht aneinander.

An der Stelle, an der der Weg sich gabelt (in der einen Richtung ging es zu Sifisos Hütte, in der anderen nach Lion Lodge), hat Sifiso mich am Ärmel gezupft. »Die Kleinen warten auf mich!«, hat er gesagt. »Aber morgen? Sollen wir morgen zuerst mal im Polizeiposten Debedebe mit Sipho sprechen, damit er uns ein bisschen über den Jungen erzählt, der ihm die Rinder verkauft hat? Der Junge muss doch der Rinderdieb sein! Vielleicht kommen wir von da aus weiter mit der Aufklärung des Falles?«

»Yebo, gute Idee!«, habe ich gesagt. Zumindest ist mir auch nichts Besseres eingefallen. »Dann hamba kahle, Sifiso, schlaf gut! Komm morgen früh nach Lion Lodge, sobald du zu Hause loskannst!«

Sifiso hat gewinkt, schon im Laufen. »Salani kahle!«, hat er gerufen. »Ich komme!«

Dann war er hinter einem Dornbuschgestrüpp verschwunden. Wenn er will, kann Sifiso so schnell rennen wie Richard »Concorde« Mavuso, der unser Königreich in der ganzen Welt des Sports berühmt gemacht hat. So schnell wie ein Kenianer.

Emma hat sich umgedreht und ist zielstrebig Richtung Lion Lodge gegangen. »Das hat der Dummkopf Sipho Godbless gar nicht verdient!«, hat sie gesagt. »Dass wir ihm helfen! Wie kann jemand glauben, dass alles mit rechten Dingen zugeht, wenn er gute Rinder so günstig kaufen kann!«

Ich habe ihr nicht geantwortet. Man glaubt vieles, wenn man es nur glauben will, meine Damen und Herren.

»Und alles nur wegen dieser idiotischen Lobola!«, hat Emma gesagt. »Diese idiotische Lobola ist ja sowieso ganz schrecklich! Die ist so was von frauenfeindlich! Den Wert einer Frau in Rindern zu berechnen! Wirklich, Thabo, ich staune, dass du das Ordnung findest!«

Ich habe nicht geantwortet, aber mein Herz hat gejauchzt. Wenn Emma Lobola frauenfeindlich fand, würde sie vielleicht gar nicht wollen, dass ich Lobola für sie zahle! Dann würde ich sie vielleicht gratis bekommen, ohne das Geld für Rinder auftreiben zu müssen! Dann würde ich mir vielleicht doch Hlahla Delighty und Emma beide leisten können. Das war ein guter Gedanke.

»Kommst du noch mit zu uns?«, hat Emma gefragt.

Ich habe genickt. Vor uns lag Lion Lodge inzwischen schon fast in der Dunkelheit. Auf dem Parkplatz standen die Fahrzeuge der Touristen.

»Was ist das?«, hat Emma gefragt und auf einen großen weißen Lastwagen mit Aufschrift gezeigt. »Cinex! Klingt nach Kino, oder, Thabo? Glaubst du, das sind Leute, die bei uns einen Film drehen wollen? Wow! Glaubst du, wir könnten wenigstens eine Nebenrolle kriegen?«

Ich habe geschnaubt. In den Filmen, die ich bei Miss Agatha gucke, kommen keine Kinder vor. Trotzdem habe ich mir den Wagen genauer angesehen.

»Altes Schrottauto!«, habe ich gesagt. Emma hat es von allen Seiten mit ihrem Handy fotografiert. Ich war mir sicher, dass sie mit den Fotos in ihrem englischen Internat angeben wollte, falls das Auto wirklich irgendwelchen Filmmenschen gehörte. »Guck mal, das ist nicht mal richtig überlackiert! Du kannst noch gut sehen, wem es vorher gehört hat! ›Happy Meat‹! Ein Schlachthauswagen! Das können doch keine echten Filmleute sein, wenn sie mit einem alten Schlachthauswagen rumfahren!«

»Was verstehst du denn davon?«, hat Emma geschnaubt. »Es gibt im Königreich ja noch nicht mal ein Kino! Wie willst du dich denn wohl damit auskennen, was für Autos Filmleute fahren?«

Dass es kein Kino gibt, ist aber nicht mehr die Wahrheit. Seit einiger Zeit gibt es ein Kino, in Ezulwini, in einem Einkaufszentrum, in das die Touristen gehen. Als die englische Königin auch noch Königin in unserem Land war, gab es sogar ein Kino in Mbabane, in dem Miss Agatha die Filme gesehen hat, die wir jetzt gemeinsam auf DVD gucken. Es war ein herrliches Kino, sagt Miss Agatha, mit roten Plüschsesseln und immer den neuesten Filmen aus England.

Aber jetzt gibt es in Mbabane schon lange kein Kino mehr, und überhaupt keins für die normalen Menschen im Königreich. Wer sollte das wohl auch besuchen? Wer sollte das Geld für die Karten zahlen? Eish!

»Natürlich gibt es ein Kino!«, habe ich trotzdem gesagt.

10

Auf der Terrasse saßen die ersten Gäste beim Abendessen, und auf den Tischen flackerten Kerzen in Gläsern. Im Sumpf quakten die Frösche so laut, dass sich die Touristen nur mit Rufen unterhalten konnten. Die Zikaden zirpten, aber keine einzige Meerkatze sprang von den Marula-Bäumen über die Terrassenbrüstung und zwischen den Tischen hin und her, um die Gäste anzubetteln. Es war ein friedlicher Abend.

Emma hat sich gar nicht mehr um mich gekümmert, so begeistert war sie von dem Filmauto. Und Sipho hatte sie wohl auch schon vergessen. Sie ist zielstrebig auf ein junges Paar zugegangen, das sich an einem Zweiertisch im Kerzenschein verliebt in die Augen gesehen hat, und ich habe sofort begriffen, dass Emma die beiden für die Filmleute hielt. Alle anderen Paare auf der Terrasse kamen zugegebenermaßen nicht infrage. Alle anderen Paare auf der Terrasse waren alt. (Und dass alte Leute keine Filme drehen, wissen wir auch bei uns im Königreich. Bitte verstehen Sie das nicht als Respektlosigkeit gegenüber dem Alter.)

Trotzdem konnte ich mir nicht vorstellen, dass diese beiden Filmleute waren. Schließlich waren sie ganz eindeutig ein Liebespaar. Gerade als Emma fast bei ihrem Tisch angekommen war, haben sie sich sogar sehr peinlich quer über den Tisch geküsst. Das hat mich wieder an Sipho Godbless und seine Verlobte Duduzile Mbisi erinnert.

»Verzeihen Sie?«, hat Emma gesagt, sobald die beiden mit dem Küssen aufgehört hatten. »Ich wollte mich nur erkundigen, ob alles in Lion Lodge zu Ihrer Zufriedenheit ist? Ich bin Emma Chapman, die Tochter der Besitzerin.«

Das junge Paar hat sie verblüfft angesehen. Vielleicht haben sie sich gewundert, dass sich bei uns im Land Kinder mit schmutzigen Füßen in Flipflops nach der Zufriedenheit der Gäste erkundigen.

Aber sie haben versucht, sich nichts anmerken zu lassen. »Doch, doch«, hat der Mann gesagt. »Alles ganz großartig.«

»Das freut mich!«, hat Emma gesagt. Mit einer sehr vornehmen Stimme, Sie wissen, was ich meine, meine Damen und Herren. Und gelächelt wie die Menschen auf den Plakaten am Straßenrand, die Ihnen etwas verkaufen möchten, hat sie auch. So lächelt Emma sonst nie. Und so spricht sie auch nicht. »Ich vermute, Sie wollen bei uns einen Film drehen? Ist das so?«

Jetzt haben die beiden endgültig verblüfft ausgesehen.

»Das hast du richtig erfasst!«, hat der Mann gesagt. Eigentlich sah er nicht so aus, als ob er große Lust auf eine Unterhaltung hatte. »Einen Dokumentarfilm.«

Ich war nicht ganz sicher, was ein Dokumentarfilm ist.

Emma hat ein bisschen enttäuscht ausgesehen. »Schauspieler brauchen Sie dafür dann keine?«, hat sie gefragt.

Im Hintergrund habe ich Ms Wendy Chapman gesehen, wie sie zielstrebig auf uns zugekommen ist. Ich wusste, warum. Ms Wendy Chapman mag es nicht, wenn wir Kinder die Gäste belästigen. Die Gäste sind zu uns ins Königreich gekommen, um Löwen und Elefanten zu sehen, sagt Ms Wendy Chapman, nicht, um Kinder zu sehen. Und außerdem möchten die Gäste ihre Ruhe. Das ganze Jahr lang haben sie in ihren Ländern zu Hause hart gearbeitet, da möchten sie wenigstens bei uns ihre Ruhe haben.

Zum Glück hat ein älteres Paar in Safari-Kleidung Ms Wendy Chapman jetzt an seinem Tisch aufgehalten. Der alte Mann hat auf sie eingeredet und ihr dabei etwas auf dem Display seiner Kamera gezeigt. Ms Wendy Chapman hat gelacht. Ms Wendy Chapman tut immer so, als ob sie die Fotos und die Videos der Gäste ganz großartig findet. Dabei hat sie natürlich alles schon tausendmal gesehen.

Und ich habe die Gelegenheit genutzt, um dem Film-Pärchen auch noch schnell eine Frage zu stellen. »Ein Dokumentarfilm ist nicht wie Miss Marple, oder?«, habe ich gefragt. »So was drehen Sie nicht?«

Da haben die beiden gelacht. Ich muss sagen, besonders höflich fand ich das nicht.

»Miss Marple!«, hat die junge Frau gesagt. »Nein, ganz bestimmt nicht! Miss Marple, das ist ja Steinzeit! Das ist ja schon gar nicht mehr wahr!«

»Das hat meine Oma gesehen!«, hat der junge Mann gesagt. »Aber wenn du magst …«

In diesem Augenblick war Ms Wendy Chapman endlich an unserem Tisch angekommen. Sie hat Emma ihre eine und mir ihre andere Hand auf die Schulter gelegt.

»Ich hoffe, die Kinder belästigen Sie nicht!«, hat sie höflich zu dem Paar gesagt. »Komm, Emma, komm, Thabo!«

Dann hat sie uns schon, ohne eine Antwort abzuwarten, in Richtung Terrassentür geschoben.

Mir hat es aber nichts ausgemacht. Ich fand das Film-Paar sowieso sehr unsympathisch. Über Miss Marple zu lachen! Kein Wunder, dass in England nur so wenige Verbrechen aufgeklärt werden!

Hatte ich gesagt, dass Ms Wendy Chapman uns von der Terrasse geholt hatte, damit wir ihre Gäste nicht stören sollten? Das ist sicher die Wahrheit, meine Damen und Herren. Aber an diesem Abend war es nur die halbe Wahrheit.

»Du weißt sehr genau, dass du die Gäste nicht von dir aus ansprechen sollst, Emma!«, hat Ms Wendy Chapman gesagt. Aber irgendwie ohne große Überzeugungskraft. Mehr so, als ob sie wusste, dass wir genau das jetzt von ihr erwarteten. »Wart ihr nicht vorhin bei Agatha? Sie ist heute Abend nicht hier aufgetaucht! Dabei hatte ich sie gebeten, die Aufsicht beim Abendessen zu übernehmen, weil ich nach Nhlangano fahren wollte, um mir einen Vortrag über Schlangen anzuhören! Daraus wird jetzt wohl nichts.« Sie hat ärgerlich ausgesehen. Zum Glück mal nicht ärgerlich auf uns.

»Wahrscheinlich hat Auntie das vollkommen vergessen, weil sie noch mit ihrem alten Verehrer Buyisiwe Fairplay Dlamini im Garten sitzt und über alte Zeiten plaudert!«, hat Emma gesagt. »*Oh, Agatha, Sie waren die Schönste auf jedem Fest! Oh, Agatha, ich hätte Sie so gerne zu meiner zweiten Frau genommen!* Kein Wunder, dass Auntie da die Zeit vergisst! Wann erzählt so einer alten Frau schon mal ein Mann, dass sie die Schönste ist?«

Ich habe Emma böse angesehen. Wie konnte sie so respektlos reden? Natürlich hatte Miss Agatha die Zeit nicht vergessen, weil sie sich geschmeichelt fühlte. Wenn man so alt ist wie Miss Agatha, ist einem ganz egal, was die Männer von einem halten. Wenn man alt ist, genießt man Respekt, das genügt.

»Aber sie geht ja auch nicht ans Telefon!«, hat Ms Wendy Chapman gesagt. »Und nicht an ihr Handy! Ich bin wirklich verärgert. Wenn ich mich jetzt nicht mal mehr auf Agatha verlassen kann …«

Ich habe schnell den Kopf geschüttelt. »Es wird sich aufklären, Miss Wendy!«, habe ich gerufen. »Miss Agatha ist unbedingt zuverlässig! Sie vergisst nur manchmal etwas.«

Das stimmt. Sie vergisst zum Beispiel, wo sie das Stromkabel für ihren Laptop hingelegt hat, dann kann sie den Akku nicht wieder aufladen. Oder sie vergisst ihr Handy im Kühlschrank. Dann kann sie natürlich gar nicht hören, wenn es klingelt.

Ms Wendy Chapman hat geseufzt. »Ich wäre so gerne

zu diesem Vortrag gegangen!«, hat sie gesagt. »Eigentlich beschämend, wie wenig ich über unsere Schlangen weiß. Ja, gute Nacht, Thabo! Komm sicher nach Hause! Hamba kahle! Lala kahle!«

»Salani kahle!«, habe ich zu Emma und Miss Wendy gesagt. Dann habe ich mich in der Dunkelheit auf den kurzen Weg zu den Ranger-Quartieren gemacht.

Über Miss Agathas Vergesslichkeit wollte ich jetzt nicht auch noch nachdenken. Mit Sipho Godbless und den gestohlenen Rindern hatten wir genug zu tun.

11

Am nächsten Morgen bin ich früh aufgewacht. Ich hatte nicht sehr gut geschlafen, niemand schläft gut, wenn es kalt ist, das wird bei Ihnen im Winter nicht anders sein. Und im Winter sind die Nächte bei uns in den Hügeln *sehr* kalt. Am Gobolondo gibt es sogar manchmal Schnee. Dann frieren wir nachts auf unseren Matten.

Sipho Happy war nach der Nacht-Safari noch nicht aufgestanden, aber Xolani und Bongani haben an die Rangerstation gelehnt in der Morgensonne gesessen, vor sich eine Reihe von kleinen Mulden im Sand, und haben ein Bohnenspiel gespielt.

Onkel Vusi hat neben ihnen mit viel Draufspucken seine Stiefel poliert. Die Touristen geben mehr Trinkgeld, wenn die Ranger sauber und gepflegt aussehen, sagt Onkel Vusi. »Ich seh schon, ich muss gleich wieder für diesen Kerl einspringen!«, hat Xolani wütend gesagt und nach dem Spiel (er hatte gewonnen) die Steine im Sand mit der Handkante zusammengeschoben. »In einer halben Stunde geht seine Ganztags-Safari schon los, und Joyful schläft immer noch irgendwo seinen Rausch aus.«

»Der war doch gestern Nachmittag schon betrunken!«, hat Bongani gesagt. »Fast so betrunken wie die Affen, wenn sie sich mit den gegorenen Marula-Früchten den Magen vollschlagen!«

»Das passiert jetzt schon zum dritten Mal!«, hat Xolani gesagt. »Dass Sipho Joyful nach so einer Sauftour morgens nicht auftaucht. Kaum hat er ein paar Emalangeni verdient, schon verschwindet er in der nächsten Shebeen und gibt das Geld aus bis auf den letzten Lilangeni!«

(Eine Shebeen, das wissen Sie, ist ein nicht erlaubter Pub, der selbst hergestellten Alkohol ausschenkt. Davon gibt es natürlich viel mehr, als es erlaubte Pubs gibt, das wird in Ihren Ländern nicht anders sein.)

»Wenn du ihn dann auch immer sofort vertrittst, Xolani!«, hat Bongani gesagt. »Lass ihn doch mal richtig Ärger kriegen! Sonst hört der nie mit dem Saufen auf! Wie soll er das denn sonst lernen?«

Ich hatte keine Lust, noch länger zuzuhören. Je weniger ich von Sipho Joyful hören musste, desto besser.

»Ich geh dann mal, Onkel Vusi!«, hab ich gesagt. Xolani und Bongani haben mir nachgewinkt.

Darum war ich an diesem Morgen auch früh in Lion Lodge, und ich habe mich nicht gewundert, dass Sifiso am Parkplatz sogar schon auf mich gewartet hat. Durch Sifisos Hütte, bei der viele Sommerregen den Lehm vom Wandgeflecht gespült haben, pfeift außerdem noch der Wind, und ob Sifiso und seine drei Geschwister wirklich vier Wolldecken besitzen (für jeden eine), weiß ich nicht. Es war klar, dass Sifiso so früh aufgestanden war, um sich in der Morgensonne aufzuwärmen, voller Hoffnung auf einen Tag, an dem er mittags in der Sonne wieder schwitzen würde.

Nur Emma war nirgends zu sehen.

»Schläft sie noch?«, habe ich gefragt, ohne mich lange mit der Begrüßung aufzuhalten. Es war ja klar, wen ich gemeint habe.

Sifiso hat genickt. Er hat immer noch die Schultern zusammengezogen und ein bisschen mit den Zähnen geklappert. Es dauert eine Weile, bis es einem nach einer langen Nacht wieder warm wird.

»Verstehst du das?«, hat er gefragt.

»Sie hat einen Heizofen in ihrem Zimmer«, habe ich gesagt.

Das haben die Cabins in Lion Lodge nämlich alle, und die Zimmer auch. Die Touristen sind bei sich zu Hause nicht daran gewöhnt, nachts zu frieren. Und außerdem glauben sie, in Afrika ist es immer warm. Darum bringen sie keine Pullover mit, die sie nachts überziehen könnten. Darum gibt es in Lion Lodge die kleinen elektrischen Heizöfen auf Rädern.

Trotzdem mussten wir nicht lange auf Emma warten. Sie kam aus der Küche mit einem Stapel weißer, weicher Sandwiches. »Da!«, hat sie gesagt. »Für jeden eins!«

Ein Sandwich am Morgen essen wir bei uns im Königreich

eigentlich nicht, aber so hat Emma keine Zeit mit dem Frühstück verloren. Und Sifiso und ich haben auch etwas zu essen gekriegt. Es war leider diese bittere englische Orangenmarmelade darauf, ich will mich aber nicht beschweren.

»Hat Miss Agatha sich inzwischen gemeldet?«, habe ich gefragt. »Bei deiner Mutter?« Nicht mit vollem Mund. Wer einmal ein Gentleman werden will, spricht nicht mit vollem Mund.

Emma hat den Kopf geschüttelt. »Heute Morgen zum Frühstück war sie auch nicht da«, hat sie gesagt. »Das ist aber auch kein Wunder, oder? Wenn sie gestern Abend mit Buyisiwe noch so richtig einen draufgemacht hat?« Manchmal staune ich, was für Ausdrücke Emma verwendet. »Also los zum Polizeiposten Debedebe?«

Wir haben unsere Sandwiches auf dem Weg zu Ende gegessen. Sifiso sah aus, als ob ihm beim Laufen allmählich wärmer wurde. Als wir am Polizeiposten angekommen sind, schien die Sonne schon wieder so kräftig, dass die Gäste ihren Freunden zu Hause würden erzählen können, wie warm es in Afrika ist.

»Guten Morgen, Inspector Gwebu!«, habe ich gesagt und bin durch die offene Tür in den Wachraum spaziert. »Kusile!«

Im Wachraum des Polizeipostens Debedebe sind Sifiso, Emma und ich regelmäßige Gäste. Meistens, weil wir einen zu Unrecht Gefangenen in seiner Zelle besuchen wollen. PC Sipho hatten wir in dieser Zelle sogar früher schon mal angetroffen. Und zwar mit seiner Verlobten Duduzile Mbisi auf dem Schoß.

Aber heute hatte er keine Verlobte dabei.

»Dürfen wir mit dem Gefangenen sprechen?«, hat Emma gefragt.

Inspector Gwebu hat genickt. Sein Gesicht war noch ein bisschen zerknittert vom Schlaf, aber seine Uniformjacke war geschlossen, und er sah sehr wichtig aus. Er hat wie immer ein bisschen nach Buganu gerochen, das hat mich überrascht so früh am Morgen. Er konnte ja noch nicht auf einer Beerdigung gewesen sein.

»Aber nicht in der Zelle!«, hat er gesagt und sich über seine Papiere gebeugt. Da haben Sifiso, Emma und ich uns vor der Gittertür auf den Boden gesetzt.

Die Arrestzelle im Polizeiposten Debedebe hat kein Fenster. Aber zum Wachraum hin ist sie vergittert, und zwischen den Gitterstäben fällt genügend Licht hinein.

PC Sipho Godbless saß auf seiner Pritsche und sah aus, als hätte er nicht sehr viel geschlafen. »Was wollt ihr?«, hat er böse gefragt.

Als ob PC Sipho nicht wüsste, dass wir bei uns in Hlatikulu schon zwei Verbrechen aufgeklärt haben, an denen die Polizei gescheitert war! Müsste ein zu Unrecht Beschuldigter sich nicht eigentlich freuen, wenn unerwartet drei erfolgreiche private Ermittler auftauchen, um ihm zu helfen und seine Unschuld zu beweisen?

»Sipho Godbless«, hat Emma gesagt. »Du behauptest,

dass dir ein Junge die neun Rinder verkauft hat. Wir glauben dir.«

Sipho sah trotzdem kein bisschen freundlicher aus. »Und was hilft mir das?«, hat er gefragt.

Was für eine Frage, meine Damen und Herren, was für eine Frage! Tatsächlich, PC Sipho nahm uns als private Ermittler nicht ernst! Aber sollten wir ihn deswegen seinem ungerechten Schicksal überlassen?

»Wir klären die Sache für dich auf!«, hat Emma gesagt. Wahrscheinlich zuversichtlicher, als sie sich gefühlt hat. »Wie den Nashorn-Fall! Und die Sache mit den verschwundenen Kindern!«

»Ihr!«, hat PC Sipho gesagt. »Ausgerechnet!«

Eigentlich hätten wir uns an dieser Stelle beleidigt umdrehen und gehen müssen. Sollte Sipho doch sehen, wo er Hilfe bekam!

Aber dann habe ich etwas Merkwürdiges begriffen. Ich habe begriffen, dass ich den Fall eigentlich gar nicht aufklären wollte, um Sipho zu helfen. Eish! Ich will ehrlich zu Ihnen sein. Ich wollte den Fall einfach nur aufklären, weil ich Lust dazu hatte. Das ist vielleicht nicht ganz so edelmütig. Aber so ist das bei Privatdetektiven.

»Erzähl uns alles noch mal ganz genau!«, hat Sifiso gesagt. »Von Anfang an.«

Da hat PC Sipho sich über die Stirn gewischt und uns immer noch böse angeguckt und gemurmelt, okay, na gut. Also vor zwei Tagen wäre dieser Junge bei ihm zu Hause aufgetaucht und hätte gesagt, er hätte gehört, dass Sipho Rinder für seine Lobola sucht.

»Wo hatte der das gehört?«, hat Sifiso gefragt.

PC Sipho hat abgewinkt. Ich fand auch, dass das schließlich egal war. Sein Vater hätte neun wirklich sehr schöne Rinder, hatte der Junge Sipho erzählt, und sein Vater wäre krank und brauchte Geld für den Arzt. Darum könnte Sipho die Rinder günstig kaufen.

»Das habe ich ihm geglaubt!«, hat Sipho gesagt.

Wer hätte es dem Jungen nicht geglaubt?

»Und dann hast du dich mit ihm auf dem Weg zum Gobolondo getroffen«, hat Emma gesagt.

Sipho hat genickt. »Und da standen diese neun wunderbaren Rinder, und ...«

Inspector Gwebus Handy hat geklingelt. Er hat das Gespräch angenommen und ist aus dem Wachraum gegangen.

»Und ich habe natürlich gedacht, dass sie wirklich ihm gehören, weil sie ja auch noch ihre Brandzeichen hatten!«, hat PC Sipho gesagt. »Wenn die Rinder gestohlen gewesen wären, hätten die Diebe natürlich als Erstes die Brandzeichen entfernt, das ist doch logisch! Sonst könnte man sie ja blitzschnell überführen.«

»Dich hat man ja jetzt auch überführt«, hat Sifiso gesagt.

»Aber warum hat der Junge die Brandzeichen denn nicht entfernt, wenn er die Rinder gestohlen hat?«, hat Emma gefragt. »Das war doch dämlich! So ist er doch auch selbst in Gefahr, wenn du jetzt vielleicht die Polizei zu ihm führst!«

»Und wie soll ich das tun?«, hat Sipho wütend gefragt. »Weiß ich, wo er wohnt?«

»Ja, gut, gut!«, habe ich gerufen. »Trotzdem bleibt es ja dumm, die Brandzeichen nicht zu entfernen! Ohne Brandzeichen könnten die Besitzer doch niemals beweisen, dass die Rinder ihnen gehören!«

Sipho hat die Achseln gezuckt. »Wenn die Rinder eigentlich ins Ausland verkauft werden sollen«, hat er gesagt, »entfernt niemand die Brandzeichen. In Südafrika oder Mosambik macht sich keiner die Mühe, sie zu überprüfen. Da werden die Rinder sofort zum Schlachthof geschafft.«

»Du meinst, der Junge hat die Rinder gestohlen und wollte sie zuerst eigentlich nach Südafrika bringen?«, hat Sifiso gefragt. »Aber wie wollte er sie denn da hinschaffen, ohne geschnappt zu werden? Zu Fuß mit neun Rindern über die Grenze?«

»Das hat er ja irgendwann wahrscheinlich auch selbst begriffen, Sifiso!«, habe ich gesagt. »Und darum hat er sie dann lieber doch hier im Land verkauft. Aber wieso hat der Besitzer denn überhaupt rausgekriegt, dass *du* seine Rinder hattest, Sipho? Das war ja nun mehr als unwahrscheinlich!«

Sipho hat geseufzt. »Duduziles Onkel!«, hat er gemurmelt. »Ich hab ihn in unseren Kraal geführt, um ihm die Rinder zu zeigen. Um zu fragen, ob sie als Lobola akzeptabel sind. Und er hat sie sogar fotografiert. Mit dem Handy.«

»Fotografiert?«, habe ich gefragt. Da hat mir schon etwas geschwant.

Sipho hat genickt. »Und die Bilder hat er dann zu Hause überall rumgezeigt. Ganz stolz, weil Duduzile neun so stattliche Rinder wert sein sollte! Aber leider war einer der Nachbarn der Vetter der Schwägerin der Tochter des Besitzers. Und der hat das Brandzeichen erkannt.«

»Eish!«, habe ich gerufen. Wir sind glücklich, dass wir bei uns im Land so große Familien haben und dass diese großen Familien immer zusammenhalten. Aber manchmal kann es auch schlimme Folgen haben. Für Sipho hat es jetzt schlimme Folgen gehabt.

»Ich hätte doch niemals geglaubt, dass der Junge mich betrügt!«, hat Sipho gerufen. »Wo wir doch beide Fans vom selben Fußballclub sind!«

»Woher weißt du das?«, hab ich verblüfft gefragt.

»FC Barcelona!«, hat Sipho gesagt. »Wir haben uns über das letzte Spiel unterhalten.«

Emma hat genickt. »Klar, du unterhältst dich mit jedem, den du triffst, über deinen Fußballverein!«, hat sie gesagt. »Wenn du Rinder von jemandem kaufen willst oder wenn du ihn verhaften willst oder wenn du Bananen bei ihm kaufen willst. *Eh, Babe, haben Sie vom letzten Barca-Spiel gehört?* Cool!«

Sipho hat ärgerlich den Kopf geschüttelt. »Natürlich nicht!«, hat er gesagt. »Wenn ich Bananen kaufen will, unterhalte ich mich über den Preis der Bananen, und wenn ich Rinder kaufen will, unterhalte ich mich über den Preis der Rinder, und wenn ich jemanden verhaften will, unterhalte ich mich gar nicht! Aber der Junge hatte ja dieses Trikot an! Da wusste ich gleich …«

»Ein Barca-Trikot?«, haben Emma und ich gerufen.

Das war nun ja doch ungewöhnlich. Zwei Barca-Shirts in unserer Gegend an zwei aufeinanderfolgenden Tagen! Sie erinnern sich an den Jungen, der auf unserem Fußballplatz Muti vergraben hatte?

Natürlich habe ich Ihnen erzählt, dass Sie diese Trikots manchmal auf dem Markt in Manzini kaufen können. Aber doch nicht so viele, dass es in unserer Gegend nun gleich von Barca-Shirts wimmelt!

»Denkt ihr, was ich auch denke?«, habe ich Sifiso und Emma gefragt.

Aber beide waren schon aufgesprungen.

»Sala kahle, Sipho!«, hat Sifiso gesagt. »Wir müssen mal gleich was überprüfen!« Dann war er schon an der Tür.

Sipho hat die Hand zum Abschied gehoben. Er sah verwirrt aus. Das hätten Sie bei PC Sipho Godbless nun aber sicher auch schon nicht mehr anders erwartet. Sie, meine Damen und Herren, sind dagegen sicher nicht verwirrt. Sie haben dieselbe Vermutung wie Sifiso, Emma und ich.

Draußen vor dem Polizeiposten hat Inspector Gwebu noch immer mit seinem Handy telefoniert. »Schon alles geklärt?«, hat er gefragt und das Handy gegen seine Uniformjacke gepresst, damit man am anderen Ende unser Gespräch nicht mithören konnte. »Na, dann viel Glück, meine Herrschaften Detektive!« Er hat uns zugezwinkert.

Es hatte keinen Sinn, sich über Inspector Gwebu aufzuregen. Er wusste ganz genau, wie gut wir in der Aufklärung von Verbrechen waren. Aber das konnte er natürlich nicht zugeben. Die Polizei gibt nie zu, dass sie ohne private Ermittler verloren wäre. Das weiß ich von Miss Marple.

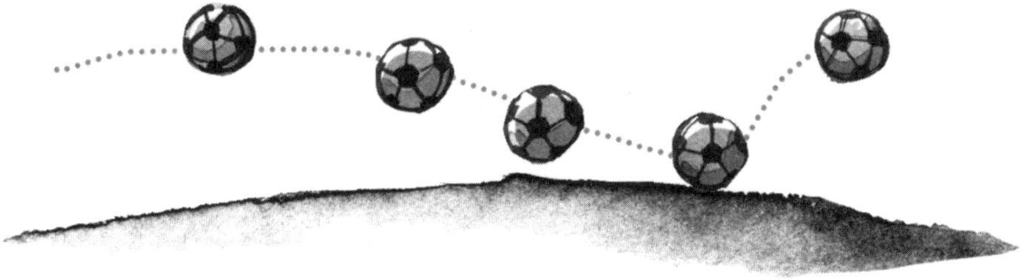

12

»Zwei Barca-Shirts!«, hat Emma gesagt. »Habt ihr das gehört? Zwei Barca-Shirts, das wäre nun ja doch ein sehr, sehr großer Zufall!«

Mehr mussten wir gar nicht besprechen. Wir sind sofort losgerannt.

»Direkt zum Fußballplatz?«, hat Sifiso gefragt. Emma und ich haben genickt.

Sie haben verstanden, worum es ging? Ich will Sie nicht kränken, natürlich haben Sie verstanden, ngiyacolisa! Wenn in unserer abgelegenen Gegend an zwei aufeinanderfolgenden Tagen zwei Jungen in Barca-Trikots gesehen werden, dann kann es dafür nur zwei Gründe geben, das ist ein Fakt.

Der erste ist, dass eine Hilfsorganisation ein Paket mit Barca-Shirts für die Fußballfans in Hlatikulu gespendet hat. Das wäre sehr großzügig, ich empfehle es Ihren Hilfsorganisationen unbedingt! Davon hätte dann aber garantiert jeder Junge zwischen Hlatikulu und Nhlangano gewusst, seien Sie sicher. Und weil weder Sifiso noch ich davon wussten, konnte das nicht sein. (Ich sage es noch einmal: Ich empfehle es für die Zukunft.)

Der zweite Grund war einfach: Die zwei Jungen im Barca-Shirt waren in Wirklichkeit gar nicht zwei Jungen, sondern nur einer. Und das würde bedeuten, dass der Junge, der das Muti auf dem Fußballplatz vergraben hatte, und der Junge, der Sipho die Rinder verkauft hatte, ein und derselbe Junge waren, das sagt jedem Privatdetektiv die einfachste Ermittlungslogik. Darum mussten wir jetzt sehen, was dieser selbe Junge auf dem Fußballplatz von Jericho High tatsächlich vergraben hatte. Natürlich konnte es immer noch Muti sein. Andererseits lag doch der Verdacht nahe ...

Wir mussten es überprüfen.

Aber dies war der Tag der Überraschungen, was soll ich sagen. Und die nächste Überraschung erwartete uns schon auf dem Fußballplatz. »Wieso sind denn ausgerechnet die da?«, hat Emma ärgerlich gefragt.

Ich habe mich nicht so sehr gewundert wie sie. Sifisos kleine Geschwister tauchen immer gerade dann auf, wenn man sie am wenigsten brauchen kann.

Pilot stand in einem der beiden Tore in den viel zu großen Stiefeln, die er vor Weihnachten am Fluss gefunden hatte (ich kann Ihnen jetzt nicht erklären, wie und warum), und wippte mit ausgebreiteten Armen in den Knien.

»Nun schieß doch endlich, Lemonade!«, hat er gebrüllt. »Worauf wartest du! Frauen!«

Vor dem Tor stand Lemonade in ihrem schmutzigen roten Rock und mit Flipflops an den Füßen und hat vor sich auf den Boden gestarrt. »Erst mal beten!«, hat sie streng gesagt und weiter nach unten geguckt.

Natürlich wird vor jedem Fußballspiel zuerst gebetet, das verlangen die alten Sitten, und das verlangen die neuen Sitten, und das wird bei Ihnen in England nicht anders sein; aber wenn nur zwei kleine Kinder bolzen, finde ich es doch ein bisschen übertrieben.

»Ganz kurz!«, hat Pilot gesagt und auch nach unten geguckt.

Lemonade hat jetzt den Ball angestarrt. »Und wenn der kaputtgeht?«, hat sie gefragt. »Ich kann ganz fest treten, Pilot! Dann krieg ich Ärger mit dir! Sag, dass du mich nicht haust, wenn der kaputtgeht!«

Inzwischen waren wir fast beim Tor angekommen. Der Ball sah wirklich nicht mehr sehr vertrauenerweckend aus. Bei einem der nächsten Schüsse würde er sich in seine Bestandteile auflösen, das war eine Tatsache. An einer Stelle gab es einen großen Riss in der Plastiktüte, und das Zeitungspapier, mit dem ich sie für Pilot gestopft hatte (ich hatte es von Miss Agatha bekommen), fiel schon jetzt heraus.

»Leg los, hab ich gesagt!«, hat Pilot trotzdem gebrüllt.

Emma hat Lemonade von hinten an den Schultern gepackt. »Buh!«, hat sie gerufen. »Und was tut ihr beiden Zwerge so früh am Morgen hier auf dem Fußballplatz? Erzählt das mal der guten Auntie Emma!«

Lemonade hat versucht, sich aus ihrem Griff zu winden. »Lass los, Dumme!«, hat sie geschnaubt.

Pilot hat nur trotzig auf seine Füße geguckt.

»Es ist wegen dem Muti, oder?«, hat Sifiso gefragt und seinen kleinen Bruder geschüttelt. »Pilot?«

Pilot hat genickt. Geantwortet hat natürlich Lemonade.

»Wir wollten das ja nur ausprobieren!«, hat sie maulig gesagt. »Du sollst nicht schimpfen! Pilot hat gesagt: *Wem hilft das Muti denn, Lemonade? Hilft das Muti dem Mann, der im Tor steht, oder hilft das Muti dem Mann, der schießt?* Das wollten wir bloß mal ausprobieren, Sifiso! Das ist nicht verboten!«

»Und du bist also der Mann, der schießt!«, habe ich zu Lemonade gesagt. Fast hätte ich mit den Augen gerollt wie sonst immer Emma.

Emma hat Lemonade losgelassen. »Nee, das ist nicht verboten«, hat sie gesagt. »Aber es zeigt, wie dämlich es ist, Muti auf dem Platz zu verbuddeln, oder? Kein Mensch kann ja ahnen, welcher Seite es dann hilft!«

(Sie sehen, dass Emma wenigstens auch geglaubt hat, *dass* das Muti *irgendwem* helfen würde.)

»Darum ist es ja auch besser, die Fußballschuhe von seiner Mannschaft damit *einzureiben*!«, hat Sifiso gesagt. »Verbuddeln ist nur die zweitbeste Lösung.«

»Ich hab aber keine Fußballschuhe«, hat Lemonade gesagt und auf ihre Flipflops geguckt.

Emma hat abgewinkt. »Egal!«, hat sie gesagt. »Geht mal zur Seite und lasst die Großen ran! Hier muss was aufgeklärt werden! Es geht um professionelle Ermittlungsarbeit!«

Dann haben wir losgelegt.

Wenn man etwas ausgraben will, hilft es, wenn man einen Spaten hat. Oder eine Hacke oder wenigstens eine einfache Schaufel.

Aber wer hat schon einen Spaten? Sifiso, Emma und ich hatten jedenfalls keinen Spaten. Wir haben nach einem passenden Stein gesucht, und Emma hat auch noch einen Stock gefunden. Zum Glück war die Stelle vor dem Tor, an der der Junge gegraben hatte, noch gut zu erkennen. Auch wenn die beiden Kleinen jetzt schon darauf rumgetrampelt hatten. Und zum Glück für unsere Ermittlungsarbeit hatte es ja auch nicht geregnet. (Für alles andere sonst war der fehlende Regen natürlich kein Glück, das ist ein Fakt.) So war noch deutlich zu sehen, wo vor Kurzem irgendwer gegraben und hinterher die Erde einfach wieder festgestampft hatte.

»Wenn es wirklich Muti ist, dürfen die von Good Hope Nhlangano um Himmels willen nicht rauskriegen, dass wir es rausgeholt haben!«, hat Emma gesagt. »Wer weiß, wie die sich sonst an uns rächen!«

Aber wir haben alle drei längst nicht mehr daran geglaubt, dass wir auf dem Fußballfeld Muti finden würden. Wir haben mit dem Stein und dem Stock in der roten Erde gekratzt und geschabt, und wir mussten uns gar nicht lange anstrengen. Der Junge hatte sicher auch keinen Spaten gehabt. Der Junge hatte nicht sehr tief gegraben.

»Na bitte!«, hat Sifiso gerufen. Ganz vorsichtig hat er den

letzten Rest Erde mit den Händen zur Seite geschoben. Darunter lag eine dünne Plastiktüte, wie wir sie benutzen, um Fußbälle zu knoten; aber was hier vergraben lag, war ganz sicher kein Fußball.

Und Muti war es auch nicht.

13

»Geld!«, hat Emma geflüstert. »Ich hab's doch geahnt!« (Sie haben es natürlich auch geahnt, meine Damen und Herren.)

Wir haben alle fünf auf die Tüte in Sifisos Hand gestarrt. Wir haben die Scheine darin nicht gezählt. Aber auch so stand fest, dass in der Tüte auf dem Fußballplatz von Jericho High nicht nur ein paar mickerige Emalangeni vergraben gewesen waren. Irgendwer hatte einen dicken Packen Scheine in die Tüte gesteckt und das dünne Plastik dann drum herumgewickelt, bis das Ganze ein festes kleines Paket geworden war.

»Das ist gar kein Muti, Sifiso!«, hat Lemonade empört gerufen. »Das ist Geld!«

Sifiso hat die Tüte mit ausgestrecktem Arm so weit wie möglich von sich weggehalten, als könnte das Geld ihn beißen wie eine Schwarze Mamba. Ich konnte ihn verstehen. Das Geld war unheimlich. Keiner von uns hatte jemals einen solchen Packen Geld gesehen. Nicht mal Emma.

Aber Emma war die Erste, die sich zusammengerissen hat. »Muti, ja?«, hat sie gesagt. »Hat Delighty das gesagt? Der Junge hat Muti vergraben? Typisch Delighty!«

Was ich unfair gefunden habe. Jeder hätte ja geglaubt, dass der Junge im Barca-Shirt Muti vergraben hatte, wenn er ihn auf dem Platz beobachtet hätte! Aber Emma ist nicht nur eifersüchtig auf Sifiso, sie ist auch eifersüchtig auf Delighty. Sie können sich denken, warum. Emma freut sich, wenn Delighty sich geirrt hat.

»Dann ist dieses Geld …«, habe ich gerufen. »Begreift ihr, was das heißt? Emma? Sifiso?«

»Natürlich, Thabo, Schlauester der Schlauen!«, hat Emma ärgerlich gesagt. »Deswegen sind wir doch schließlich hergekommen, um nachzugucken, oder? Der Barca-Junge hat die Rinder gestohlen. Dann hat er die gestohlenen Rinder Sipho Silima verkauft, ohne sich die Mühe zu machen, die Brandzeichen zu entfernen. Sipho Silima hat ihm das für seine Lobola gesparte Geld dafür gegeben. Und danach hatte der Barca-Junge nichts Besseres zu tun, als das Geld sofort hier auf dem Fußballplatz zu vergraben.«

»Yebo«, hat Sifiso gemurmelt. »Aber warum?«

»Warum, warum!«, hat Emma gerufen. »Glaubst du, der ist so dämlich und bewahrt das in seiner Hütte auf? Damit die Polizei, wenn sie vielleicht doch nach ihm sucht und ihn sogar aufspürt – was ich bei unserer Polizei nicht für sehr wahrscheinlich halte! –, es gleich bei ihm findet? Damit wäre er doch dann quasi überführt! Aber wenn die Polizei kein Geld bei ihm findet …«

»… dann sagt er einfach: *Wie, dieser PC Sipho behauptet, ich hätte ihm Rinder verkauft? Niemals! So ein Lügner! Hat er einen Beweis? Ich habe doch gar keine Rinder! Niemals besessen! Und stehlen würde ich sie natürlich nie im Leben!«*

»Ganz genau, Thabs!«, hat Emma gesagt. »Kein Mensch hat jetzt irgendein Indiz dafür, dass der Barca-Junge die Rinder gestohlen hat.«

(Sie wissen, was ein Indiz ist, es gehört zur Sprache der Ermittler. Ein Indiz ist weniger als ein Beweis, aber ein Indiz beweist trotzdem schon ziemlich viel.)

»Clever!«, habe ich gesagt.

»Aber warum vergräbt er das Geld ausgerechnet hier?«, hat Emma gefragt und die Stirn in Falten gelegt.

Sifiso hat die Achseln gezuckt. »Warum *nicht* hier?«, hat er gefragt. »Bei ihm zu Hause ging nicht. Und es musste schließlich irgendwo sein, wo er es garantiert wiederfindet. Hier findet er es natürlich garantiert wieder. In der Eukalyptusplantage wäre das schon schwieriger gewesen.«

»Klar, und er ist außerdem ein Fußballfan!«, habe ich gesagt.

Sifiso hat jetzt auch die Stirn gerunzelt und auf das Päckchen in seiner Hand geguckt. »Dann ist das hier aber natürlich in Wirklichkeit Siphos Geld!«, hat er gesagt. »Die Geschichte, die er erzählt, ist wahr, ist euch das klar? Inspector Gwebu muss ihn freilassen! Und wir sollten ihm sein Geld zurückgeben!«

»Sipho das Geld geben?«, hat Emma gefragt. »Bist du wahnsinnig? Wir bringen das Geld zu Inspector Gwebu, das Geld ist doch der Beweis dafür, dass Sipho unschuldig ist!«

Aber ich habe heftig den Kopf geschüttelt. »Kein bisschen!«, habe ich gerufen. (Manchmal merkt man doch, dass ich von uns allen gemeinsam mit Miss Agatha die meisten Kriminalfilme ansehe. Mein Gehirn ist darum am besten von all unseren Gehirnen für die Aufklärung von Verbrechen geschult, ich hoffe Sie verstehen das jetzt nicht als Prahlerei.) »Das Geld hier beweist gar nichts! Im Gegenteil! Inspector Gwebu könnte doch genauso gut glauben, dass Sipho die Rinder gestohlen hat und ihm danach plötzlich eingefallen ist, dass es ja verdächtig wäre, wenn er auf einmal neun Rinder besitzt und das Geld für die Lobola immer noch hat! Das Lobola-Geld müsste doch dann verschwunden sein! Darum könnte *Sipho* doch – könnte Inspector Gwebu denken! – das Geld vergraben haben, damit die Polizei es nicht in seiner Hütte findet, wenn sie ihn wegen des Rinderdiebstahls verdächtigt! Das Geld in seiner Hütte wäre doch ein zusätzlicher Beweis gewesen!«

»Eish!«, hat Sifiso gemurmelt und langsam den Arm mit dem Geld sinken lassen.

»Na gut!«, hat Emma gesagt. Sie hat nicht gerne unrecht, das kann man verstehen. »Kann sein, Schlaumeier Thabo. Und was machen wir also jetzt mit dem Geld?«

»Zum Laden gehen!«, hat Pilot gerufen. »Zu Andile!« Seine Augen hatten schon die ganze Zeit verdächtig geleuchtet. »Wir gehen zu Andile, Sifiso!«

Wir haben einen sehr guten Laden bei uns an der großen Sandstraße, »Andiles Reasonable Honest General Dealer«, auch Sie wären mit Andile zufrieden. Trotzdem halten die Touristen mit ihren Mietwagen dort niemals an, um einzukaufen, wir verstehen nicht, warum. Sie halten nur an, um Fotos vom Laden zu machen.

»Jelly Beans!«, hat Lemonade gerufen. »Ich will Jelly Beans!«

»Ich will eine Dose!«, hat Pilot gesagt. »Mit Limonade drin!«

Natürlich gibt es bei »Andiles Reasonable Honest General Dealer« Jelly Beans und Dosen mit Limonade für Menschen, die Geld haben. Und Tjwala. Und Kopfschmerztabletten können Sie auch kaufen, eine oder drei oder sogar fünf, wenn Sie viel Geld besitzen. Selbst T-Shirts hängen an einer Leine, aber wer kauft sie schon? Bei Andile sind die T-Shirts neu und kosten viele Emalangeni. Wir kaufen unsere T-Shirts lieber auf dem Markt in Manzini, ich hatte es erklärt.

»Seid ihr verrückt?«, hat Emma gesagt. »Tsotsis! Das ist Diebstahl! Das Geld gehört Sipho!«

»Nur eine klitzekleine Tüte?«, hat Lemonade mit einer ganz lieben Stimme gefragt und Emma bettelig angeguckt. »Der merkt das doch gar nicht! Nur eine ganz winzig klitzekleine Tüte, Emma?«

Emma hat ausgesehen, als hätte sie gern auf den Tisch gehauen, wenn es irgendwo in der Nähe einen Tisch gegeben hätte. »Nein, habe ich gesagt!«, hat sie gerufen. »Nicht mal die allerklitzekleinste! Sipho Godbless ist ein Angeber, und

Sipho Godbless ist dumm wie Stroh, aber deshalb stehlen wir ihm noch lange nicht sein Geld! Wir sind doch keine Verbrecher!«

»Nein?«, hat Lemonade enttäuscht gesagt. Sie sah aus, als wäre sie gerne mal kurz eine Verbrecherin, wenn das eine Tüte Jelly Beans bedeutet hätte.

»Wir verstecken das Geld an einem sicheren Ort!«, habe ich gesagt. Irgendwer musste schließlich mal einen praktischen Vorschlag machen. »Bis wir wissen, was wir damit tun wollen. Das ist die einzige Lösung.«

»Und wo soll das sein?«, hat Sifiso gefragt. »Wieder vergraben?«

Ich habe den Kopf geschüttelt. Der sichere Ort war eigentlich längst klar.

14

»Miss Agatha!«, habe ich gesagt. Alles andere wäre unfair gewesen, meine Damen und Herren. Natürlich habe ich bei der Aufklärung meiner letzten beiden Fälle eng mit Sifiso und Emma zusammengearbeitet; aber meine Partnerin bei der Verbrechensaufklärung sollte eigentlich immer zuallererst Miss Agatha sein. Schließlich sehen Miss Agatha und ich uns auf dem Seiden-Chintz-Sofa in ihrem Wohnzimmer immerzu die Filme über Miss Marple an, um uns in den Feinheiten der Ermittlungsarbeit zu schulen, sollte einmal ein Verbrechen unseres Wegs kommen. Um Weihnachten herum waren sogar zwei Verbrechen unseres Wegs gekommen. Und jetzt gerade kam also das dritte!

Das Problem ist nur, dass Miss Agatha nicht immer zur Verfügung steht, wenn man sie für die Ermittlungsarbeit braucht. Sie hilft Ms Wendy Chapman in Lion Lodge, und sie trinkt Tee und isst Scones mit Inspector Gwebu, und sie sprüht mit schlechtem Gewissen Gift auf ihre Rosenläuse. (Das schlechte Gewissen hat sie nicht, weil sie die Rosenläuse umbringt. Sie hat es, weil man kein Gift sprühen soll, Miss Agatha weiß es aus ihren Zeitschriften. Gift ist schlecht für die Umwelt. Aber Gift ist auch schlecht für die Rosenläuse, darum versprüht Miss Agatha es trotzdem.) Wie ich gesagt habe: Wenn man bei seiner Ermittlungsarbeit einen Partner braucht, steht Miss Agatha darum längst nicht immer zur Verfügung.

Trotzdem mussten wir sie jetzt informieren. Bei unseren letzten beiden Fällen hatte Miss Agatha schließlich am Ende noch eine wichtige Rolle gespielt. Und wenn wir sie sowieso informierten, konnten wir bei der Gelegenheit auch gleich noch Siphos Geld in ihrem Cottage verstecken. In Miss Agathas Cottage war das Geld sicher vor der Polizei. Miss Agathas Cottage würde Inspector Gwebu niemals durchsuchen.

»Auntie!«, hat Emma gerufen, als wir um das Cottage herum hinten auf den Rasen gerannt sind. Die Bougainvilleen haben geblüht, und die Korallenbäume haben geblüht, und an einem der Philodendron-Sträucher mit den riesigen Blättern habe ich eine Frucht entdeckt, das ist selten. Natürlich konnte ich sie mir nicht einfach nehmen. Sie schmecken aber nicht schlecht. »Auntie, das glaubst du nie!«

Inzwischen waren auch Pilot und Lemonade angekommen.

»Ich muss mal!«, hat Lemonade trotzig gesagt und ist durch die großen Terrassentüren im Haus verschwunden, ohne sich noch einmal umzusehen.

Ich gehe jede Wette ein, dass das gelogen war, aber Lemonade geht so gerne in Miss Agathas Bad mit der Wasserspülung und dem Wasser, das aus den Hähnen an der Wand kommt. Und bei der Gelegenheit schleicht sie sich manchmal auch gleich noch in Miss Agathas Speisekammer, um irgendetwas zu essen zu stibitzen. Sie haben schon gemerkt, Lemonade hat nichts gegen ein kleines Verbrechen ab und an, wenn sie dadurch etwas in den Magen bekommt. Sifiso schämt sich sehr.

»Auntie?«, hat Emma wieder gerufen. »Auntie Agatha, rate mal, was passiert ist!«

Aber wer daraufhin aus dem Haus gekommen ist, war nicht Miss Agatha, sondern Dumisani, Sie haben sie schon kennengelernt. Dumisani putzt in Lion Lodge die Cabins, und sie hilft auch aus, wenn Miss Agatha sie ruft. Eigentlich hat Miss Agatha für die Hausarbeit ihre Mary und ihre Jabulile, aber Mary und Jabulile sind noch jung und brauchen darum jemanden, der sich auskennt und nachsieht, ob sie auch alles richtig machen. Dumisani kennt sich aus. Und Dumisani kann auch sehr streng mit Mary und Jabulile sein.

»Make Dumisani!«, habe ich gesagt. »Ist Miss Agatha nicht da?«

Dumisani hat den Kopf geschüttelt. »Miss Wendy hat mich deswegen auch schon hergeschickt!«, hat sie bekümmert gesagt. »Nein, Miss Agatha ist nicht zu Hause. Ich bin hergekommen, um nach ihr zu sehen. Miss Wendy fängt an, sich Sorgen zu machen!«

»Meine Mutter macht sich immer Sorgen!«, hat Emma

gesagt. Das ist die Wahrheit. Emma hat es manchmal nicht leicht mit Ms Wendy Chapman. Sifiso und ich haben es leichter. Uns sagt niemand, was wir zu tun und zu lassen haben, und um uns macht sich auch niemand Sorgen. (Um mich vielleicht Onkel Vusi. Aber nicht so sehr.)

Jetzt hat allerdings auch Dumisani bedenklich geguckt. »Ich habe mit Mary und Jabulile gesprochen!«, hat sie gesagt. »*Wohin ist Miss Agatha gegangen,* habe ich die beiden gefragt. *Wann ist Miss Agatha gegangen?* Die beiden haben gesagt, sie wissen es nicht. Aber als Mary heute Morgen in Miss Agathas Schlafzimmer gekommen ist, um ihr Bett zu machen, war das Bett schon gemacht. Das ist vorher noch niemals passiert! Und die Flasche mit dem Wasser für die Nacht stand auch noch unangerührt neben dem Bett.«

»Meinst du, das Bett war schon gemacht, oder meinst du, Auntie hat gar nicht in ihrem Bett geschlafen?«, hat Emma gefragt.

Dieselbe Frage hätte ich auch gerne gestellt. Aber ich weiß nicht, ob es sich für einen Gentleman gehört, sich nach den Betten von alten Damen zu erkundigen. Nicht immer sind die Pflichten eines Detektivs mit den Pflichten eines Gentlemans zu vereinbaren.

Dumisani hat mit den Schultern gezuckt. »Ich bin nicht sicher, ob Miss Agatha weiß, wie man ein Bett macht«, hat sie leise gesagt.

»Und das heißt dann …?«, hat Emma gefragt.

Sie wissen auch, was das heißt. Wenn Miss Agathas Bett frisch gemacht war, als Mary am Morgen ins Zimmer gekommen ist, und wenn Miss Agatha ihr Bett nicht selbst gemacht haben konnte; wenn Miss Agatha außerdem ihr Wasser für die Nacht nicht angerührt hatte: Was konnte das sonst bedeuten, als dass Miss Agatha die Nacht gar nicht in ihrem Bett verbracht hatte?

»Sie muss gestern Abend noch mal weggefahren sein!«, hat Sifiso gesagt.

Lemonade ist um die Ecke gefegt gekommen mit einem Würstchen in der einen und einer trockenen Scheibe Toast in der anderen Hand. »Hat Mary mir gegeben!«, hat sie gerufen. »Du sollst nicht schimpfen, Sifiso! Miss Agatha hat ihr Frühstück gar nicht gegessen, da freut Mary sich, wenn ich das für sie tu!«

Aber Sifiso hat ungeduldig abgewinkt. Im Augenblick hatten wir ganz anderes im Kopf als Lemonades ständigen Hunger und ihre ständige Bettelei.

»Wohin soll sie denn gestern noch gefahren sein?«, hat Emma gefragt. »Dumisani, ist Auntie vielleicht mit ihrem alten Verehrer weggefahren? Diesem schleimigen Buyisiwe Fairplay Dlamini?«

Dumisani hat den Kopf geschüttelt. »Ich war ja noch hier, als Inspector Gwebu, Reverend Hlophe und Babe Dlamini abgefahren sind!«, hat sie gesagt. »Wir haben noch gemeinsam den Tisch abgeräumt, Miss Agatha und ich. Sie hat die drei für morgen sogar noch eingeladen, zum Trifle-

Essen! Zur Erinnerung an die guten alten Zeiten, hat sie gesagt!«

Sie wissen, was ein Trifle ist, meine Damen und Herren, ich möchte Sie nicht beleidigen, indem ich es erkläre. Wie Miss Agathas Scones ist ein Trifle ein beliebtes englisches Gericht. Aber anders als Miss Agathas Scones schätze ich Trifle sehr, ich habe einmal bei Miss Agatha davon gekostet. Es ist ein Nachtisch aus Früchten und Teig und Eiercreme und sogar ein wenig Sherry, ngiyacolisa. Inspector Gwebu würde er darum gefallen.

»Inspector Gwebu hatte noch niemals Trifle gegessen!«, hat Dumisani gesagt. »Das hat sich herausgestellt, als Babe Dlamini und Miss Agatha sich über die alten Zeiten unterhalten haben und über die vielen Feste und dass der Trifle niemals fehlen durfte. Da hat Inspector Gwebu gestanden, dass ihm Trifle vollkommen fremd ist. Und Reverend Hlophe hat gesagt, ihm leider auch, und Miss Agatha hat gesagt, das kann ja wohl nicht sein, und solange Buyisiwe noch aus Mbabane bei seinen Verwandten hier in Hlatikulu zu Besuch ist, lädt sie ihn und die beiden anderen Herren zum Trifle-Essen ein.«

»Ja, vielen Dank, Dumisani!«, hat Emma ungeduldig gesagt. Natürlich wollten wir uns nicht stundenlang mit Geschichten über traditionelle englische Gerichte aufhalten. »Und dann sind die Männer abgefahren?«

»Inspector Gwebu und Babe Dlamini und Reverend Hlophe, yebo!«, hat Dumisani gesagt. »Miss Agatha und ich haben den Tisch abgeräumt. Miss Agatha hat noch gesagt, du hättest dein Handy vergessen, Thabo! Ich dachte eben, deshalb wärt ihr jetzt gekommen.«

»Sind wir nicht, cha«, habe ich ungeduldig gesagt. »Und wie ist es dann weitergegangen?«

Dumisani hat die Achseln gezuckt. »Danach haben wir alles zurück ins Haus getragen. Als nur noch ihr Strickzeug auf dem Tisch gelegen hat, bin ich gegangen. Seitdem habe ich Miss Agatha nicht mehr gesehen.«

»Also, das alles bringt uns leider keinen Schritt weiter«, hat Sifiso geknurrt. »Wir sollten uns jetzt lieber mal richtig auf die Suche nach Miss Agatha machen!«

»Sie ist doch schon wieder da!«, hat Pilot gesagt.

»Wo?«, haben wir alle gleichzeitig gerufen. »Wo, Pilot, wo hast du sie gesehen?«

Pilot hat die Achseln gezuckt. »Sie hab ich nicht gesehen!«, hat er gesagt. »Aber ihr Auto steht vor der Garage!«

Ich habe keine Sekunde vergeudet. So schnell wie Richard »Concorde« Mavuso bin ich ums Haus gerannt.

Das Garagentor stand offen, wie es immer offen steht, und darin waren Miss Agathas großer Rasenmäher und ihre Gartengeräte und ein Sack mit Kunstdünger, und an einer Wand hing ein Sattel, der sah so alt aus, als wäre mit ihm schon Miss Agathas Vater geritten. (Oder ihre Mutter. Bei uns im Königreich dürfen auch die Frauen reiten.) Und auf der Auffahrt davor stand Miss Agathas alter Jeep, dem jeder auf unseren Straßen mit Sorge begegnet, weil Miss Agatha die kühnste Fahrerin des Landes ist. (Vielleicht nicht ganz so kühn wie Reverend Hlophe, das kann sein.) Wie immer steckte der Schlüssel im Zündschloss.

»Eish!«, habe ich gesagt. »Miss Agathas Wagen steht vor der Garage!«

Und was das bedeutet hat, meine Damen und Herren, war ja klar.

15

Miss Agatha war gestern Abend nicht mit ihrem Wagen weggefahren. Miss Agatha war wirklich verschwunden.

»Der Wagen ist bestimmt nicht grade eben erst gekommen, das hätten wir gehört! Außerdem ist der Motor kalt«, hat Sifiso gesagt und die Hand fachmännisch auf die Motorhaube gelegt. Wie Sie wissen, interessiert Sifiso sich für nichts auf der Welt so sehr wie für Autos.

»Also steht der Wagen schon länger hier?«, hab ich gefragt. »Wollen wir Mary mal fragen, ob er schon da war, als sie heute Morgen gekommen ist?«

Mary hat gesagt, natürlich, der Wagen hätte schon am Morgen vor der Garage gestanden, sonst hätte sie doch kein Frühstück vorbereitet. Und er wäre auch noch überall feucht gewesen vom Tau der Nacht. Wieso es nachts Tau gäbe, wenn die Tage so trocken wären, könnte sie nicht begreifen. Es sollte lieber mal am Tag einen vernünftigen Regen geben.

»Ihr wisst, was das heißt?«, habe ich gesagt. Sifiso und Emma haben genickt. Lemonade und Pilot waren hinter Mary im Haus verschwunden. Wahrscheinlich haben sie gehofft, dass es noch mehr Frühstücksreste für sie gab.

»Der Wagen hat schon die ganze Nacht hier gestanden«, hat Sifiso gesagt. »Er hat hier gestanden, als Dumisani gestern Abend gegangen ist, und er hat hier gestanden, als Mary heute Morgen gekommen ist. Und da war er taubedeckt. Und das heißt, Miss Agatha war nie weg.«

»Was heißt, sie war nie weg?«, hat Emma gesagt. »Sie ist sogar jetzt noch weg!«

»Sie ist nie *weggefahren*! Eish! Emma, du bist manchmal ziemlich besserwisserisch!«, habe ich gerufen. »Aber warum wollen wir weiter rumrätseln? Ich rufe sie an. Dann wissen wir, wo sie ist.«

»Meine Mutter versucht doch seit gestern Abend schon dauernd, Auntie auf dem Handy zu erreichen«, hat Emma geschnaubt. »Aber sie geht nicht ran!«

Ich habe trotzdem auf Miss Agathas eingespeicherte Nummer getippt. Es hat geläutet. Dann kam die Ansage, dass zurzeit leider niemand zu erreichen wäre.

»Mist!«, habe ich gesagt, und dann habe ich gleich noch einmal »Mist!« gerufen und mit gerunzelter Stirn auf mein Handy gesehen. »Wo ist denn das Rennauto? Die Handyschale? Die ist ja gar nicht mehr dran!« Und ich habe Emma das Handy erschrocken zur Inspektion hingehalten.

»Silima!«, hat Emma ärgerlich gesagt. »Wenn man dir schon mal was mitbringt! War ja klar, dass du die Schale nicht richtig festmachen würdest! Und jetzt ist sie natürlich weg!« Dann hat sie mir ihr Handy hingehalten. »Meine ist jedenfalls noch dran!«

Das war die Wahrheit. Wo mein Handy wieder langweilig schwarz aussah wie alle Handys, die ich kenne, leuchteten bei Emma die Blumen in Pink auf Violett. Ich habe mich geschämt. Ich hätte besser aufpassen müssen. Ich hätte meine wunderschöne Handyschale besser festmachen müssen.

»Wollt ihr jetzt stundenlang über Handys reden? Konzentrieren wir uns lieber wieder auf das Verschwinden von Miss Agatha«, hat Sifiso da ungeduldig gesagt.

In meinem Kopf haben tausend Zahnräder angefangen zu rattern. Was hatte das alles zu bedeuten? Miss Agatha weg, Miss Agathas Jeep da, und Miss Agatha ging nicht an ihr Handy?

Dann ist es mir eingefallen. »Sie hat das Handy gar nicht mit!«, habe ich gerufen. »Egal, wohin sie gegangen ist, sie hat es bestimmt wieder hier irgendwo vergessen! Im Gemüsefach im Kühlschrank oder in der Speisekammer! Darum können wir auch nicht hören, wie es klingelt!«

Emma hat skeptisch geguckt. Aber ich bin schon ins Haus geflitzt.

Lemonade und Pilot haben am Küchentisch gesessen und Teig aus einer Schüssel geschleckt. Mary hat Sifiso mit schlechtem Gewissen angesehen. »Das hätte ich sonst sowieso abgespült!«, hat sie gerufen. »Ich habe den beiden nichts gegeben! Nur das hier! Und das hätte ich doch sonst sowieso abgespült!«

Ich habe abgewinkt. Ich weiß, dass Miss Agatha Pilot und

Lemonade auch immer etwas zu essen gibt, sie hätte sicher nicht mit Mary geschimpft. Aber Dumisani kann sehr streng sein. Wie Sifiso will Dumisani auch nicht, dass kleine Kinder betteln.

»Ich muss mal eben was nachgucken!«, habe ich gesagt und die Kühlschranktür aufgerissen.

Ich war mir so sicher gewesen. Aber im Gemüsefach lagen Staudensellerie und Zwiebeln und Tomaten, sonst nichts. Währenddessen hat Emma schon in sämtliche anderen Schränke in der Küche geguckt. Mary hat sie mit offenem Mund angestarrt.

»Nicht hier!«, hat Emma gesagt. »Aber das Handy kann natürlich auch im Kleiderschrank sein. Oder sonst wo. Lass noch mal klingeln!«

Ich habe also wieder Miss Agathas Nummer angerufen, und wir sind dabei durchs ganze Haus gelaufen. Sie ahnen schon das Ergebnis: nichts. Als Letztes haben wir in Miss Agathas Rosenblüten-Schlafzimmer nachgesehen, es ist das schönste Schlafzimmer, das Sie sich vorstellen können. Alles ist mit kleinen rosa Rosen bedruckt, der Bettüberwurf und die Tapete und das Deckchen, das vor dem Spiegel auf der Kommode liegt. Nur der Himmel über dem breiten Bett, der Miss Agatha nachts vor Moskitos schützt, ist einfach nur rosa. Den Bettüberwurf habe ich angehoben und bei der Gelegenheit auch gleich Siphos Geldbündel aus dem Bund meiner Shorts gezogen und unter der Matratze versteckt. Ich weiß nicht, ob ein Gentleman sich im Schlafzimmer einer

Dame am Bett zu schaffen machen darf. Aber ein Privatdetektiv muss es tun.

»Vielleicht in der Garage?«, hat Emma gesagt. Aber inzwischen hat schon keiner von uns mehr daran geglaubt, dass wir Miss Agathas Handy noch irgendwo finden würden. Egal, wo Miss Agatha gerade war: Ihr Handy hatte sie sehr wahrscheinlich mitgenommen. Und trotzdem reagierte sie nicht auf unsere Anrufe. Das war beunruhigend.

»Warum geht sie bloß nicht ran?«, habe ich gefragt.

Im Garten haben wir Dumisani getroffen, als sie sich gerade wieder auf den Weg zurück nach Lion Lodge machen wollte. »Miss Wendy wird sich jetzt wirklich sehr sorgen!«, hat sie kummervoll gesagt. »Eish! So etwas hat Miss Agatha noch nie getan!«

»Und sie ist wirklich nicht mit einem der drei anderen mitgefahren?«, habe ich noch einmal gefragt. »Mit einem der Männer?«

In meinem Kopf sind schreckliche Bilder aufgetaucht von Miss Agatha, die sich vertrauensvoll in Reverend Hlophes hellblauen Morris Minor gesetzt hatte; voller Zuversicht, dass Gott der Herr immer an der Seite seines Reverends sein würde, egal, mit welchem Tempo der in die Kurven ging, über viel zu schmale Brücken ohne Geländer fuhr oder in der Dunkelheit an unübersichtlichen Stellen überholte. Aber immer konnte Gott der Herr schließlich selbst auf Reverend Hlophe nicht aufpassen! Vielleicht hatte er davon einfach irgendwann die Nase voll gehabt, es gab ja auch sonst noch genug für Gott zu tun, und warum sollte der alte Morris Minor dann ohne himmlischen Schutz nicht eine dumme Kuh auf die Motorhaube genommen haben, die plötzlich von der Seite her auf die Straße geschlendert war in dem Glauben, dass die ganze Welt ihre Weide wäre? Warum sollte er nicht hinter einer Hügelkuppe gegen ein Fahrzeug geprallt sein, das dort in der Nacht ohne Beleuchtung liegen geblieben war? Und wie leicht konnte er von einer Brücke in ein ausgetrocknetes Flussbett gestürzt sein! Eish! Vielleicht lag Miss Agatha jetzt irgendwo bewusstlos in einem Krankenhaus! Natürlich konnte sie dann nicht an ihr Handy gehen. Was für ein furchtbarer Gedanke!

Aber Dumisani hat den Kopf geschüttelt. »Die drei Herren sind allein abgefahren«, hat sie sehr bestimmt gesagt. »Natürlich jeder für sich. Danach haben Miss Agatha und ich noch aufgeräumt, das habe ich dir doch erklärt, Thabo! Aber wo kann sie denn nur sein? Miss Wendy soll in Mbabane bei Miss Agathas Zahnarzt anrufen. Vielleicht hat Miss Agatha mitten in der Nacht furchtbare Zahnschmerzen bekommen und wollte nicht selbst fahren! Da hat sie sich ein Taxi gerufen.«

»Kann sein«, habe ich ohne große Überzeugung gesagt. (Sie haben vielleicht geglaubt, es gibt keine Taxis bei uns im Königreich. Oder keine Zahnärzte. Aber es gibt Taxis, warum sollte es sie nicht geben, und es gibt Zahnärzte. Es gibt sogar gute Taxis und gute Zahnärzte.)

»Glaubst du an die Möglichkeit mit dem Zahnarzt?«, habe ich Emma gefragt, als Dumisani verschwunden war.

Emma hat den Kopf geschüttelt. »Auntie hat ein Gebiss!«, hat sie gesagt. »Aber sagt ihr bloß nicht, dass ich es euch erzählt habe! Sie findet es peinlich.«

»Und dass sie einfach – spazieren gegangen ist?«, hat Sifiso vorsichtig vorgeschlagen. »Die Touristen fragen das doch immer: *Kann man hier auch irgendwo nett spazieren gehen?* Miss Agatha ist ja auch weiß. Vielleicht wollte Miss Agatha auch mal spazieren gehen.«

Emma und ich haben ihm nicht mal geantwortet. Ich konnte mir eher vorstellen, dass Miss Agatha in der Nacht von einem fliegenden Teppich abgeholt worden war, als dass sie zum Vergnügen spazieren ging. Warum die Touristen immer so gerne spazieren wollen, kann kein Mensch verstehen. Es ist doch schon genug Mühe, all die Wege zurückzulegen, die man ohnehin zurücklegen muss! Warum wollen diese Menschen dann auch noch ohne Sinn und Ziel müde werden? Touristen sind manchmal merkwürdig. Aber Miss Agatha ist nicht merkwürdig. Miss Agatha ist Bürgerin unseres Landes.

»Dann weiß ich auch nicht!«, hat Sifiso gesagt und ratlos die Schultern gezuckt.

16

Danach ist Sifiso mit Pilot und Lemonade nach Hause gegangen. Er hat gesagt, wenn sie noch länger wegbleiben, macht Delighty sich vielleicht Sorgen. Und er will außerdem nicht, dass Pilot und Lemonade die ganze Zeit hinter Mary und Jabulile herrennen und betteln, und Mary und Jabulile wissen dann nicht, was sie tun sollen.

»Sag mir Bescheid, wenn ihr was von Miss Agatha hört, Thabo!«, hat Sifiso gesagt. »Und was ist jetzt eigentlich mit dem Rinderdiebstahl? Kümmern wir uns gar nicht mehr darum, Siphos Unschuld zu beweisen? Nur noch um Emmas Auntie?«

Emma hat sich blitzschnell zu ihm hingedreht. »Wie kannst du jetzt an diesen Idioten Sipho denken, wo Auntie verschwunden ist?«, hat sie gerufen. »Bei Auntie geht es vielleicht um Leben oder Tod! Sipho ist schließlich selbst schuld, und bei dem geht es nur um Gefängnis oder Freiheit!«

Sifiso hat die Achseln gezuckt. »Nur?«, hat er gesagt. Dann ist er gegangen.

Emma und ich sind durch das gelbe Gras das kurze Stück

nach Lion Lodge getrödelt. Wenn es so trocken ist, muss man noch mehr auf Schlangen achtgeben als sonst, gerade in der letzten Woche hatte eine Speikobra ein kleines Mädchen getötet. Aber Emma und ich kennen uns aus. Wir haben nach unten geguckt und nicht gesprochen. Ich konnte sehen, dass Emma mit ihren Gedanken die ganze Zeit bei Miss Agatha war.

»Sie kann sich doch nicht in Luft aufgelöst haben!«, hat Emma plötzlich gesagt. Da waren wir schon fast am Parkplatz von Lion Lodge angekommen. »Glaubst du, jemand hat Auntie entführt, Thabo? Glaubst du das?«

»Dann müsste ja demnächst eine Lösegeldforderung kommen!«, habe ich ganz praktisch gesagt. Man muss immer logisch denken. »Deswegen werden Leute doch entführt, oder? Wenn keine Lösegeldforderung kommt, wissen wir, dass Miss Agatha nicht entführt worden ist.«

»Aber Auntie ist doch nicht reich!«, hat Emma unglücklich gesagt. »Und meine Mutter auch nicht. Da könnten wir doch gar nicht viel Lösegeld für sie zahlen! Da lohnt sich eine Entführung doch gar nicht! Oder, Thabo? Oder?« Natürlich wollte sie sich selbst beruhigen.

Ich habe genickt, ich wollte Emma nicht beunruhigen. Aber ich habe mich gefragt, was sie damit meint, wenn sie sagt, dass Miss Agatha nicht reich ist und Miss Wendy auch nicht. Miss Agatha und Miss Wendy und Emma haben jeden Tag zu essen und elektrischen Strom, und im Winter müssen sie nicht frieren, weil es Heizöfen gibt. Sie können Kleidung kaufen und Schuhe und haben sogar einen Fernseher und einen Laptop. Ist jemand, der all diese Dinge besitzt, nicht reich? Eish! Manchmal verstehe ich Emma nicht.

Ein Entführer könnte für Miss Agatha leicht tausend Emalangeni verlangen! Oder zehntausend! Dann wäre der Entführer auch reich. Dann könnte er sich für die nächsten Monate Essen kaufen und das Schulgeld für seine Kinder zahlen.

Wieso versteht Emma das nicht, obwohl sie Bürgerin unseres Königreichs ist? Ich wundere mich. Natürlich hatte sie gerade Kummer wegen Miss Agatha, da konnte sie vielleicht nicht klar denken.

»Mach dir keine Sorgen!«, habe ich darum gesagt. »Sie taucht bestimmt wieder auf!«

Aber Frauen sind merkwürdig, und Mädchen sind ja eine Art von Frauen. In der einen Sekunde wollen sie vor Angst um ihre alte Großtante vergehen, und in der nächsten denken sie schon wieder nur noch an die große bunte Welt des Films.

Jedenfalls war es jetzt gerade bei Emma so.

»Die Türen stehen offen!«, hat sie gezischt und auf den Wagen der Filmleute gezeigt, der auf dem Parkplatz von Lion Lodge in der Sonne stand. Im hellen Licht konnte man sehen, wie alt und schäbig der Wagen war. An manchen Stellen war der weiße Lack abgeblättert, und Rost hatte sich ausgebreitet, und durch den Schriftzug »Cinex« schimmerte die alte Beschriftung. Aber die Hecktüren waren tatsächlich geöffnet. »Haben die was ausgeladen, oder was? Wollen wir mal reingucken, Thabs? Filmwagen! Mann!«

Sie hat gar nicht erst auf meine Antwort gewartet. Mit einem einzigen Satz war Emma hinten zwischen den geöffneten Türen auf die Ladefläche des Lastwagens gesprungen. »Komm hoch, Thabo! Cha, hier ist ja überhaupt nichts!«

Ich bin auch auf die Ladefläche des Lastwagens gesprungen. Der Laderaum war ziemlich groß, größer, als ich von draußen gedacht hätte. Auf dem Boden aus weißem, zerkratztem Metall lag der rote Staub unserer Straßen, aber ansonsten war er leer. Nur zur Fahrerkabine hin war an zwei Haken an den beiden Seitenwänden eine Wäscheleine gespannt, über die eine schmutzige hellgrüne Fleecedecke gehängt war, sodass dahinter ein schmaler Raum entstand. Natürlich war Emma schon hinter der Decke verschwunden.

»Eine Matratze!«, hat Emma gesagt.

Man soll nicht einfach ohne Erlaubnis in fremde Fahrzeuge steigen, meine Damen und Herren, selbst wenn die Türen offen stehen. Ein Gentleman täte es niemals. Und ein Detektiv täte es nur im Zusammenhang mit wichtigen Ermittlungen. Aber wichtige Ermittlungen waren ja nicht der Grund dafür, dass Emma und ich einfach ohne Erlaubnis in dieses fremde Fahrzeug gestiegen waren, wichtige Ermittlungen warteten an ganz anderen Stellen auf uns. Der Grund für unsere Schnüffelei war einfach Neugierde, ich schäme mich, es zu sagen. Der Grund war einfach, dass Emma alles, was mit

Film zu tun hat, so unendlich spannend findet. Noch spannender als die Aufklärung eines Kriminalfalls. Selbst wenn es nur ein Dokumentarfilm ist, ohne Miss Marple und ohne Verbrechen.

Aber wenn *Emma* in den abgetrennten Raum hinter der Fleecedecke gesehen hatte, konnte *ich* das schließlich auch tun. Ich habe die Decke angehoben und bin dahinter verschwunden.

Hinter der Fleecedecke sah es aus wie in einem schmalen Abstellraum. Eine echte Matratze, wie reiche Menschen sie in ihren Betten haben, hatte jemand hochkant gegen die Rückwand der Fahrerkabine gelehnt, davor lagen zwei aufgerollte Schlafsäcke. Und eine Campinglampe mit Tragegriff, aber ohne Kabel. Ich habe vermutet, dass die Lampe einen großen Akku hatte wie Onkel Vusis Lampe für die Nacht-Safari. Daneben stand ein kleiner Kocher mit einer Gaskartusche. Das war es auch schon.

»Eish!«, habe ich gesagt. »Warum schlafen die Filmleute denn in Lion Lodge, wenn es hier im Wagen alles gibt, um gemütlich zu übernachten?«

(Ich wollte es noch nicht zu Emma sagen, aber ganz vorsichtig nistete sich ein Verdacht in meinem Kopf ein. Ihnen wäre es nicht anders gegangen.)

»Und wo ist die Filmausrüstung?«, hat Emma enttäuscht gefragt. »Die Kamera?«

»Ja, wo?«, habe ich auch gesagt. Keine Kamera. Aber roter Staub auf dem Boden. Und eine Matratze, obwohl die Filmleute in der Lodge schliefen. Da macht man sich als Privatdetektiv, der gerade im Fall eines Viehdiebstahls und im Fall einer vermissten Person ermittelt, schon so seine Gedanken, meine Damen und Herren.

In diesem Augenblick haben wir es gehört.

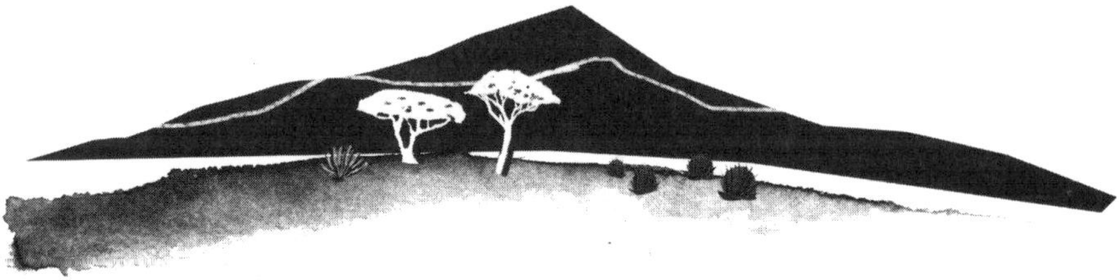

17

»Du hast schon wieder die Türen offen gelassen, Jonathan!«, hat eine ärgerliche Stimme gerufen. Das war die verliebte Film-Frau, keine Frage. Sie war offenbar nicht rund um die Uhr verliebt. »Meine Güte! Wann wirst du endlich erwachsen?«

Was der Film-Mann geantwortet hat, ist im lauten Knallen der zugeschlagenen Hecktüren untergegangen.

Ich habe Emma angestarrt. Aber Anstarren war natürlich vollkommen unsinnig. Im Laderaum des Lastwagens war es jetzt so dunkel wie im Busch in einer Neumondnacht ohne Sterne.

»Mist, verdammt!«, hat Emma geflüstert. »Jetzt sitzen wir in der Patsche!«

Aber ich habe die Fleecedecke schon angehoben und mich an einer der Seitenwände zurück zu den Türen getastet. Vielleicht ließen sie sich ja von innen öffnen! Vielleicht konnten wir nach draußen springen, bevor der Wagen den Parkplatz verließ!

»Du musst gar nicht flüstern!«, habe ich gesagt. »Vorne in der Fahrerkabine können die dich sowieso nicht hören!«

Ich habe versucht, das Gefühl von Panik zu unterdrücken, das langsam in mir aufgestiegen ist. Warum um Himmels willen waren wir in diesen Wagen gestiegen? Und, noch schlimmer: Warum waren wir dann auch noch hinter die Decke geschlüpft? Wenn Emma und ich wenigstens nicht ganz so neugierig gewesen wären, hätte die Film-Frau uns im Laderaum entdeckt. Das wäre bestimmt nicht schön gewesen, ich weiß. Die Film-Frau hätte sich nicht gefreut. Vielleicht hätte sie uns sogar bei Miss Wendy verpetzt. Aber sie hätte uns auf jeden Fall rausgescheucht, da bin ich sicher. Dann wären wir jetzt nicht im dunklen Laderaum gefangen gewesen.

Dass wir jetzt im dunklen Laderaum gefangen waren, hatten wir nur unserer eigenen Neugierde zu verdanken. Hätten wir uns verhalten wie ein Gentleman und eine Lady, wäre alles gut gewesen. Ich sage es nur, damit Sie verstehen: Sich wie ein Gentleman zu benehmen, kann manchmal auch seine Vorteile haben.

Zum Glück ist mir mein Handy eingefallen. Ich habe das Flashlight eingeschaltet. Auf einmal gab es wenigstens einen kleinen hellen Punkt in der Dunkelheit. Emma hat ihr Flashlight auch eingeschaltet. Da war alles nicht mehr ganz so schrecklich.

»Zu spät!«, hat Emma panisch gebrüllt, als mit lautem Dröhnen der Motor angesprungen ist und der ganze Wagen zu vibrieren begann. Dann konnte ich spüren, wie er auf dem Parkplatz rangierte, um zu wenden.

»Wir könnten noch schnell gegen die Wand hämmern!«, hat Emma gebrüllt.

Natürlich fand ich die Vorstellung nicht schön, im Laderaum des Filmlasters gefangen zu sein, das habe ich ja schon gesagt; aber andererseits stellte ich es mir noch schlimmer vor, von den wütenden Filmleuten aus dem Laderaum gezerrt zu werden. Ganz sicher hätte das großen Ärger gegeben.

»Wir springen raus, sobald der Wagen anhält!«, habe ich darum gesagt und mich im Lichtstrahl meines Handys zu den Hecktüren zurückgetastet. Auch wenn ich mich bisher noch nie mit der Verriegelung von Laderaumtüren beschäftigt hatte (bevor ich ein echter privater Ermittler bin, werde ich mich natürlich noch im Öffnen der verschiedensten Schlösser schulen, das ist eine Notwendigkeit in diesem Beruf), wusste ich sofort, dass ich offenbar nur den Hebel bewegen musste, der jetzt im Licht des Handys sichtbar wurde, und die Türen würden sich öffnen. Dies war ein alter Lastwagen, Sie erinnern sich. Ein alter Lastwagen ohne elektronisches Schloss.

»Kriegst du die Türen denn auf, Thabo?«, hat Emma besorgt gefragt. Inzwischen stand sie hinter mir, sie hat mir in den Nacken gehaucht.

»Kleinigkeit!«, habe ich gesagt. (Das war nicht ganz ehrlich, ich gebe es zu. Aber zu Emma muss ich ab und zu solche Dinge sagen. Manchmal wünsche ich mir, dass Emma mich ein wenig bewundert. Davon ist Emma leider weit entfernt.) »Und wovor sollten wir Angst haben, außer dass wir vielleicht ziemlichen Ärger kriegen, wenn sie uns doch erwischen? Das sind schließlich keine gefährlichen Entführer wie bei unserem letzten Fall! Das sind ganz normale Filmleute. Das einzige Problem ist, dass es hier drinnen so dunkel ist.«

»Yebo!«, hat Emma gemurmelt. »Und das zweite Problem ist, dass diese Idioten vielleicht zum ersten Mal anhalten, wenn wir schon fast in Mosambik sind oder in Südafrika. Dann müssen wir ziemlich weit zurücklaufen!«

Ich habe Emma nicht widersprochen. Sie glauben vielleicht, bis zur nächsten Ampel oder wenigstens bis zur nächsten großen Kreuzung, wo der Filmlastwagen dann anhalten würde, konnte es doch wohl nicht so lange dauern. Aber das zeigt nur, dass Sie sich nicht auskennen in unserem Land. Natürlich haben wir Ampeln in Mbabane und in Manzini, wir haben sogar eine Ampel in Nhlangano. Aber wozu sollten wir denn wohl bei uns an den Landstraßen um Hlatikulu herum eine Ampel brauchen? Eish! Emma hatte recht. Im schlimmsten Fall konnte es eine ganze Weile dauern, bis der Lastwagen hielt. (Außer natürlich, wenn ihm plötzlich eine Kuh vor die Kühlerhaube lief. Dann würde er halten müssen. Ich habe auf eine Kuh gehofft.)

»Zur Not versuchen wir eben, jemanden zu finden, der uns in seinem Auto mit zurücknimmt!«, habe ich beruhigend zu Emma gesagt. Natürlich war es keineswegs sicher, dass tatsächlich schnell ein Fahrzeug auftauchen würde, wenn wir schließlich irgendwo aus dem Lastwagen springen würden. Noch dazu eins, das in unsere Richtung fuhr. Nicht überall bei uns im Königreich tauchen immerzu Fahrzeuge auf, das wird in Ihren Ländern nicht anders sein.

Aber wenn uns gar nichts anderes übrig blieb, würden wir vor Einbruch der Dunkelheit eben Miss Wendy anrufen und sie bitten, uns abzuholen. Allerdings würde Miss Wendy danach wohl kaum noch meine Freundin sein. Daher war das nur die allerletzte Möglichkeit.

Es war wirklich sehr ärgerlich, dass Miss Agatha verschwunden war und auch nicht an ihr Handy ging. Sie hätte uns natürlich abgeholt. Miss Agatha hätte unsere Neugier gut verstanden, sie wäre selbst auch in den Filmlastwagen gestiegen.

»Na dann!«, hat Emma geseufzt. »Warten wir ab.«

18

Ich hatte Sie darauf vorbereitet, dass die Fahrt eine Weile dauern könnte, und die Fahrt *hat* eine Weile gedauert. Emma hat ihr Handy aus der Tasche gezogen, um nachzusehen, wie spät es war. »Schon über eine halbe Stunde!«, hat sie gesagt. »Wie lange wollen die denn noch durch die Gegend kurven!«

Wenn Sie im dunklen Laderaum eines Lastwagens sitzen, können Sie trotzdem herausfinden, wo Sie gerade unterwegs sind, meine Damen und Herren, das wissen Sie vielleicht nicht. Ich meine nicht, durch welchen Ort Sie fahren, das wüsste ohne Fenster höchstens ein Sangoma durch Anrufung der Ahnen. (Aber soll ich ehrlich sein? Ich glaube, das wüsste noch nicht mal ein Sangoma. Um solche Dinge kümmern die Ahnen sich nicht.) Sie können es leicht herausfinden, weil Sie spüren, über was für eine Straßenoberfläche der Wagen gerade fährt.

Wir haben unsere Handys ausgeschaltet, weil wir nicht den Akku vergeuden wollten. Darum war es im Laderaum inzwischen wieder dunkel wie in der dunkelsten Nacht.

»Große Straße!«, hat Emma gesagt. »Asphalt!« Der Wagen rollte so gleichmäßig, dass es auf dem Metallboden bequem war wie auf einem Sessel in Miss Agathas Cottage.

»Sandpiste!«, habe ich gesagt, nachdem der Wagen sich in eine Kurve gelegt hatte und abgebogen war. »Aber gute Sandpiste.«

In diesem Augenblick wurden wir mit einem Ruck ein kleines bisschen in die Luft geschleudert. Danach hart auf den Boden des Laderaums zu prallen, ist kein angenehmes Gefühl. Emma und ich haben beide aufgeschrien. Aber mehr vor Schreck als vor Schmerz.

»Sagen wir lieber: normale Sandpiste!«, hat Emma gestöhnt. »Schlaglochpiste!«

Ich habe geseufzt. »Hast du eine Ahnung, wo wir sein könnten?«, habe ich Emma gefragt.

Ob sie genickt hat oder den Kopf geschüttelt oder die Achseln gezuckt, konnte ich natürlich nicht sehen.

Und bevor Emma ihre Antwort noch einmal mit Worten wiederholen konnte, wurden wir schon wieder durchgerüttelt.

»Ich krieg lauter blaue Flecken!«, hat Emma gejammert. »An einer Stelle, wo man sie nicht zeigen kann!«

Ich habe geschwiegen. Ich wusste nicht, ob ein Gentleman überhaupt über Körperteile redet, die man nicht zeigen kann.

»Au, verdammt!«, hat Emma gebrüllt. »Wo fahren die denn hin, die Idioten?«

(Sie wissen, dass eine Lady niemals »verdammt« sagt.

»Idioten« sagt sie vermutlich auch nicht. Aber ich bin mir nicht sicher, ob das nicht auch die vornehmste Lady auf einer Strecke wie dieser vergessen hätte.)

Inzwischen waren wir offenbar sogar von der Schlaglochpiste abgebogen, und es fühlte sich an, als holperten wir über einen dieser vollkommen vernachlässigten Wege in den Bergen, bei denen man niemals weiß, ob sie nach dem nächsten Regen noch irgendwer wird befahren können, auch mit dem besten Geländefahrzeug nicht. Sie können sich vorstellen, wie es sich hinten auf dem Boden in unserem Laderaum angefühlt hat.

»Jetzt hau ich doch gegen die Wand zur Fahrerkabine!«, hat Emma gesagt. »Ich will, dass die anhalten! Mir doch egal, wenn die mich anbrüllen! Noch fünf Minuten so eine Strecke, und keiner meiner Knochen ist mehr da, wo er hingehört!«

Aber genau in diesem Augenblick ist der Wagen ohnehin mit einem Ruck stehen geblieben.

»Nichts wie raus!«, habe ich gezischt.

Zum Glück ließ sich der Türhebel so leicht bewegen, als wäre er gerade geölt worden. Und wir mussten die Türen ja auch nur einen schmalen Spalt weit öffnen, um nach draußen zu springen. Emma und ich haben beide keine traditionelle Figur.

Hinter dem Lastwagen haben wir uns blitzschnell ins hohe gelbe Gras geduckt. Jetzt hatten wir es so lange in dem unbequemen Laderaum ausgehalten, nur damit die Filmleute uns nicht entdeckten, da wäre es doch dumm gewesen, wenn sie uns jetzt noch entdeckt hätten, nur weil wir unvorsichtig wurden.

»Was wollen die denn hier mitten im Nirgendwo?«, hat Emma so leise geflüstert, dass es kaum zu hören war. »Hier ist doch nichts!«

Ich habe versucht, mich ein bisschen umzusehen, so gut das in der Hocke und hinter dem Lastwagen möglich war. Emma hatte recht. Wir waren in der allerabgelegensten Einöde gelandet, das hätten wir uns ja schon wegen der schrecklichen Wege denken können. Wie wir von hier aus nach Lion Park zurückkommen sollten, wollte ich mir gar nicht vorstellen. Autos fuhren hier jedenfalls keine.

Und dann wusste ich plötzlich, wo wir waren! Ich wusste es, weil ich nur ein kleines Stück entfernt auf einem Berghang links von uns einen verkohlten Haufen Trümmer gesehen habe.

»Jonathan?«, hat aus der Fahrerkabine die Stimme der Film-Frau gerufen. Inzwischen kannten wir sie ja schon. Es war keine freundliche Stimme. Der noch nicht ganz klare Verdacht, der mich beim Anblick des roten Staubs und der Matratze beschlichen hatte, verstärkte sich. »Wo bleibst du denn? So lange muss doch kein Mensch ...«

Ich habe mich ein wenig vorgebeugt, um nach vorne um den Filmwagen herumsehen zu können. Und da war natürlich klar, warum die beiden angehalten hatten.

Neben der Motorhaube stand der Film-Mann, der Jonathan hieß, und tat etwas, über das ein Gentleman ganz sicher den Mantel des Schweigens breitet; auch wenn er es genauso erledigen muss wie Menschen, die keine Gentlemen (oder Ladys) sind. Mir ist es darum leider nicht möglich, es Ihnen genauer zu erklären. Ich sage nur so viel: Jonathan war gerade dabei, seinen Reißverschluss wieder hochzuziehen.

»Kannst du was sehen?«, hat Emma geflüstert.

Ich habe einen Finger gegen meine Lippen gepresst und mich wieder hinter den Wagen zurückgezogen. »Gleich fahren sie weiter!«, habe ich geflüstert. »Psssst! Sie haben erledigt, was sie erledigen mussten!«

»Woher willst du das denn wissen?«, hat Emma geflüstert, aber genau in diesem Augenblick hat der Lastwagen wirklich einen kleinen Satz nach vorne gemacht und ist dann im Schneckentempo über den zerfurchten Weg weitergeschwankt. »Woher wusstest du das, Thabs?«

Das konnte ich Emma ja nun leider nicht erklären. Wie ich gesagt habe: Ein Gentleman schweigt über gewisse Dinge. »Hellsehen!«, habe ich gesagt. »Weißt du nicht, wo wir sind, Emma? Sieh dich um! Wir wollten doch sowieso hierher! Wegen der Brandstiftung!«

Wie lange war das her? An die Brandstiftung hatten wir schon längst nicht mehr gedacht. Inzwischen hatten sich immer neue, wichtigere Aufgaben für uns ergeben.

Emma hat sich aufgerichtet und roten Staub und kleine Steine von ihren Knien gewischt. Der Wagen war inzwischen hinter einer Hügelkuppe verschwunden, und der Motor wurde leiser. Die Filmleute hatten offenbar nicht in ihren Rückspiegel gesehen. Sonst wären sie doch ganz sicher noch mal zurückgekommen und hätten uns zur Rede gestellt.

»Wegen der Brandstiftung?«, hat Emma gefragt. »Wieso denn wegen …!« Dann hat sie sich mit der Hand gegen die Stirn geschlagen. »Gobolondo!«, hat sie gerufen. »Die abgebrannten Hütten! Eine, zwei, drei!«

»Genau, wir sind schon fast am Gobolondo!«, habe ich gesagt. »Aber warum? Warum sind sie hergefahren, Emma?«

»Kann ich hellsehen?«, hat Emma gefragt. »Es reicht doch, wenn du das kannst!«

In mir hat sich langsam so ein merkwürdiges Gefühl zusammengebraut, und mein Herz hat schneller geschlagen. Sie kennen das, meine Damen und Herren, zumindest jeder private Ermittler unter Ihnen kennt es bestimmt: das Gefühl, dass er direkt vor einer wichtigen Entdeckung steht. Er weiß noch nicht genau, welche Entdeckung es sein wird und wie und was und warum: Aber dass er kurz davorsteht, in seiner Ermittlungsarbeit einen entscheidenden Schritt weiterzukommen, ist aufregende Gewissheit. Ohne diesen Instinkt, ich sage es mit aller Bescheidenheit, kann kein privater Ermittler ein guter privater Ermittler sein.

Gobolondo. Die Brandstiftung. Siphos Rinder. Miss Agatha. Und jetzt waren auch noch diese Filmleute zum Gobolondo gefahren. Und hatten roten Staub und eine Matratze hinten im Wagen.

»Glaubst du im Ernst, die sind wegen ihrem Film hier, Emma?«, habe ich gefragt. Mit Dokumentarfilmen, das hatte ich ja schon erklärt, kenne ich mich natürlich nicht so gut aus. »Was könnten sie hier denn filmen?«

Emma hat die Achseln gezuckt. »Keine Ahnung!«, hat sie gesagt. »Aber sie filmen hier ja auch nicht, oder? Sie sind ja schon weitergefahren.«

Mehr hat sie nicht gesagt! Ich habe wieder gespürt, wie wichtig es war, dass ich mich gemeinsam mit Miss Agatha durch englische Kriminalfilme in der Detektivarbeit geschult hatte. Hier musste *ich* der Detektiv sein. Emma jedenfalls war nichts aufgefallen, und für Sie wiederhole ich es noch einmal: Die Brandstiftung. Siphos Rinder. Miss Agatha. Und jetzt waren die Filmleute auch noch zum Gobolondo gefahren. Und hatten roten Staub und eine Matratze hinten im Wagen.

Nur dass ich immer noch nicht wusste, wie genau das alles miteinander zusammenhing. Da war nur dieses Kribbeln des erfahrenen Detektivs kurz vor einer wichtigen Erkenntnis.

»Und wie kommen wir je wieder weg von hier?«, hat Emma gejammert. Das hat sie also am meisten beschäftigt! »In dieser Einöde kommt doch ganz sicher kein Auto vorbei, das uns mit zurücknehmen könnte! Und wenn ich meine Mutter anrufe, kriege ich so einen Ärger! Wo sie doch im Augenblick noch nicht mal selbst herfahren kann! Weil Auntie sie in der Lodge nicht vertritt! Verdammt, wo ist Auntie? Heute ist aber auch wirklich ein Misttag!«

»Ngihambe emalibeni ebatsakatsi!«, habe ich geschnaubt. Was so ungefähr dasselbe bedeutet, es ist kompliziert zu erklären. »Ngihambe emalibeni ebatsakatsi!«

Aber das detektivische Kribbeln ist stärker geworden. Ja, wo verdammt (ngiyacolisa!) war Miss Agatha? Wenn alles mit allem zusammenhing, dann tat Miss Agathas Verschwinden das doch ganz sicher auch! Wir mussten nur noch herausfinden, wie.

»Da ist einer, Thabs!«, hat Emma plötzlich gerufen. Sie hat erleichtert geklungen. »Drüben, bei dem Trümmerhaufen! Siehst du den nicht? Lass uns mal hingehen! Vielleicht kann der uns sagen, wie wir hier am besten wieder wegkommen. Er ist ja schließlich auch irgendwie hergekommen.«

Ich habe genickt. Zumindest ein kleines bisschen besitzt Emma Chapman doch die Fähigkeit logischen Kombinierens, die einen guten Detektiv ausmacht.

19

Sie wissen, wie es sich anfühlt, wenn man über verbrannte Erde läuft? Auf unserem Weg bis zu den Hütten war der Boden schwarz und staubig von der Asche des verbrannten Grases. Sogar fast den ganzen Hang des Gobolondo hinauf und bis weit ins Tal hinunter war der Boden schwarz. Jetzt in der Trockenzeit hatte das Gras besonders gut gebrannt. Längst war es verdorrt und gelb. Ein Funke genügte.

Aber an manchen Stellen wagten sich auch vorsichtig neue Halme ans Licht. Wie konnte das sein, bei dieser Trockenheit? Reichte ihnen dafür der Tau der Nacht? Eish! An manchen Stellen begann schon ein Hauch von zartem Grün die Hügel zu überziehen.

Vielleicht wundern Sie sich, dass die Trümmerhaufen, die wir von der holprigen Straße aus gesehen hatten, tatsächlich die abgebrannten Hütten waren, von denen Inspector Gwebu berichtet hatte. Sie glauben vielleicht, dass eine Hütte nicht so leicht brennen kann, weil sie aus Lehm besteht? Aber bedenken Sie bitte, dass unter dem Lehm das Geflecht aus Zweigen liegt. Und Holz brennt gut, und ebenso gut brennt das Grasdach.

Je näher wir gekommen sind, desto besser konnten wir auch die Gestalt erkennen, die mit einem Zweig harte, verkohlte Lehmklumpen auf dem Boden hin und her geschoben und in der Asche gestochert hat. Jetzt dürfen Sie wieder Ihren detektivischen Spürsinn benutzen, meine Damen und Herren! Und wenn Sie vielleicht schon jetzt erraten, wer die Gestalt war, die dort die Asche durchsuchte, sind Sie sogar bessere Ermittler als ich in diesem Augenblick. Denn niemals wäre ich darauf gekommen, wen wir hier oben am Gobolondo antreffen würden. Niemals.

»Der Junge im Barca-Trikot!«, hat Emma gezischt, als wir schon fast bei ihm angekommen waren. »Ich fass es ja nicht! Der Junge im Barca-Trikot!«

Der Junge im Barca-Trikot! (Man hätte es ahnen können, ich wiederhole: Alles hing bei diesen Ermittlungen mit allem zusammen. Nur hatte ich es trotzdem nicht geahnt, ich schäme mich, es zuzugeben.)

»Was machst du denn hier?«, hat Emma zu dem erschrockenen Jungen gesagt, als wir die Hütten erreicht haben. (Von Hütten kann man natürlich eigentlich nicht mehr sprechen. Geflecht und Grasdächer mussten lichterloh gebrannt haben und waren zu einem erstaunlich kleinen, traurigen Haufen Asche in sich zusammengefallen.) »Willst du jetzt auch noch die Hütten plündern, Tsotsi? Tun dir die Menschen nicht leid? Das kleine Mädchen, das fast verbrannt wäre? Nein, oder? Solange du nur Geld machen kannst, tut dir niemand leid, Barca! Ekelhaft!«

Und sie hat dem Jungen böse ins Gesicht gestarrt.

Ich habe dem Jungen auch ins Gesicht gestarrt. Es war noch ein sehr junges Gesicht. Auch wenn ich weiß, dass man über das Alter nicht sprechen soll, muss ich in diesem Fall eine Ausnahme machen. Älter als vierzehn Jahre war das Gesicht ganz bestimmt nicht.

Merkwürdigerweise hat der Junge keinerlei Anstalten gemacht, wegzulaufen. Das hätten Sie vielleicht erwartet? Bei einem Viehdieb hätte man es auch erwarten können. Und er wäre uns sicher nicht entkommen. Inzwischen stand nämlich Emma rechts von ihm und ich links. Man muss einen Verdächtigen einkesseln, damit er einem nicht entkommen kann, das ist eine der grundlegendsten Regeln der Detektivarbeit. Denn natürlich versucht ein Verdächtiger immer zu entkommen, sobald er sich ertappt fühlt. Und dieser Junge hier war immerhin der Tsotsi, der Sipho Godbless ins Verderben geführt hatte! Und jetzt hatten wir ihn am Ort des Geschehens ertappt! Da wäre es ja nur normal gewesen, wenn er seine Beine in die Hand genommen hätte und gerannt wäre.

Aber genau das tat dieser Verdächtige nicht.

»Wie, was mach ich hier?«, hat er ärgerlich und überhaupt nicht mehr erschrocken gesagt. »Da kann ich doch wohl eher euch fragen, was ihr hier macht!«

Einen Augenblick lang war ich verblüfft über so viel Dreistigkeit. Was wir hier machten? Hatte der Junge gar keine Angst?

Wahrscheinlich war Emma genauso verblüfft wie ich. Aber Emma wäre nicht Emma gewesen, wenn sie nicht trotzdem sofort weitergefragt hätte.

»Wieso traust du dich überhaupt noch hierher?«, hat sie gerufen. »Und plünderst jetzt auch noch die Ruinen der Hütten? Schämt sich nicht irgendwann sogar eine Verbrecherseele schwarz wie deine?«

Jetzt war der Junge an der Reihe, verblüfft auszusehen.

»Aber das hier war *unsere* Hütte!«, hat er gerufen. »Unsere, unsere, unsere! Und nun haben diese Schufte sie abgebrannt! Ich sehe nur nach, ob ich noch irgendwas finde, was man brauchen kann, jetzt, wo die Asche abgekühlt ist. Aber natürlich ist alles weg.«

»*Eure* Hütte?«, habe ich gefragt. »Dann war das auch deine Schwester, die ...?« Ich hatte den Jungen eigentlich am Arm packen wollen, damit er nicht wegrannte. Das habe ich jetzt gelassen.

»Meine Gogo hat hier gewohnt!«, hat Barca gesagt. »Und wir auch, ja. Meine zwei Schwestern und ich, aber die jüngere ist jetzt im Krankenhaus in Mbabane. Ich bin der Mann im Haus.«

Da war es ja klar, dass seine Eltern gegangen waren. (Wir sagen *gegangen*. Sie wissen, was ich meine.)

»Diese Verbrecher haben unsere Hütte abgebrannt!«, hat der Junge gerufen. »Und meine kleine Schwester haben sie fast umgebracht! Und aus den anderen beiden Hütten konnten die Menschen sich auch nur gerade eben noch rechtzeitig retten! Natürlich war es den Schurken zu unsicher, wenn wir immer alles mitgekriegt haben. Und außerdem konnten sie neues, frisches Gras gut gebrauchen!«

»Was mitgekriegt?«, hat Emma verblüfft gefragt. »Wieso frisches Gras? Welche Schurken?«

Jetzt war der Junge wirklich wütend auf uns, das konnte man sehen.

»Was begreift ihr eigentlich?«, hat er gerufen. »Tilima! Diese Viehdiebe natürlich! Zuerst treiben ihre Helfer das gestohlene Vieh heimlich hierher, auf die abgelegenen Weiden am Gobolondo. Und bevor irgendwer es entdecken kann, laden sie die Rinder in ihren großen weißen Wagen und fahren sie über die Grenze!«

Ich habe Emma angesehen. Dann habe ich mich langsam auf die schwarze Erde gleiten lassen. Die Asche war mir im Augenblick ganz egal. Wichtige Gespräche soll man im Sitzen führen.

»Erzähl mal in Ruhe!«, habe ich gesagt und auf den Boden neben mir gezeigt. Der Junge hat einen Augenblick gezögert. Vielleicht hatte er Angst, dass sein Barca-Trikot etwas von der Asche abbekommen würde. Aber dann hat er sich doch gesetzt. Und Emma auch.

»Also?«, habe ich gefragt.

20

Dann hat der Junge erzählt.

Hier oben am Gobolondo hatten seine Schwestern und er bei ihrer Gogo gelebt, seit ihre Eltern gestorben waren. Die Gogo hatte Hühner gehalten, die Eier konnte sie verkaufen, darum musste sie nicht an irgendwelchen geheimen Stellen verbotenerweise Dagga anbauen, um das Schulgeld für ihre drei Enkelkinder bezahlen zu können. Aber jetzt war das vorbei. Es gab nicht nur keine Hütte mehr, es gab auch keine Hühner mehr.

»Und woher nimmt sie jetzt das Schulgeld für uns?«, hat der Junge wütend gefragt. »Wo sie keine Hühner mehr hat? Woher bekommen all die Menschen, denen diese Tsotsis ihre Rinder stehlen, jetzt das Schulgeld für ihre Kinder? Kein Wunder, dass immer mehr Menschen heimlich Dagga pflanzen, um es hinter der Grenze zu verkaufen! Kein Wunder!«

Dagga, das wissen Sie vielleicht, ist das, was Sie in Ihren Ländern Drogen nennen. Haschisch. Und Marihuana. Bei uns im Königreich haben wir das beste Dagga der Welt, verzeihen Sie die Prahlerei, es ist eine Tatsache. Aber es anzubauen ist verboten, das wird bei Ihnen nicht anders sein.

Trotzdem halten sich viele Mütter und Väter und Gogos nicht an das Verbot. Sie müssen Dagga anbauen, um das Schulgeld zahlen zu können.

»Ja, schon alles klar, aber wir reden hier ja nun grade mal nicht von Dagga!«, hat Emma energisch gesagt. Das war natürlich die Wahrheit. Hier ging es um etwas anderes. »Wir wollen eigentlich mit dir über die Rinder reden, die du PC Sipho Godbless verkauft hast, Mr Barca-Fan! Deswegen sitzt Sipho jetzt nämlich im Polizeiposten Debedebe in der Zelle! Aber da gehörst ja eigentlich du hin!«

Der Junge hat erschrocken ausgesehen. »Das wollte ich nicht!«, hat er gesagt. »Das wusste ich nicht!«

»Und deshalb wirst du jetzt auch sofort mit uns zu Inspector Gwebu kommen und gestehen, damit Sipho wieder rauskommt!«, hat Emma gesagt. »Auf, auf!«

Aber auf einmal hatte ich das Gefühl, dass das voreilig gewesen wäre. Vorher sollte der Junge uns erst mal alles genau erklären. Wie das mit den Rindern war, hatte er uns, streng genommen, ja noch längst nicht genau genug erzählt.

»Warte mal, Emma!«, habe ich darum gesagt. »Alles noch mal von vorne, Barca.«

»Mbuso!«, hat der Junge gesagt. »Ich heiße Mbuso!«

Dann hat er erzählt, dass die Bewohner der drei Hütten auf dem Gobolondo schon seit ein paar Wochen beobachtet hätten, wie ein Stück weiter unten auf den vertrockneten Weiden nachts plötzlich Rinder auftauchten, die dann noch vor dem Morgengrauen von einem weißen Lastwagen abgeholt wurden. Sie hatten sogar überlegt, der Polizei Bescheid zu geben. Obwohl sie natürlich eigentlich immer versuchten, mit der Polizei möglichst wenig in Kontakt zu kommen und sie schon gar nicht in ihre Nähe zu locken. Wegen der Dagga-Felder, die ein kluger Polizist vielleicht hinter drei Reihen spärlichem Mais in einem der Täler hätte entdecken können.

»Aber bevor wir der Polizei dann wirklich davon erzählen konnten, haben schon die Hütten gebrannt!«, hat der Barca-Junge gesagt. Mbuso. »Natürlich wollten die Viehdiebe nicht, dass wir sie dauernd beobachten! Jetzt, wo die Nächte so eisig sind, schläft schließlich keiner gut, da war ihnen doch klar, dass wir alles mitkriegen! Obwohl sie ja wussten, dass wir so schnell nicht mit der Polizei reden würden und warum.«

»Wow!«, hat Emma gesagt. »Was für heimtückische Schweine!«

»Und natürlich haben sie durch den Brand zwei Fliegen mit einer Klappe geschlagen«, hat der Junge gesagt. »Jetzt kann sie nachts niemand mehr beobachten, und außerdem haben die vertrockneten Weiden durch die Asche so viel guten Dünger, dass ganz schnell frisches Gras für die gestohlenen Rinder sprießen wird!«

»Im Königreich ist es verboten, Weiden abzubrennen!«, hat Emma streng gesagt. Manchmal ist Emma doch sehr englisch.

Der Junge hat gelacht. »Eben!«, hat er gesagt. »Wenn sie einfach *nur* die Weiden abgebrannt hätten, wäre die Polizei bestimmt gekommen und hätte untersucht, warum irgendwer ausgerechnet Weiden in dieser einsamen Gegend abbrennt. Dann wäre die Polizei doch ganz schnell auf die Idee gekommen, dass Viehdiebe diese abgelegenen Weiden nutzen! Aber so hat die Polizei natürlich geglaubt, es ginge um Brandstiftung. Dass irgendwer unsere Hütten abbrennen wollte! Aus Rache oder was weiß ich. Und glaubt ihr, da kümmert die Polizei sich richtig? Bei unseren armseligen Hütten? Eish! Nicht mal, wenn ein Mensch verletzt wird. Das war für die Viehdiebe doch sehr praktisch.«

Ich habe versucht, mich an das Gespräch bei Miss Agatha zu erinnern. Es stimmte, einen sehr eifrigen Eindruck hatte Inspector Gwebu bei der Aufklärung der Brandstiftung tatsächlich nicht gemacht. Ich hatte mich ja selbst über seine Oberflächlichkeit gewundert.

Trotzdem war mir noch nicht alles klar.

»Aber warum habt ihr Inspector Gwebu denn nach dem Brand nicht erzählt, wer es war?«, habe ich gefragt. »Von eurem Verdacht? Dass Viehdiebe die Weiden nutzen?«

Jetzt war es Emma, die geschnaubt hat. »Hast du nicht zugehört, Sherlock Holmes?«, hat sie gesagt. »Weil sie nicht wollten, dass der tüchtige Inspector Gwebu alles durchsucht! Weil sie ihre Dagga-Felder verstecken müssen!« Sie hat abgewinkt, als der Junge sich aufgerichtet hat. »Nein, klar, ihr nicht, deine Gogo und du! Aber eure Nachbarn! Ist doch so, oder?«

Mbuso hat genickt.

»Darum waren hier doch alle froh, als Inspector Gwebu den Fall zu den Akten gelegt hat!«, hat Emma gesagt. »Lieber Thabo, manchmal wundere ich mich über dich!«

Ich habe mich auch gewundert. Wie Sie wissen, bin sonst eigentlich immer ich der bessere Ermittler.

Damit es mir nicht allzu lange peinlich sein musste, habe ich das Gespräch darum zurück auf die eigentliche Frage gelenkt.

»Das erklärt aber noch lange nicht, wieso du PC Sipho Godbless so reingelegt hast!«, habe ich gesagt. »Für mich jedenfalls nicht!«

Jetzt hat Mbuso zum ersten Mal verlegen ausgesehen. »Ich hatte gehört, dass er neun Rinder für seine Lobola braucht«, hat er gesagt. »Und uns war gerade die Hütte abgebrannt! Wir hatten alles verloren! Da hatten meine Gogo und ich nicht mal das Geld, um mit dem Bus nach Mbabane zu fahren und meine Schwester im Krankenhaus zu besuchen!«

Ich habe versucht, mir vorzustellen, was Sifiso alles getan hätte, um Lemonade zu besuchen, wenn sie im Krankenhaus in Mbabane gelegen hätte. Mein guter Freund Sifiso hätte einiges getan, meine Damen und Herren, da bin ich mir sicher, und das Gesetz hätte ihn dabei nicht interessiert. Und ich hätte ihm vielleicht sogar dabei geholfen.

Mbuso hat sich geräuspert. »Darum habe ich gedacht, das Vieh unten auf den Weiden ist doch sowieso schon gestohlen, der Besitzer wird es sowieso niemals zurückbekommen, da ist es doch keine Sünde, wenn wenigstens uns dieser Diebstahl nützt! Ich habe Sipho also in der Nähe seiner Homestead aufgelauert …«

»Woher wusstest du das denn überhaupt?«, hat Emma gefragt. »Von Siphos Lobola? Und wo er wohnt?«

Ich wollte gerade abwinken. Die Frage zeigte doch nur, dass Emma bei der Ermittlungsarbeit das Wichtige nicht vom Unwichtigen unterscheiden konnte! Aber dann verblüffte mich die Antwort.

Barca hat eine Sekunde lang gezögert. »Von meinem Vetter Sipho!«, hat er dann gesagt. »Der ist der Enkel des Bruders des Schwagers meiner Gogo! Der hat mir das erzählt!«

»Sipho selbst?«, habe ich verblüfft gefragt. »PC Sipho Godbless ist dein Vetter?«

Barca hat verwirrt den Kopf geschüttelt. »*Dieser* Sipho doch nicht!«, hat er gesagt. »Doch nicht PC Sipho Godbless! Sipho Joyful war das, der ist Ranger in Lion Park!«

»Sipho Joyful?«, habe ich gefragt. Ausgerechnet unser Sipho, der König des Buganu! Natürlich ist bei uns jeder immer mit jedem verwandt, das wissen Sie, aber manchmal erstaunt mich schon, wie klein die Welt im Königreich ist. »Wieso hat der dir das denn erzählt?«

Jetzt hat Mbuso-Barca abgewinkt. »Der kannte den Constable Sipho Godbless von der Wache in Debedebe!«, hat er gesagt, und ich habe gedacht, dass das natürlich eine traurige Tatsache war. Mit seinem betrunkenen Kopf hatte Sipho Joyful schon mehr als einmal randaliert, dann musste er jedes Mal die Nacht auf der Wache in Debedebe verbringen.

Und einer von den anderen Rangern durfte ihn dann am nächsten Tag abholen, wenn er wieder nüchtern war. »Der Constable spricht von nichts anderem mehr als von seiner Lobola, hat Vetter Joyful erzählt. Da habe ich gedacht, wenn ich PC Sipho Godbless die Rinder zu einem günstigen Preis verkaufe, dann helfe ich doch nicht nur uns, ihm helfe ich sogar auch! Und dem Eigentümer schade ich trotzdem nicht, weil die Rinder ja sowieso schon gestohlen sind …«

Das hatte er sich ja gut zurechtgelegt!

»Und darum hast du PC Sipho Godbless die Lügengeschichte von deinem kranken Vater erzählt!«, hat Emma gesagt. »Wie gemein! Und wie leichtsinnig! Wo die Rinder doch alle noch ihre Brandzeichen hatten!«

Mbuso hat die Achseln gezuckt. »Weil sie hier nie lange auf den Weiden stehen, machen die Diebe sich gar nicht erst die Mühe, die Brandzeichen zu entfernen!«, hat er gemurmelt. »Am nächsten Morgen ist das Vieh ja meistens schon in Südafrika oder Mosambik im Schlachthaus! Und dass irgendeiner von den Freunden von diesem Polizisten ausgerechnet diese Brandzeichen kennen würde, habe ich doch nicht ahnen können!« Er hat den Kopf geschüttelt.

Da hatte er recht, das war wirklich sehr unwahrscheinlich. Und doch war es passiert.

»Aber es ist nicht gut, was ich getan habe!«, hat Mbuso geflüstert. »In der Nacht erscheinen mir jetzt die Geister der Ahnen und sagen, dass es nicht gut war! Ich kann überhaupt nicht mehr schlafen!«

Natürlich, jeder weiß, dass die Emadloti es nicht mögen, wenn man stiehlt. Darum ist Schlaflosigkeit oft die Folge eines Diebstahls, so kommt die Strafe über den Dieb auch ohne Polizei. Die Geister der Ahnen regeln die Dinge aus ihrer Welt heraus.

»Darum kommst du jetzt mit uns zu Inspector Gwebu!«, hat Emma energisch gesagt. »Und erzählst ihm, was du uns erzählt hast! Damit PC Sipho wieder freikommt! Dann kannst du wieder schlafen.«

Mbuso hat wild den Kopf geschüttelt. »Dann sperrt Inspector Gwebu doch *mich* ein!«, hat er gerufen. »Und was wird dann aus meiner Gogo? Und aus meinen Schwestern?«

»Das hättest du dir vorher überlegen müssen!«, hat Emma streng gesagt. »Unrecht Gut gedeiht nicht! Du hast betrogen und verdienst dafür eine Strafe. Und PC Sipho verdient höchstens eine Strafe für seine Dummheit. Also los!«

Aber da war Mbuso schon aufgesprungen. Er hat nicht mal »Nie im Leben!« gebrüllt oder überhaupt irgendwas. Er ist einfach nur gerannt.

Vielleicht hätte ich ihn doch am Arm festhalten sollen.

»Hinterher!«, hat Emma geschrien. »Los, hinterher, Thabo! Lass ihn nicht entkommen!«

Aber da konnte sie sich gefälligst mal selbst kümmern.

Ich jedenfalls bin sitzen geblieben. Nicht nur, weil ich ziemlich sicher war, dass ich den Jungen nicht mehr einholen würde. Sondern auch, weil ich mir gar nicht sicher war, ob ich es überhaupt wollte.

21

»Thabo!«, hat Emma wieder geschrien. »Thabs! Was machst du denn! Nun renn doch schon!«

Ich bin langsam aufgestanden und habe mir meine Hose abgeklopft. Haben Sie schon einmal in Asche gesessen, meine Damen und Herren? Ich rate Ihnen, vermeiden Sie es, wo immer es möglich ist. So leicht entfernen Sie die Asche nicht wieder von Ihren Kleidern.

»Den kriegen wir nicht mehr!«, habe ich gesagt. »Und ich weiß auch gar nicht, ob das nötig ist, Emma! Vielleicht steckt Inspector Gwebu Mbuso dann tatsächlich in seine Zelle, aber ob er PC Sipho deswegen freilässt, ist doch noch gar nicht klar! Nicht, solange er die echten Diebe nicht gefasst hat! Und dabei können wir ihm ja nun helfen. Alles, was Mbuso uns erzählt hat, können wir Gwebu weitererzählen. Dafür muss der arme Kerl doch nicht ins Gefängnis!«

(Ich habe aber gedacht, dass es doch vielleicht eine gute kleine Strafe gewesen wäre, wenn Mbuso mir wenigstens sein Barca-Trikot hätte geben müssen. Er hätte ja mein Shirt dafür haben können. Leider war ich zu spät auf die Idee gekommen.)

»*Der arme Kerl!*«, hat Emma gesäuselt und getan, als ob sie meine Stimme nachmacht. »Jede Wette haben die doch auch Dagga angebaut, er und seine Gogo! Egal, was er uns über Hühner und Eier erzählt hat! Jede Wette!«

Ich hatte keine Lust, mit Emma jetzt auch noch über Dagga zu streiten. Manche Dinge versteht Emma nicht so gut. Was würde Miss Wendy denn wohl tun, wenn sie Emma nicht zur Schule schicken könnte, weil das Schulgeld fehlt? Und das Geld für die Schuluniform und die Schuhe? Eish! Wenn das Schulgeld fehlt, tun Eltern manches, Sie kennen das aus Ihren Ländern.

Aber jetzt ging es nicht um Dagga. Jetzt ging es um PC Sipho und die Viehdiebe.

»Überleg doch mal, Emma!«, habe ich gesagt. Ich hatte sie nicht ausreden lassen. »Sobald Inspector Gwebu die echten Viehdiebe geschnappt hat, ist alles klar. Dann lässt er Sipho frei, und nach Mbuso sucht er dann ganz bestimmt auch nicht mehr. Wozu auch? Der ist ein viel zu kleiner Fisch. Dann kann Mbuso sich weiter um seine Familie kümmern.«

»Haha!«, hat Emma geschnaubt. »*Sobald Inspector Gwebu die echten Viehdiebe geschnappt hat!* Ja, *wenn* er sie schnappt! Ohne unsere Hilfe hat Inspector Gwebu doch noch nie einen Verbrecher geschnappt!«

Ich habe mich plötzlich sehr glücklich gefühlt. »Eben!«, habe ich gerufen. »Und darum helfen wir ihm auch diesmal wieder! Wir wissen doch schließlich ziemlich genau, wer da mit drinsteckt! Und wir setzen Inspector Gwebu auf ihre Fährte!«

Emma hat die Augen zusammengekniffen. »Ach ja?«, hat sie gesagt. »Wissen wir das?«

Aber jetzt war ich nicht mehr zu stoppen. »Wie sind wir denn wohl hierhergekommen, Emma Chapman?«, habe ich gefragt. Wieso war Emma der Zusammenhang nicht klar? Der glasklare Zusammenhang? »Mit welchem Wagen? Und wie sieht der Wagen aus, der vor dem Morgengrauen immer die Rinder abholt? Rechne doch mal eins und eins zusammen!«

Einen Augenblick hat Emma geschwiegen. »Weiß!«, hat sie dann gemurmelt. »Der Wagen sieht weiß aus. Ein weißer Lastwagen.« Sie hat mich angeguckt. »Du meinst, die Filmleute? Nie im Leben!«

Es war ja klar, dass Emma sich ihre schöne Filmwelt nicht kaputt machen lassen wollte. Schließlich wollte sie in ihrem englischen Internat davon berichten. (Sie merken, ich habe nicht »angeben« gesagt. Der wahre Gentleman redet nicht schlecht über Frauen.)

»Und warum waren dann keine Filmsachen in ihrem Laster?«, habe ich gerufen. »Keine Kameras? Keine Was-weiß-ich-was-für-Sachen-die-Filmmenschen-so-brauchen? Gar nichts? Warum war der Laderaum voller rotem Staub? Und warum …« Ich habe eine winzige Pause gemacht, bevor ich das stärkste Indiz preisgegeben habe. Man nennt es eine dramatische Pause. »Warum stand auf ihrem Wagen ursprünglich ›Happy Meat‹? Warum haben sie das überlackiert?«

Emma hat mich angestarrt. »Thabs!«, hat sie gemurmelt.

Ich habe genickt. »Das ist doch alles so was von eindeutig, Emma!«, habe ich gerufen. »Dieser ganze Filmkram ist nichts als Tarnung!«

»Thabs!«, hat Emma wieder gesagt. Ihr Blick, ich wage es kaum zu sagen, war vielleicht sogar voller Bewunderung. »Natürlich! Darum erzählen sie auch, dass sie einen *Dokumentar*film drehen, dafür brauchen sie nämlich keine Schauspieler und keinen Regisseur! Bei einem Dokumentarfilm wird niemand misstrauisch, wenn sie nur zu zweit sind mit ihrem riesengroßen Wagen! Wozu brauchen sie den, wenn sie nur filmen wollen? Da würde doch ein ganz normaler Geländewagen ausreichen!«

An Emmas Gesicht konnte ich sehen, dass sie sich gerade von ihrem Traum, endlich mal bei einem echten Filmdreh mitzumachen, verabschiedet hat.

»Ich glaub, du hast recht, Thabo.« Jetzt endlich ist sie auch aufgestanden. Sie hat sich ihre Shorts abgeklopft und hinterher angewidert die Handflächen an ihren Waden abgewischt. »Und das erzählen wir jetzt der schlauen Polizei.«

Ich habe genickt. »Wenn wir da irgendwie hinkommen, Emma!«, habe ich gesagt. »Wenn wir da irgendwie hinkommen.«

22

Und das war vom Gobolondo aus natürlich kein Spaziergang. Zu Fuß würden wir zum Polizeiposten Debedebe eine Ewigkeit brauchen. Oder wenigstens bis zum Abend.

Darum sind wir erst mal den kleinen Holperweg zurück bis zur breiten Sandpiste gelaufen, und allein dafür haben wir zwei Stunden gebraucht, meine Damen und Herren. Zwei Stunden in der Nachmittagssonne! Zum Glück war jetzt im Winter nicht so viel Hitze in der Sonne, dass sie auf uns heruntergestochen hätte. Trotzdem sind wir ins Schwitzen gekommen.

»So!«, hat Emma gesagt. Auf dem Weg hatten wir nicht geredet. Wozu auch. Alles Wichtige war besprochen. Wir sind einfach nur gegangen und gegangen.

Als endlich das erste Auto in unserer Richtung kam, haben wir gewinkt. Aber das Auto hat nicht angehalten. Wenn die Autos bei uns alle Menschen mitnehmen würden, die einen weiten Weg vor sich haben und kein Geld für einen Bus, kämen sie nie ans Ziel. Es ist nicht einfach, ein Auto anzuhalten.

Nachdem es fünf Mal nicht geklappt hat, ist Emma stehen

geblieben. »Jetzt reicht es mir mit der Lauferei, Thabs!«, hat sie gesagt und in die Tasche ihrer Shorts gegriffen. »Du kannst sagen, was du willst, aber bevor uns hier jemand mitnimmt, können ja noch Stunden vergehen! Ich ruf jetzt meine Mutter an. Die soll uns abholen.«

»Oder erst mal Miss Agatha versuchen?«, habe ich gesagt. »Vielleicht ist sie wieder zurück?«

An Miss Agathas Verschwinden hatte ich seit der Fahrt im Lastwagen nicht mehr gedacht, ich schäme mich. Erst jetzt ist sie mir wieder eingefallen.

Emma hat ihr Handy herausgezogen und einen kleinen Schrei ausgestoßen. Dann hat sie wild in der Tasche ihrer Shorts gekramt. »Mist! Thabs, meine Handyschale ist weg! Was sind denn das für *Kack*handyschalen? Erst deine weg, dann meine! Und dabei hatte ich sie bestimmt richtig festgemacht!«

»Ich ja auch!«, habe ich gesagt. Sie wissen, was ich davon halte, wenn Emma Wörter wie »verdammt« oder »Kack« benutzt. Aber im Augenblick war es mir gerade wichtiger, dass Emma nun nicht mehr behaupten konnte, ich hätte nicht gut genug auf meine Handyschale aufgepasst. Auch Emmas Handy sah jetzt wieder so langweilig aus wie meins und alle Handys.

Emma hat gewählt und einen Augenblick gewartet. Dann hat sie den Kopf geschüttelt.

»Auntie geht immer noch nicht ran!«, hat sie gesagt. »Mist! Dann eben meine Mutter.« Sie hat geseufzt. Es war ja klar, dass es Ärger geben würde. Ich hatte es schon gesagt. Miss Wendy würde uns fragen, wie wir überhaupt hierhergekommen waren, und was sie dann hören würde, würde sie sicher nicht freuen.

In diesem Augenblick ist schlitternd ein Auto ganz nah neben uns zum Stehen gekommen. Der Sand ist unter den Reifen hochgespritzt, und ich bin zur Seite gesprungen.

Soll ich Ihnen hier noch einmal die Gelegenheit geben, Ihren detektivischen Spürsinn zu beweisen? Wenn Gott der Herr uns retten wollte vor dem Zorn von Ms Wendy Chapman, wen würde er uns wohl schicken? Wer ist denn Gott dem Herrn wohl am nächsten von allen Menschen in unserem Land?

»Reverend Hlophe!«, hat Emma gerufen, nachdem sie sich von ihrem Schock erholt hatte. (Das Auto hätte uns leicht überfahren können. Es war eine sehr knappe Angelegenheit.) »Reverend Hlophe, Sie schickt der Himmel!«

Das hatte ich Ihnen ja eben auch schon angedeutet.

Neben uns an der Straße stand jetzt Reverend Hlophes himmelblauer Morris Minor 1000 aus dem Jahr 1967. Der Reverend hat sein Fenster heruntergekurbelt. »Möchte vielleicht jemand mitgenommen werden?«, hat er gerufen. »Oder besucht ihr hier in der Gegend gerade eure Verwandten?«

»Siyabonga, Reverend, vielen Dank!«, hat Emma gerufen und die hintere Tür aufgerissen. »Ich wollte grade schon meine Mutter bitten, uns abzuholen!«

Reverend Hlophe hat kaum abgewartet, bis wir uns gesetzt hatten, da hat er schon wieder Gas gegeben. Darauf, dass wir unsere Sicherheitsgurte anlegten, musste er ohnehin nicht warten. Sein alter Morris Minor 1000 hat keine Sicherheitsgurte.

»Na, dann nennen wir es mal Fügung, dass ich grade hier vorbeigekommen bin!«, hat Reverend Hlophe über die Schulter gesagt. Wahrscheinlich hatte er das Gaspedal längst bis zum Anschlag durchgetreten. Beim Autofahren vertraut Reverend Hlophe auf den Schutz des Himmels.

Ich habe mich an der Sitzkante festgeklammert und auch auf den Schutz des Himmels vertraut. Es war ja nicht das erste Mal, dass wir mit Reverend Hlophe fuhren.

»Und was habt ihr zwei in dieser Gegend gemacht?«, hat Reverend Hlophe gefragt, nachdem er im schwungvollen Bogen einer mageren Kuh ausgewichen war, die direkt vor uns auf der Straße aufgetaucht war. Dann hat er sein Warnblinklicht angemacht, damit jedes entgegenkommende Fahrzeug Bescheid wusste, dass ihm gleich jemand den Weg versperren würde. »Ihr seid doch wohl nicht zu Fuß hergekommen?«

Ich fand nicht, dass wir Reverend Hlophe einweihen sollten. Es genügte, wenn wir Inspector Gwebu einweihten.

»Uns hat einer mitgenommen!«, habe ich schnell gesagt. »Und Sie, Reverend Hlophe? Hat man Sie zu einem Kranken gerufen?«

Reverend Hlophe hat kummervoll den Kopf geschüttelt und geseufzt. »Ich habe mich um meinen Kirchturm zu Ehren des Herrn gekümmert!«, hat er gesagt. »Leider wieder vergeblich, leider wieder vergeblich!« Mit einem kühnen Schlenker hat er einen von diesen weißen Wagen mit dem roten Zeichen auf der Tür überholt, in denen die Ärzte aus anderen Ländern bei uns herumfahren, um sich um unsere Kranken zu kümmern. Es war ein moderner Wagen, und er ist schnell gefahren. Aber Reverend Hlophe ist noch schneller gefahren. Er hat es sogar noch geschafft, vor dem Ärztewagen wieder links einzuscheren, bevor auf der gegenüberliegenden Fahrbahn mit lautem Hupen ein entgegenkommender Bakkie an uns vorbeigezischt ist.

Dann hat Reverend Hlophe erzählt, dass er von einer Gruppe von Geschäftsleuten, die immerzu Gutes tun, in Piggs Peak zum Mittagessen eingeladen war. Er hatte gehofft, dass sie ihm mit ihrem Geld bei seinem Kirchturm helfen würden. Aber einen Kirchturm zu bauen, war den Geschäftsleuten nicht gute Tat genug gewesen. Sie wollten mit ihrem Geld lieber Kranken helfen und Waisenkindern.

»Ich habe ihnen erklärt, Gott der Herr würde sich über den Turm so sehr freuen, dass er sich danach selbst der Kranken und Waisen annehmen würde!«, hat Reverend Hlophe gesagt. »›Habt Vertrauen!‹, habe ich gesagt. ›Baut dem Herrn seinen Turm, dann wird er uns zum Dank in allen Dingen helfen.‹ Aber sie haben nicht genug vertraut.«

Ein wenig konnte ich die Geschäftsleute verstehen. Aber

als Reverend Hlophe von seinem Kirchturm erzählt hat, ist mir plötzlich wieder Miss Agatha eingefallen.

»Reverend Hlophe!«, habe ich gerufen. »Miss Agatha ist verschwunden! Haben Sie schon davon gehört? Wissen Sie vielleicht etwas darüber? Es muss passiert sein, gleich nachdem Sie und Babe Dlamini und Inspector Gwebu sie gestern verlassen haben! Hat sie vielleicht gesagt, dass sie noch irgendwen besuchen wollte?«

Reverend Hlophe hat sich blitzschnell zu mir umgedreht, und der Wagen hat wieder einen wilden Schlenker gemacht.

Der Reverend hat es gar nicht bemerkt. »Verschwunden?«, hat er verblüfft gefragt. Er hat immer noch mich angeguckt. Aber ich habe an ihm vorbei auf die Straße geguckt. Wir waren nur noch wenige Meter von einer schmalen Brücke entfernt! Und die Brücke hatte kein Geländer! »Und schon seit gestern? Ja, hat sie denn keine Nachricht hinterlassen?«

»Reverend Hlophe!«, hat Emma geschrien und sich wild über die Rückenlehne seines Sitzes nach vorne geschmissen. Dann hat sie ins Steuer gegriffen und es hart eingeschlagen. In letzter Sekunde ist der Wagen auf die Brücke eingebogen, und Emma hat ihn sicher auf die andere Seite des Flusses gelenkt. »Reverend Hlophe, Sie gucken ja gar nicht!«

»Du hast doch für mich geguckt, Emma!«, hat Reverend Hlophe fröhlich gesagt. »Es ist doch alles gut! Ich habe Vertrauen. Habt ihr auch Vertrauen, meine Kinder? Wen er liebt, den wird Gott der Herr nicht verderben lassen.«

Aber jetzt hatte er sein Vertrauen offenbar fürs Erste auch

aufgebraucht. Jedenfalls hat Reverend Hlophe wieder auf die Straße gesehen.

»Sie hat uns zum Trifle-Essen eingeladen!«, hat er gesagt, als wären wir nicht eben gerade haarscharf dem Tod in einem ausgetrockneten Flussbett entgangen. »Quinton, Babe Dlamini und mich. Für morgen! Wahrscheinlich hat sie immer noch gehofft, dass Babe Dlamini sich erweichen lässt und mich bei meinem Kirchturm unterstützt. Ja, daraus wird dann wohl nichts werden. Wenn Miss Agatha bis morgen immer noch nicht zurück ist.« Er hat wieder geseufzt. »Ich werde beten, dass sie wiederkommt. Ich wollte schon immer gerne probieren, wie so ein englischer Trifle schmeckt.«

Emma neben mir hat die Lippen zusammengekniffen. Ich konnte sehen, dass sie wütend war. Aber ich war mir nicht sicher, ob sie wütend war, weil Reverend Hlophe uns eben gerade fast umgebracht hätte oder weil er sich keine großen Sorgen um Miss Agatha zu machen schien. Jedenfalls hat Emma auf der ganzen Fahrt nichts mehr gesagt.

Als wir die Abzweigung nach Lion Lodge erreicht haben, hat Reverend Hlophe uns aussteigen lassen.

»Gott segne euch, Kinder!«, hat er gesagt. »Hambani kahle! Und seid sicher, bis morgen ist Miss Agatha zurück. Habt Vertrauen! Der Himmel wird mir doch keinen Trifle verweigern!«

Emma hat geschnaubt.

»Siyabonga fürs Mitnehmen, Reverend Hlophe!«, habe

ich gesagt. »Hamba kahle! Das war wirklich ein Glück, dass Sie da eben gerade vorbeigekommen sind.«

Aber in Wahrheit, das werden Sie verstehen, habe ich gehofft, dass beim nächsten Mal, wenn wir ein Auto brauchten, doch lieber jemand anders vorbeikommen würde.

23

»Nicht noch nach Debedebe?«, habe ich gefragt, als Emma und ich am Tor zum Parkplatz von Lion Lodge angekommen waren. »Willst du gleich nach Hause?«

Emma hat mir einen Blick zugeworfen. Ich konnte sehen, dass sie immer noch schlechter Laune war. »Guck mal den Himmel an, ja? Es wird jeden Moment dunkel«, hat sie gesagt. »Warum hast du es so eilig, dass Sipho Silima freikommt? Findest du nicht, wir sollten erst mal klären, ob Auntie inzwischen vielleicht wieder da ist? Was ist denn wohl wichtiger?«

Sie wissen, dass man bei uns in der Dunkelheit lieber nicht unterwegs sein sollte, meine Damen und Herren. (Krokodile, Nilpferde, Schlangen und so weiter.) Wenn Emma in dieser Stimmung ist, lege ich mich lieber nicht mit ihr an. Außerdem hatte ich genau wie sie die winzige Hoffnung, dass Miss Agatha vielleicht tatsächlich zurück war. Und ob Inspector Gwebu Sipho wirklich sofort freigelassen hätte, wenn wir ihm die Geschichte von Mbuso erzählt hätten, stand ja ohnehin nicht fest. Inspector Gwebu sieht gerne Beweise. Und Beweise hatten wir schließlich nicht.

Wir sind durch das Tor getreten, und als Erstes habe ich gesehen, dass der weiße Wagen der Filmleute nicht zwischen den anderen stand. Überrascht hat mich das nicht. Irgendwann hätte der Wagen uns sonst schließlich überholen müssen, wenn er vor uns zurück gewesen wäre. (Und wer überholt schon Reverend Hlophe!)

In der Rezeption stand Ms Wendy Chapman und sah gemeinsam mit Thulile auf den Bildschirm des Computers. Thulile ist die Rezeptionistin von Lion Lodge, und sie hat das College für Tourismus und Fremdenverkehr erfolgreich durchlaufen. Man sieht es an einem Diplom in Rot und Gold, das sie an der Wand der Rezeption aufgehängt hat. Für Miss Wendy ist Thulile ein Geschenk des Himmels. Thulile ist nicht nur tüchtig und freundlich zu den Gästen, sie ist auch so schön, dass sie jedem männlichen Touristen ein Lächeln ins Gesicht zaubert. Darum spricht sie auch meistens nur mit den Tourist*innen*. Thulile ist klug.

»Emma!«, hat Miss Wendy gerufen. »Agatha ist immer noch nicht wieder da! Wenn ihr nun was passiert ist? Ich war vorhin schon bei Quinton, er hat versprochen, alles zu tun, um sie zu finden, aber allmählich …«

Ihr Gesicht sah so ängstlich aus, dass ich vielleicht zum ersten Mal begriffen habe, wie ernst die Lage tatsächlich war. Natürlich hatte ich mich auch vorher schon über Miss Agathas Verschwinden gewundert, aber furchtbare Sorgen hatte ich mir nicht gemacht. Miss Wendy machte sich offenbar furchtbare Sorgen.

Das merkte man auch daran, dass sie kein Wort darüber verlor, dass Emma den ganzen Tag nicht zu Hause gewesen war, ohne ihr zwischendurch eine Nachricht zu schicken. Wenn Miss Wendy vergaß, deswegen mit Emma zu schimpfen, musste sie sehr große Angst um Miss Agatha haben.

»Wir haben grade Reverend Hlophe getroffen!«, hat Emma gesagt. »Der wusste auch nichts.«

»Sie verstehen, Miss Wendy«, habe ich gesagt. »Reverend Hlophe, Inspector Gwebu und Mr Dlamini waren die Letzten, die Miss Agatha gesehen haben! Darum müssen sie natürlich als Erste befragt werden!«

(In der Sprache der Ermittler muss es eigentlich heißen: Sie waren die Letzten, die Miss Agatha *lebend* gesehen haben. Aber konnte ich das aussprechen? Hätte es nicht bedeutet, dass ich glaubte, Miss Agatha wäre nicht mehr am Leben? Eish! Ich habe es nicht ausgesprochen.)

»Dumisani hat sie noch danach gesehen!«, hat Emma gesagt. »Aber egal.«

»Egal ist hier gar nichts!«, hat Miss Wendy gerufen. Dann hat sie sich erschrocken die Hand vor den Mund gehalten. »Entschuldigung! Ich mache mir nur so wahnsinnige Sorgen! Sie muss doch irgendwann vergangene Nacht verschwunden sein, zu Fuß! Und seitdem hat sie niemand mehr gesehen, und niemand weiß etwas! Sie kann sich doch nicht in Luft aufgelöst haben! Quinton hat versprochen, überall in der Umgebung eine Befragung durchzuführen, aber bisher gibt es noch keinerlei Ergebnisse!«

Ja, das war beängstigend, das finden Sie sicher auch. Vielleicht hatten wir uns bis jetzt wirklich nicht ernsthaft genug um Miss Agathas Verschwinden gekümmert! Vielleicht hatten wir uns viel zu sehr um Sipho und den Viehdiebstahl gekümmert! Ich muss zugeben: Ein guter privater Ermittler hätte Miss Agathas Verschwinden nicht aus den Augen verloren, nur weil er plötzlich den Barca-Jungen getroffen hatte. Miss Marple wäre dieser Frage ganz sicher viel energischer nachgegangen, als Emma, Sifiso und ich das getan hatten. Ein verschwundener Mensch muss für einen privaten Ermittler immer an erster Stelle kommen, das ist ein Fakt. Ich schäme mich, dass Miss Agatha für uns nicht an erster Stelle gekommen war.

»Ich weiß nicht, ob ich mich nicht vielleicht selbst auf den Weg machen sollte, um sie zu suchen!«, hat Miss Wendy gesagt. Es fehlte nur noch, dass sie ihre Hände gerungen hätte. »Ich habe schon überall herumtelefoniert, bei ihren Ärzten, bei ihren Freunden, aber niemand …«

In diesem Augenblick haben wir draußen das Knirschen von Kies gehört, und der Filmlastwagen ist auf den Parkplatz gerollt. Ich habe Emma einen Blick zugeworfen. Sollten wir uns jetzt vielleicht doch sofort um die Filmleute kümmern, die keine Filmleute waren? Sollten wir ihnen vielleicht nachschleichen, um sie zu belauschen und so mehr zu erfahren? Emma hat ganz leicht den Kopf geschüttelt. Jetzt musste es zuallererst um Miss Agatha gehen.

»Ms Chapman!«, hat der Film-Mann, Jonathan, gesagt, als

er auf die Rezeption zugeschlendert ist. »Das ist wirklich eine großartige Gegend hier! Wie gemacht für unsere Arbeit!«

Jaja, *wie gemacht für ihre Arbeit,* das habe ich ihm gerne geglaubt! Immerhin gab es in unseren Tälern selbst nach der langen Trockenzeit noch reichlich Vieh, das sie stehlen und über die Grenze schaffen konnten! Auch wenn das Vieh inzwischen abgemagert und darum nicht mehr so viel wert war wie im Sommer. *Wie gemacht für ihre Arbeit!* Was für ein heimtückischer Kerl!

»Das freut mich sehr!«, hat Miss Wendy gesagt. Nur wer sie kannte, konnte hören, dass ihre Stimme nicht klang wie sonst. »Wenn Sie noch irgendetwas brauchen, sagen Sie Thulile oder mir gerne Bescheid! Wir versuchen immer, unseren Gästen den Aufenthalt so angenehm wie möglich zu machen.«

Inzwischen war auch die Film-Frau hinzugekommen. »Ja, wir hatten einen guten Tag!«, hat sie gesagt. Da war etwas in ihrer Stimme, das mich zusammenzucken ließ. »Aber es ist tatsächlich etwas Merkwürdiges passiert! Wir haben ...«, sie hat in dem (ich muss es sagen, ngiyacolisa!) etwas schmuddeligen Beutel gekramt, den sie ständig mit sich herumtrug. »Wir haben *das hier* hinten im Laderaum gefunden! Und wir können uns überhaupt nicht erklären, wie es da reingekommen sein könnte!«

Ich bin zur Salzsäule erstarrt wie Lots Weib, als sie einen Blick zurück auf Sodom und Gomorrha geworfen hat, Sie erinnern sich bestimmt. Emma ist auch zur Salzsäule erstarrt.

Wir haben beide einen Blick auf das geworfen, was die Film-Frau jetzt Miss Wendy entgegenhielt. Wir haben beide die Luft angehalten.

Wollen Sie noch einmal Ihre detektivischen Fähigkeiten testen, meine Damen und Herren? Oder winken Sie ab, weil es Ihnen diesmal viel zu einfach ist?

»Emmas Handyschale!«, hat Miss Wendy langsam gesagt. »Vielen Dank! Emma hat uns allen aus England Handyschalen mitgebracht, als sie diesmal aus dem Internat zurückgekommen ist! Das ist doch deine, Emma?«

Ich habe mich über Miss Wendys gleichgültigen Ton gewundert. Wenn Miss Wendy auch nur eine winzige Sekunde nachgedacht hätte, hätte ihr doch klar sein müssen, was dieser Fund bedeutete! Dass Emma heimlich im Wagen der Filmleute gewesen war, bedeutete er, was sonst konnte er denn wohl bedeuten? Oder glaubte Miss Wendy etwa, dass Emma der ganzen iNkundla Handyschalen geschenkt hatte, alle genau wie ihre eigene mit pinken Blumen auf violettem Grund, sodass diese Schale hier genauso gut irgendwem sonst aus unserer Gegend gehören konnte? Und war es Miss Wendy egal, dass ihre Tochter offenbar heimlich die Fahrzeuge ihrer Gäste erkundete? Noch vor zwei Tagen wäre es ihr nicht egal gewesen, das kann ich Ihnen versichern. Noch vor zwei Tagen hätte Ms Wendy Chapman Emma die Hölle heißgemacht. Aber jetzt war ihr offenbar nichts mehr wirklich wichtig außer ihrer verschwundenen Tante.

»Ich guck mal, wem die gehört!«, hat Emma gemurmelt,

als sie der Film-Frau die Schale abgenommen hat, ohne sie dabei anzusehen. »Könnte auch sein, sie gehört …«

Ihre Stimme hat sich irgendwo in den Weiten des Himmels verloren.

Natürlich! Diese Möglichkeit gab es schließlich auch! Sie verstehen? Emma hatte erzählt, dass sie für Miss Agatha die gleiche Handyschale wie für sich selbst mitgebracht hatte. Mir ist wieder die Matratze im Filmwagen eingefallen. Aber eine Matratze bedeutet natürlich noch gar nichts. Eine Matratze ist nicht einmal ein Indiz.

Die Film-Frau hat Emma einen scharfen Blick zugeworfen. »Ja, das solltest du tun!«, hat sie gesagt. »Du solltest am besten zügig klären, wem diese Handyschale gehört! Wir haben es nämlich nicht gerne, wenn Menschen heimlich in unserem Wagen herumschnüffeln. Das kannst du diesem – *Jemand* dann bitte auch ausrichten!«

Ein eiskalter Schauer ist mir über den Rücken gelaufen. Ich habe es mir nicht eingebildet: Die Stimme der Film-Frau hat drohend geklungen. Ich kenne das aus den Filmen, die ich mit Miss Agatha auf DVD gucke. Wenn Verbrecher mit so einer Stimme mit jemandem sprechen, hat dieser Jemand nichts Gutes zu erwarten.

Aber die Film-Frau hat sich schon umgedreht und ist in Richtung Cabins verschwunden. »Kommst du, Jonathan?«, hat sie gerufen. »Vor dem Abendessen würde ich gerne noch duschen!«

Jonathan hat uns noch einmal zugelächelt und ist ihr dann

nachgegangen. Und jetzt zeigte sich, dass Miss Wendy doch nicht so gedankenlos und gleichgültig war, wie ich eben einen Augenblick lang geglaubt hatte.

»Was hattest du in dem Wagen zu suchen, Emma?«, hat sie gezischt. »Kannst du mir das bitte mal erklären?«

Sie hat Emma böse angesehen. Thulile hat Emma auch böse angesehen.

»Die Tür stand offen!«, hat Emma gesagt. »Da bin ich nur mal kurz reingeklettert, um zu gucken, wie so ein Filmwagen von innen aussieht! Aber da war überhaupt nichts Interessantes drin! Deshalb bin ich auch gleich wieder raus. Die sollen sich mal nicht so anstellen!«

»Gleich wieder raus?«, hat Miss Wendy gefragt. »Wie konntest du denn dann bitte sehr deine Handyschale verlieren, wenn du gleich wieder raus bist?«

»Weil es keine gute Handyschale ist, Miss Wendy!«, habe ich gesagt. Ich versuche im Allgemeinen, nicht mehr zu lügen als unbedingt nötig, meine Damen und Herren. Reverend Hlophe sagt, jede Lüge ist ein Pflasterstein auf dem Weg zur Hölle, und glauben Sie mir, da möchte ich nicht hin. Aber alles, was ich Miss Wendy jetzt erzählte, war nichts als die heilige Wahrheit, und ich hätte es vor dem Altar des Herrn beschwören können. Wenn Emmas Lüge, dass sie nur ganz kurz im Wagen gewesen war, dadurch trotzdem glaubwürdiger wurde, war das nicht meine Schuld. »Meine Handyschale habe ich nämlich auch verloren! Die sitzen einfach nicht richtig fest!«

Miss Wendy hat mich mit zusammengekniffenen Augen angesehen. Dann hat sie geseufzt. »Im Augenblick gibt es Wichtigeres!«, hat sie gesagt. »Aber wenn ich noch einmal davon höre, dass du dich an den Wagen unserer Gäste zu schaffen machst, Emma ... Wenn ich das noch ein einziges Mal höre ...!«

Ms Wendy Chapman hat nicht gesagt, was sie dann tun würde. Man konnte es sich vorstellen.

Aber manchmal lässt es sich für einen privaten Ermittler eben nicht vermeiden, den Gästen nachzuschnüffeln. Es ist sein Beruf.

24

Was mussten jetzt die nächsten Schritte der Ermittlungsarbeit sein? Wo genau befanden wir uns bei der Aufklärung unseres Falles? Oder, genauer gesagt: bei der Aufklärung unserer Fälle?

Für mich war der nächste Schritt jedenfalls, dass ich Sifiso noch an diesem Abend auf den neuesten Stand unserer Ermittlungen bringen musste. Bis zu seiner Hütte und zurück zu den Ranger-Quartieren habe ich es leider nicht mehr ganz vor dem endgültigen Einbruch der Dunkelheit geschafft (aber ich habe sehr auf die Schlangen und Krokodile geachtet). Sifiso fand auch, dass der Barca-Junge zur Strafe sein Trikot hätte abgeben müssen. (Danach hätten wir beide uns natürlich darum gestritten, wer es haben durfte.)

Wir haben verabredet, dass Sifiso am nächsten Morgen wieder sofort zur Lodge kommen sollte. Da wollten wir uns mit Emma treffen und das weitere Vorgehen besprechen.

Tatsächlich wartete Sifiso schon auf mich, als ich am nächsten Tag im kalten Licht der frühen Morgensonne bei der Lodge ankam. Es wird Sie nicht wundern, dass er haargenau so verfroren aussah wie am Morgen zuvor.

»Heute mal ohne Lemonade und Pilot?«, habe ich gefragt. Nicht dass die beiden mir gefehlt hätten. Ich sage es mit großer Ehrlichkeit: Ohne Lemonade und Pilot ist das Leben für einen privaten Ermittler fast schon das Paradies. Miss Marple musste sich bei der Aufklärung ihrer Fälle nie mit zwei widerspenstigen Kindern herumschlagen. Miss Marple wusste wahrscheinlich gar nicht, wie leicht sie es hatte.

»Die sind schon ganz früh mit Delighty zu unserer Tante Bongwe in Mantongomane aufgebrochen!«, hat Sifiso gesagt. »Sie hat eine Decke für uns!« Ich habe nicht gefragt, für wie viele Kinder es danach in Sifisos Hütte Decken für die kalten Winternächte geben würde. Jede Decke mehr war auf jeden Fall gut.

»Und natürlich müssen wir auf deine Freundin Emma wieder warten!«, hat Sifiso ärgerlich gesagt. »Mit ihrer Heizung im Zimmer schläft die bestimmt bis zum Mittag!«

Wir sind zur Terrasse geschlendert, um Emma dort in Empfang zu nehmen, sobald sie zum Frühstück kam. (Außerdem, ich gebe es zu, war ja nicht ausgeschlossen, dass es dann vielleicht auch für Sifiso und mich ein kleines Frühstück geben würde.) Aber wir mussten gar nicht mehr auf Emma warten. Sie war längst auf der Terrasse.

Emma stand neben dem Tisch, an dem das Film-Paar saß und seine Frühstücksteller üppig mit Spiegelei (sunny side up) auf Toast, Würstchen, Schinken und Bohnen beladen hatte. Wir haben (unauffällig) versucht, mitzuhören, was die Filmleute von Emma wollten. Denn dass nicht Emma etwas von den Filmleuten wollte, war klar. (Emma ist ja nicht Lemonade, sie bekommt ihr Frühstück, auch ohne beharrlich neben den Tischen der Gäste stehen zu bleiben.)

»Wenn das noch mal vorkommt, junge Dame ...«, hat die Film-Frau gerade gesagt. Ihre Gabel schwebte in der Luft zwischen Teller und Mund. Der Anblick der Mischung aus Toast und roten Bohnen in Ketchup ließ meinen Magen knurren. »... dann führe ich ein sehr, sehr ernstes Gespräch mit deiner Mutter, das kann ich dir garantieren! *Natürlich* war das gestern deine Handyschale hinten in unserem Wagen! Wir haben dich am Gobolondo im Rückspiegel gesehen! Und da hast du absolut nichts zu suchen! Absolut gar nichts!« Sie schnaubte ein bisschen, und ein paar Bohnen fielen von der Gabel auf ihren Teller zurück. (Miss Agatha sagt, ein Gentleman oder eine Lady belädt eine Gabel nie zu voll. Diese Film-Frau war keine Lady.) »Wir mögen es überhaupt nicht, wenn Leute in unserem Laderaum herumschnüffeln, merk dir das! Wir können dann sehr unfreundlich werden!«

Emma sah auf ihre Fußspitzen. Nach dem Duschen waren die Zehen in ihren Flipflops noch ganz rosa. Das würde sich nach ein paar Schritten über unsere staubigen Wege schnell ändern. »Kommt nicht wieder vor!«, hat sie gemurmelt. »Ich dachte nur, weil ich mich so für Film interessiere ...«

»Egal, was du dachtest!«, hat die Frau gesagt. »Wenn wir dich noch ein einziges Mal auch nur in der Nähe unseres Wagens entdecken, dann passiert was!«

Darüber, was die Kälte in ihrer Stimme bedeutete, wollte ich gar nicht nachdenken.

Ich habe Sifiso einen Blick zugeworfen. Warum reagierte die Film-Frau so heftig? So heftig musste doch nur reagieren, wer etwas zu verbergen hatte! Und was das war, wussten wir ja inzwischen, auch wenn wir es noch nicht beweisen konnten. Genau darum hätten wir uns jetzt eigentlich kümmern müssen!

»Nein, Entschuldigung, kommt nicht mehr vor!«, hat Emma noch mal gesagt. Inzwischen hatte sie Sifiso und mich entdeckt. »Aber ich muss jetzt leider ...« Dann hat sie sich umgedreht und ist zu uns hingerannt.

»Mann, Mann, Mann!«, hat Emma gesagt, als wir alle drei vor der Lodge auf dem Parkplatz standen. »Wenn die nicht immer verdächtiger werden! Am liebsten würde ich heute gleich wieder in ihren Wagen steigen! Aber dann würde ich nicht mehr zwischendurch rausklettern, das sage ich euch! Dann würde ich gucken, wo die hinfahren!«

Glauben Sie mir, mir ging es nicht anders. Außerdem hatten wir gestern den Wagen ja noch überhaupt nicht mit dem geschulten Blick des Ermittlers betrachtet! Gestern war es uns ja nur darum gegangen, einmal einen Filmwagen von innen zu sehen! Aber heute hätten wir ihn natürlich gezielt untersuchen können: Gab es auf dem Boden zum Beispiel Reste von Rinder-Dung? Hufspuren im roten Staub? Und was konnten wir vielleicht neben der Matratze finden? Eish!

Trotzdem habe ich abgewinkt. »Das soll Inspector Gwebu

alles erledigen!«, habe ich gesagt. »Es genügt schließlich, wenn wir ihn auf die richtige Spur bringen! Wir müssen doch nicht alles selbst machen!«

Emma hat genickt. »Ja, Auntie suchen geht jetzt vor!«, hat sie gesagt. »Sie ist heute Morgen immer noch nicht zurück, glaubt ihr das? Meine Mutter nimmt schon Tabletten! Heute Nacht hab ich gehört, dass sie die ganze Zeit auf dem Flur herumgetigert ist! Inspector Gwebu kommt im Laufe des Vormittags zu uns, um die Suchaktion zu besprechen, hat sie gesagt. Da will ich bestimmt nicht, dass er sich stattdessen um den Rinderdiebstahl kümmert! Babe Gwebu lenken wir jetzt nicht ab mit dem, was dieser Mbuso uns erzählt hat!«

Ich fand, Emma hatte recht. Und was *wir selbst* als Nächstes tun mussten, hatte ich mir auf dem Weg zur Lodge schon überlegt.

Was tut Miss Marple, wenn es bei einem Verbrechen keinerlei Anhaltspunkte gibt, wer es begangen haben könnte und warum? Was tut Miss Marple dann?

Miss Marple begibt sich noch einmal an den Tatort, Sie werden es wissen. Sie begibt sich an den Tatort und sammelt alle Spuren und befragt alle Menschen, die ihr etwas verraten könnten. Unauffällig. Miss Marple geht sogar so weit, sich zu verkleiden. In »16 Uhr 50 ab Paddington« hat sie sich als Hauswirtschafterin auf Ackenthorpe Hall eingeschlichen, und in »Der Wachsblumenstrauß« hat sie getan, als wäre sie eine Reiturlauberin in einem Reiterhotel. In »Vier Frauen und ein Mord« gibt sie sich als Schauspielerin aus, um ein Theater ausforschen zu können, und in »Mörder ahoi!« zieht sie sich sogar eine Admiralsuniform an. So kann sie die Verbrecher in Sicherheit wiegen und in die Irre führen. Wir sollten es machen wie Miss Marple.

Aber einen Tatort, den wir ausforschen konnten, gab es in unserem Fall natürlich eigentlich nicht. Weil es keine Tat gab, so muss ich es wohl erklären. Noch immer konnte es doch zum Beispiel sein, dass Miss Agatha einfach nur einen romantischen Mondscheinspaziergang gemacht hatte. Oder sie hatte im hohen Alter plötzlich noch angefangen, zu schlafwandeln. Und dabei hatte sie sich mitten in der Nacht zu tief nach Lion Park hineinverirrt, und ein Löwe hatte sich sehr über diese unerwartete mitternächtliche Leckerei gefreut. Es konnte sein, meine Damen und Herren, es konnte sein.

Aber ich mochte es nicht glauben. »Schlafwandelt sie?«, habe ich Emma gefragt. »Miss Agatha?«

Emma hat es nicht einmal für nötig gehalten, mir zu antworten. Und ich habe auch schon längst nicht mehr gedacht, dass Miss Agatha ihr Zuhause freiwillig verlassen hatte.

»Wir müssen noch mal in ihrem Cottage nachgucken!«, habe ich energisch gesagt. Das Cottage war schließlich der letzte Ort, an dem Miss Agatha lebend gesehen worden war. Das Cottage kam darum einem Tatort am nächsten. Darum war ich mir ganz sicher, dass Miss Marple zuallererst das Cottage gründlich unter die Lupe genommen hätte. Dazu mussten wir uns noch nicht mal verkleiden.

25

Auf dem kurzen Weg hab ich gespürt, wie die Sonne mit jeder Minute an Kraft gewonnen hat. Allmählich wurde es warm. In einem Wasserbeerenbaum stieß ein Nashornvogel seine hohen Schreie aus, und bestimmt fünfzig Webervögel zwitscherten in einem Pfeifenputzerstrauch so laut um die Wette, dass wir uns fast nicht unterhalten konnten.

»Wenn Miss Agatha nicht freiwillig verschwunden ist ...«, habe ich im Gehen gesagt. Ein Skink ist vor unseren Füßen lautlos im Gras verschwunden. »Und das ist sie doch nicht, oder? Da sind wir uns doch einig?«

Sifiso und Emma haben genickt.

»Dann hat sie also jemand verschleppt. Aus ihrem Zuhause. Darum müssen wir im Cottage noch mal nach Spuren suchen. Wir kehren das Unterste zuoberst! Aber wir müssen uns auch endlich die Frage nach dem Motiv stellen. Das Motiv ist der Schlüssel zu jedem Verbrechen, sagt Miss Marple! Also, welche Motive kann es überhaupt dafür geben, dass jemand einen Menschen verschwinden lässt?«

Inzwischen war Sifisos Hirn nach der kalten Nacht offenbar genügend aufgetaut. »Lösegeld!«, hat er gesagt. »Miss

Agatha ist reich!« Emma hat geschnaubt. (Das Thema hatten wir ja schon besprochen, Sie erinnern sich.)

»Oder jemand soll aus dem Weg geräumt werden!«, hat Sifiso weiter aufgezählt. »Weil er etwas weiß, was er nicht ausplaudern soll, zum Beispiel. Deshalb – schafft man ihn weg.«

Sie haben es bemerkt, meine Damen und Herren? Sifiso hat nicht »Deshalb bringt man ihn um« gesagt. Auch so war seine Überlegung schon schlimm genug. Aber auch unwahrscheinlich.

»Was könnte Miss Agatha wissen, was niemand sonst wissen darf, Sifiso? Was sie ausplaudern könnte?«, habe ich gefragt. »Hast du da eine Ahnung, Emma? Hat sie mal was erzählt?«

Emma hat nur den Kopf geschüttelt. Die Vorstellung, dass Miss Agatha von irgendwelchen Betrügereien oder Verbrechen oder Geheimnissen erfahren hatte, die auf keinen Fall auffliegen durften, war verrückt. Was sollte das denn wohl sein, bitte sehr? Wir waren hier doch nicht in einem Film! Oder in Italien. In Italien gibt es natürlich die Mafia, die begeht solche Verbrechen jeden Tag und räumt ihre Mitwisser aus dem Weg. Aber doch nicht bei uns in Hlatikulu!

»Oder jemand will Sachen erben!«, hat Sifiso gesagt. Sie staunen über Sifisos Fähigkeit zu systematischer Detektivarbeit, obwohl er nicht mit Miss Agatha und mir Filme ansieht? Sifiso ist ganz einfach klug. »Das ist ja auch ein Motiv! Wer etwas von jemandem erben will, der bringt den um. Dann ist er selber reich.«

Ich wusste sofort, dass Sifiso das besser nicht gesagt hätte. Wer waren denn wohl Miss Agathas Erben? Wer denn wohl?

Und natürlich ist Emma sofort mit einem Ruck stehen geblieben. Sie hat Sifiso wütend ihre Hände hingestreckt. »Bitte sehr, Herr Detektiv, legen Sie mir unbedingt Handschellen an!«, hat sie gerufen. »Damit ich nicht noch entkommen kann! Großartige Aufklärungsarbeit! Aunties Erben sind natürlich meine Mutter und ich! Damit steht der Täter ja endlich fest! *Wir* haben Auntie aus dem Weg geräumt!«

Ich habe erschrocken den Kopf geschüttelt. »So hat Sifiso das doch nicht gemeint, Emma!«, hab ich gesagt. »Sifiso hat doch nur nach einem Motiv …«

»Motiv, Motiv!«, hat Emma gebrüllt. »Da siehst du mal, was für ein Mist das ist, Thabo! Du immer mit deiner Miss Marple! Wenn derjenige der Täter ist, der das beste Motiv hatte, dann bin ich dein Täter! Los, los! Handschellen her!«

»So hat das doch *niemand* gemeint, Emma!«, hab ich wieder bittend gesagt. Etwas Besseres ist mir nicht eingefallen. Weil Emma ja recht hatte: Wenn derjenige, der für Miss Agathas Verschwinden das beste Motiv hatte, auch der Täter war, dann waren das eindeutig Emma und ihre Mutter.

»Tilima!«, hat Sifiso jetzt gerufen. »Ihr seid doch alle verrückt! Natürlich hab ich das nicht so gemeint! Niemand glaubt, dass Emma etwas mit dem Verschwinden zu tun hat!

Oder Ms Chapman! Sonst wäre sie doch nicht so in Sorge!« Er hat ärgerlich den Kopf geschüttelt. »Und wenn es außerdem auch nicht um ein Geheimnis geht, dann ist doch alles ganz klar: Ich sage euch noch mal, es ist einfach eine Entführung! Es geht um Lösegeld! Miss Agatha ist viel zu reich!«

Diesmal hat Emma nicht widersprochen. Das hatte sie ja inzwischen oft genug getan. Aber auf dem Rest des (glücklicherweise ja nur kurzen) Weges war unsere Stimmung ziemlich schlecht, das können Sie sich vorstellen.

Vor Miss Agathas Garage stand wie am Vortag ihr alter Jeep. Der Tau der Nacht war inzwischen in der Morgensonne getrocknet, und der Wagen sah traurig aus. Einsam und verlassen. Das ganze Cottage sah traurig aus. Sagen Sie nicht, dass ein Jeep und ein Cottage nicht traurig aussehen können. Ich habe es selbst erlebt.

Wer aber noch trauriger aussah, das war Dumisani. »Kinder!«, hat sie gerufen. »Kusile! Ihr kommt ja ganz umsonst! Miss Agatha ist immer noch nicht zurück! Ich werde heute endlich zu Sandile gehen, damit er die Knochen wirft. Ich glaube, jetzt kann nur noch Sandile uns helfen!«

Sifiso hat zustimmend genickt. Ich habe auch zustimmend genickt.

Sandile, meine Damen und Herren, ist unser Sangoma. Er hat seine iNtfwasa durchlaufen und danach seine Kuphotfulwa abgelegt und kann die Emadloti anrufen, die Geister der Ahnen. Bei unserem letzten Fall hatte Sandile eine wichtige Rolle gespielt, darum habe ich mich über mich selbst gewundert. Darauf, Sandile zu befragen, hätte ich als erfahrener Ermittler schließlich auch längst kommen können.

»Das ist eine gute Idee, Make Dumisani!«, habe ich gesagt. Nicht mal Emma hat widersprochen. Ich weiß, dass Emma nicht an die Kraft der Tangoma glaubt. Nicht immer jedenfalls. Aber Miss Agatha glaubt manchmal daran. Bei unserem letzten Fall hatte sie mir sogar selbst vorgeschlagen, zu Sandile zu gehen. »Dürfen wir uns vorher vielleicht noch mal ganz in Ruhe im Haus umsehen?«

Dumisani hat eine einladende Handbewegung gemacht. »Und warum wollt ihr schon wieder ins Haus?«

Ich habe es ihr erklärt. Ich habe ihr erklärt, dass wir nach Spuren suchen wollten. »Die Spurensuche ist ein wichtiger Teil der Aufklärungsarbeit!«, habe ich gesagt.

Zum Glück wusste Dumisani ja, dass Miss Agatha und ich uns auf DVD immer gemeinsam in der Detektivarbeit schulen. Sie hat genickt und Sifiso, Emma und mich ins Haus gewinkt. Das Wort für ihre Stimmung heißt: deprimiert.

Aber im Haus haben wir nichts entdeckt, es tut mir leid. Wo es keine Spuren *gibt*, kann auch der beste Detektiv keine Spuren *entdecken*. Vorsichtshalber habe ich in Miss Agathas Schlafzimmer gleich auch noch mal nach Siphos Geld geguckt. Der Packen steckte immer noch unter der Matratze. Und im Wohnzimmer standen Miss Agathas Fernseher und ihr Computer an der richtigen Stelle. Alles sah aus wie immer.

Natürlich hätten wir jetzt eigentlich überall Fingerabdrücke nehmen sollen. Aber wieder einmal zeigte sich, wie sehr sich private Ermittler gegenüber der Polizei im Nachteil befinden. Wir besaßen dieses graue Pulver ja gar nicht, mit dem die Polizei alle Gegenstände bestäubt, um die Abdrücke sichtbar zu machen! Ich muss es zugeben: Unser Besuch im Cottage hatte uns nicht weitergebracht, und Emma hat Sifiso und mich böse angesehen.

»Dann gehen wir wohl mal wieder«, habe ich zu Dumisani gesagt und enttäuscht die Achseln gezuckt. »Nichts zu entdecken. Sala kahle, Make, und ngiyabonga!«

26

In diesem Augenblick habe ich gehört, wie auf der Auffahrt vor dem Haus ein Wagen gehalten hat. Das Motorengeräusch hat nach einem großen Wagen geklungen, und Sifiso hat sich sofort umgedreht. Aber Dumisani ist nicht ums Cottage herum nach vorne gegangen.

Dumisani hatte das Motorengeräusch vielleicht gar nicht gehört. Dumisani ist alt. Da sind ihre Ohren vielleicht schwach wie die Augen eines Nashorns. (Dessen Ohren sind darum natürlich umso besser, es ist also wahrscheinlich kein guter Vergleich, ngiyacolisa.)

Außerdem ist da der Gast auch schon um die Hausecke zu uns gekommen. »Sanibonani, sanibonani, alle zusammen!«, hat Buyisiwe Fairplay Dlamini gerufen. »Ngiyacolisa, ich bin in Eile! Aber ich wollte Agatha doch wenigstens noch kurz persönlich sagen …«

Unser »Yebo!« ist in seinem Wortschwall untergegangen. Es ist nicht höflich, wenn man nicht den ganzen Gruß abwartet und einfach schon mit dem Reden anfängt, bevor der Letzte »ngiyaphila nami« gesagt hat. »Sanibonani!«, sagt der Ankommende, »Ich sehe euch!«, und »Yebo!«

antwortet der Begrüßte. Man fragt: »Unjani?«, »Wie geht es?«, und versichert sich gegenseitig, dass es gut geht. Babe Dlaminis Unhöflichkeit zeigte mir, dass er es tatsächlich sehr eilig haben musste.

»Persönlich!«, hat er gesagt und sich suchend umgesehen. »Wo ist die gute Agatha denn? Ich würde ihr doch gerne persönlich mitteilen …«

Dumisani ist kummervoll einen Schritt auf ihn zugegangen. »Sie ist nicht da, Babe Dlamini!«, hat sie gesagt. »Miss Agatha ist leider nicht da! Und niemand weiß, wo sie ist. Wir sind alle in großer Sorge!«

Babe Dlamini hat seinen Blick verwirrt von einem zum anderen wandern lassen. »Dann kann ich mich ja gar nicht dafür entschuldigen, dass …!«, hat er gesagt. »Aber wie lange ist sie denn schon verschwunden? Wenn alle so in Sorge sind?«

Dumisani hat tief Luft geholt. Als sie gesprochen hat, hat ihre alte Stimme gezittert. Ich hätte es Mr Dlamini natürlich auch erklären können, aber dem Alter gebührt Respekt. Wenn Dumisani dem alten Freund von Miss Agatha alles berichten wollte, musste ich still sein, das verlangen die alten Sitten, und das verlangen die neuen Sitten, und es ist gut.

»Seit dem Tag, an dem Sie mit den anderen Herren zum Tee bei ihr waren!«, hat Dumisani gesagt. Fast muss ich sagen: geflüstert. Inzwischen ist ihre Stimme beinahe gebrochen. »Mit Inspector Gwebu und Reverend Hlophe. Und niemand hat sie mehr gesehen seitdem! Miss Agatha ist …«

Mr Dlamini hat sich jetzt zu uns Kindern hingedreht. Er hat wohl verstanden, dass er Dumisani nicht noch weiter quälen durfte. »Also schon seit vorgestern?«, hat er gerufen. »Ja, aber da muss doch irgendwer … Da muss man doch schleunigst …«

»Inspector Gwebu kümmert sich, Babe«, habe ich gesagt. »Und Dumisani spricht heute noch mit Sandile.«

Babe Dlamini hat genickt. Einen Augenblick lang war er still. »Dabei wollte ich Agatha nur mitteilen, dass ich heute leider nicht zum Trifle-Essen kommen kann!«, hat er dann gesagt. »Ich muss unerwartet nach Piggs Peak zu einem Meeting. Und ich hätte es äußerst unhöflich gefunden, ihr nur per Telefon abzusagen!« Ich konnte sehen, dass er fast so erschüttert war wie Dumisani. Schließlich hatte er Miss Agatha früher einmal zur Frau nehmen wollen, Sie erinnern sich. Wenn auch nur zu seiner zweiten Frau. »Aber dann findet das Essen ja sowieso nicht statt«, hat er gemurmelt. »Dann hätte ich ja gar nicht …«

»Sie wissen auch nicht, wo Miss Agatha vielleicht sein könnte, oder, Babe Dlamini?«, habe ich gefragt. »Hat sie an dem Nachmittag vielleicht irgendwas gesagt, was uns bei der Suche weiterhelfen könnte? Dass sie irgendwen treffen wollte? Oder dass ihr irgendwas wehtut? Dass irgendwer sie angerufen hat? Oder – hat sie vielleicht verwirrt auf Sie gewirkt?«

(Das war eine respektlose Frage, ich weiß es selbst. Miss Agatha wirkt so wenig verwirrt wie Sie und ich, ngiyacolisa.

Aber ein Privatdetektiv darf keine Möglichkeit ausschließen. Ein Privatdetektiv muss auch Fragen stellen, die einem Gentleman niemals über die Lippen kämen.)

»Auntie ist nicht verwirrt!«, hat Emma da auch schon ganz empört gerufen. (Sie war ja sowieso wütend auf Sifiso und mich.) »Wenn du noch mal so einen Mist von dir gibst, erzähle ich allen, dass *du* verwirrt bist, Thabo Shongwe!«

Babe Dlamini hat nachgedacht, das konnte man sehen. »Es gibt überhaupt keine Spur bisher?«, hat er dann gefragt. »Überhaupt keine einzige?«

Ich habe den Kopf geschüttelt. Dumisani hat aufgeschluchzt.

»Entführung, weil sie reich ist«, hat Sifiso gemurmelt und vor sich auf den Boden geguckt. Wenn so ein wichtiger und vornehmer Mann wie Babe Dlamini vor ihm steht, wagt Sifiso manchmal nicht zu reden.

»Entführung«, hat Babe Dlamini gesagt und nachdenklich genickt. »Du könntest recht haben, mein Junge! Natürlich! Miss Agatha ist entführt worden! Inspector Gwebu soll nach Reifenspuren suchen! Man entführt eine Frau nicht zu Fuß! Seine eigenen Reifenspuren kennt Quinton sowieso, meine können wir hier gleich fotografieren, und Reverend Hlophe wird sicher auch bereit sein, ihm seine zu geben. Wenn Inspector Gwebu dann auf diesem Grundstück noch zusätzlich unbekannte Reifenspuren findet, ist klar …«

Staunen Sie auch, meine Damen und Herren? Staunen Sie auch, dass ein Geschäftsmann wie Buyisiwe Fairplay Dlamini sich so gut mit den Methoden detektivischer Ermittlungsarbeit auskennt?

»Mittlerweile sind die Reifenspuren doch bestimmt alle verwischt!«, habe ich trotzdem gesagt. »Und warum ist dann bisher noch keine Lösegeldforderung eingegangen, Babe? Bei Ms Wendy Chapman?«

»Weil Auntie nicht entführt worden ist!«, hat Emma gebrüllt. »Verdammt, begreif das doch endlich mal, Thabo! Weil sie nicht reich ist! Wer will denn schon Auntie entführen!«

Babe Dlamini und ich haben einen Blick getauscht. Wir dachten beide dasselbe.

»Ein Entführer könnte das anders sehen, Sisi!«, hat Babe Dlamini gesagt. »Einem armen Menschen, dessen Vieh gerade in der Trockenheit verendet, könnte Miss Agatha reich genug erscheinen! Aber der Junge hat recht, dann würde der Entführer eine Lösegeldforderung schicken. Vielleicht ist er bisher nur noch nicht dazu gekommen? Vielleicht wollte er erst mal alle Spuren verwischen? Ich bin sicher, dass die Forderung noch kommt!«

Er hat wieder bedächtig genickt. Dumisani hat geschluchzt. Es war ein Augenblick wie in einem Film. Nur dass an dieser Stelle in einem Film die Musik lauter und dramatischer geworden wäre. Und dann wäre plötzlich etwas passiert mit einem Paukenschlag. Es wäre eine Wende eingetreten. Der Beginn des Happy Ends. Aber bei uns trat keine Wende ein, und es gab keinen Paukenschlag.

»Ja, dann will ich mich mal auf den Weg nach Piggs Peak machen!«, hat Babe Dlamini geseufzt. »Kann ich euch ein Stück mitnehmen, Kinder? Bis Lion Lodge vielleicht? Oder geht ihr lieber zu Fuß?«

Die ganze Zeit hatte Sifiso keinen Ton mehr gesagt, aber jetzt ist er sogar einen Schritt auf Babe Dlamini zugesprungen. »Ja, bitte, Nkhosi!«, hat er gerufen. »Ich habe gehört, es ist ein BMW X5? Da würde ich sehr gerne mal ...«

Ich hatte Ihnen ja schon erzählt, dass Sifiso sich mit Automarken auskennt und vielleicht später Automechaniker werden will. Natürlich nur, wenn er das Geld aufbringt, um jemanden dafür zu bezahlen, dass er ihn ausbildet. Und danach, Sie haben es schon bemerkt, sieht es im Augenblick nicht aus. Gerade darum lässt Sifiso keine Gelegenheit verstreichen, Autos zu studieren. Auf den Parkplätzen von Lion Park und Lion Lodge zum Beispiel. Oder wenn ihm wie jetzt jemand anbietet, ihn in seinem Wagen mitzunehmen.

»Ein nagelneuer BMW X5, ja!«, hat Babe Dlamini stolz gesagt. »Donnerwetter, Junge, dass du den am Motorengeräusch erkannt hast!«

Ich konnte sehen, dass Sifiso stolz war. Und gleichzeitig war es ihm peinlich. Sifiso prahlt nicht.

»Dann einsteigen, Bantfwana!«, hat Babe Dlamini gesagt. »Ich will nicht zu spät bei meinem Meeting sein!«

So sind wir zu einer Fahrt in seinem teuren Wagen gekommen.

27

Emma hat sich mit unfreundlichem Gesicht auf die Rückbank gesetzt, und Sifiso und ich haben uns nebeneinander auf den Beifahrersitz gequetscht. Sifiso wollte da natürlich hin, weil er das Armaturenbrett genau studieren wollte. Und ich, weil ich keine Lust hatte, neben einer eingeschnappten Emma Chapman zu sitzen.

»Bitte sehr, da wären wir!«, hat Babe Dlamini gesagt, als er auf dem Parkplatz von Lion Lodge angehalten hat. »Aussteigen, die Herrschaften!«

Sifiso hat einen Augenblick gezögert. Er hat ganz behutsam über das Armaturenbrett gestrichen. »Ngiyabonga, Nkhosi!«, hat er gemurmelt. »Ich würde gerne … Ich könnte den Wagen für Sie waschen!«

Babe Dlamini hat gelacht. »Ich melde mich, wenn es nötig ist!«, hat er gesagt. (Dabei ist es nach einer Fahrt über unsere roten Sandstraßen eigentlich immer nötig, meine Damen und Herren. Deshalb hieß Babe Dlaminis Antwort eigentlich Nein.) »Oh, guten Morgen, Miss Wendy! Wir haben uns schon lange nicht mehr gesehen! Ich wollte nur schnell die Kinder vorbeibringen.«

Ms Wendy Chapman hat neben der Tür zur Rezeption gestanden. Ihr Gesicht war so grau, wie die Gesichter von Weißen es werden, wenn sie lange nicht schlafen oder Kummer haben. Ms Wendy sah aus, als wäre sie in der letzten Nacht hundert Jahre älter geworden. Emma ist zu ihr gegangen und hat sich neben sie gestellt. Miss Wendy hat ihr den Arm um die Schultern gelegt. So ist es, wenn man eine Familie hat. Und wenn die Familie sich gemeinsam Sorgen macht.

»Vielen Dank, Babe!«, hat Miss Wendy müde gesagt. »Sie haben nicht vielleicht eine Idee, was mit meiner Tante passiert sein könnte? Sie ist nun schon den zweiten Tag …«

»Ich habe davon gehört, Miss Wendy!«, hat Babe Dlamini gesagt und im Leerlauf einmal kurz das Gas durchgetreten. Vielleicht war das unhöflich. Es hat Miss Wendy auf jeden Fall gezeigt, dass er es eilig hatte. »Ja, dann will ich mal wieder! Junge, du musst auch aussteigen!« Er hat Sifiso auf die Schulter getippt. Sifiso hat noch immer das Armaturenbrett gestreichelt.

Aber ich war plötzlich abgelenkt. Als wir eben durch das Tor gekommen waren, hatte ich gesehen, dass der weiße Lastwagen der Filmleute (oder soll ich sagen: der Viehdiebe?) noch immer zwischen einem Mitsubishi Space Wagon und einem Nissan Qashqai geparkt stand. Was ich nicht gesehen hatte, war, dass das Liebespaar schon in der Fahrerkabine saß. Und jetzt rangierte der Wagen langsam rückwärts aus seiner engen Parklücke.

»Nach Piggs Peak, oder, Babe Dlamini?«, habe ich gerufen. »Sie fahren doch nach Piggs Peak?« Dabei habe ich die hintere Wagentür, die Emma eben geschlossen hatte, wieder aufgerissen. »Dürfen Sifiso und ich vielleicht doch noch ein kleines Stück ...«

Ich habe gesehen, dass auch Emma den Filmwagen beobachtet hat. Sie hat sich unter dem Arm ihrer Mutter hervorgeduckt und blitzschnell einen Schritt auf Babe Dlaminis BMW zu gemacht. Da wusste ich, dass Emma dasselbe gedacht hat wie ich.

Denn ganz unerwartet konnten wir den Filmleuten jetzt noch einmal unauffällig folgen! Und sogar ohne uns dabei in Gefahr zu begeben! Eish!

Jetzt bot sich auf einmal die Möglichkeit, bei der Aufklärung unserer Fälle einen gewaltigen Schritt weiter zu kommen. Denn bisher hing ja ganz offensichtlich alles mit allem zusammen: die Brandstiftung am Gobolondo, das vergrabene Geld, das kein Muti war, der Viehdiebstahl, PC Siphos Verhaftung. Und warum sollte das nicht auch weiterhin so bleiben? Konnte es nicht sein, dass auch Miss Agathas Verschwinden mit dem Viehdiebstahl zu tun hatte? Konnte es nicht sein, dass wir ausgerechnet bei dem Versuch, den betrügerischen Viehdieb-Filmleuten auf die Schliche zu kommen, auch das Verschwinden von Miss Agatha aufklären würden? Ich erinnere Sie an die Matratze!

Ich bin auf die Rückbank geglitten und habe die Wagentür von innen zugemacht. »Nur ein kleines Stück!«, habe ich beschwörend gesagt.

Inzwischen hatten die Filmleute es fast geschafft. Der Lastwagen war aus der Parklücke herausgefahren und hat jetzt rangiert, um aus dem Tor zu kommen, vor und zurück, vor und zurück. Es war nicht einfach, den großen Wagen zwischen den anderen Autos zu wenden. Ein so großer Wagen war unpraktisch, nicht nur auf dem Parkplatz – auch auf unseren Straßen. Warum also fuhren die beiden Verliebten nicht einfach einen Bakkie wie alle anderen? Einen Geländewagen wie Babe Dlamini? Warum, wenn doch so ein großer, unpraktischer Wagen für ihre Arbeit gar nicht nötig war?

Wir kannten die Antwort, und Sie kennen sie auch. Nur der Beweis fehlte uns noch. Und wenn wir auf diese Weise vielleicht sogar Miss Agatha fanden …

Emma wollte gerade auf der anderen Seite einsteigen, als Miss Wendy sie zurückrief.

»Emma!«, hat sie gerufen. »Was tust du denn? Ich habe dir schon ein paar Mal gesagt, dass du nicht mehr gehen darfst, bevor du dich nicht wenigstens ein bisschen um deine Französischnote gekümmert hast! Du weißt, was in deinem Zeugnis steht! Du bleibst hier!«

In Emmas Zeugnis, das können Sie nicht wissen, steht jedes Mal, dass Emma sich in Französisch mehr anstrengen muss. Dieses Zeugnis verdirbt Emma alle Ferien, ich habe es erlebt. Dabei ist Französisch, wenn Sie mich fragen, die überflüssigste Sprache der Welt. Schon allein, weil es nicht viele Franzosen zu geben scheint. Es kommen nur sehr selten Franzosen zu uns, mit denen Emma diese Sprache sprechen könnte, zum letzten Mal war eine französische Familie an Weihnachten in Lion Lodge gewesen. Es würde mehr Sinn machen, Xhosa zu lernen oder Ndebele oder Sotho, das sprechen auch viele Menschen. (Unsere Sprache kann Emma ja längst.)

Emma hat aufgestöhnt. Aber sie hat ihrer Mutter nicht widersprochen. Sie hat sich umgedreht und ist langsam zur Lodge zurückgegangen. Ich vermute, sie wollte Miss Wendy nicht noch mehr Kummer machen.

Babe Dlamini hatte in der Zwischenzeit schon den Wagen gewendet. Mit seinem BMW X5 war das kein Kunststück. »Dürfen wir mit, Babe?«, habe ich zum dritten Mal gefragt. »Sifiso und ich? Wir stören auch nicht!«

Und Babe Dlamini hat endlich genickt.

Der Filmwagen hatte es jetzt geschafft. Direkt vor uns ist er vom Parkplatz gerollt.

Sie haben verstanden, was meine Überlegung war? Ich bin sicher, Sie haben verstanden?

Babe Dlamini wollte nach Piggs Peak. Der Gobolondo lag auf dem Weg nach Piggs Peak. Und gestern waren die Filmleute zum Gobolondo gefahren. Babe Dlamini musste noch nicht einmal wissen, dass er die Filmleute verfolgte. Er fuhr ohnehin in die richtige Richtung.

28

Aber ich hätte besser nachdenken sollen.

Denn kaum waren wir aus dem Tor, da zog Babe Dlamini seinen BMW immer wieder nach rechts, und es war nicht schwer zu begreifen, was er wollte.

»Verdammt, warum fährt der denn so langsam!«, hat Babe Dlamini gesagt und wieder zum Überholen angesetzt. »Ich komme zu spät zu meinem Termin!«

Zum Glück war die Piste mit all ihren Schlaglöchern zu schmal und gefährlich zum Überholen. Er konnte seinen Vorsatz nicht in die Tat umsetzen. Aber es war klar: Sobald wir die Asphaltstraße erreicht hatten, würde Babe Dlamini genau das tun. Er würde im Tempo einer Antilope mit uns nach Piggs Peak fahren, während in seinem Rückspiegel der Wagen der Filmleute kleiner und kleiner wurde. Und wir hätten dann nichts Neues erfahren und müssten trotzdem sehen, wie wir wieder nach Hause kamen. Noch einmal würde der Himmel vielleicht nicht Reverend Hlophe zu unserer Rettung schicken.

Einen Augenblick habe ich noch überlegt, ob der Versuch, Babe Dlamini zu überzeugen, dass er auf der ganzen Strecke bis zum Gobolondo hinter dem Lastwagen bleiben sollte, Aussicht auf Erfolg haben könnte. Aber das war natürlich ganz und gar ausgeschlossen. Selbst wenn wir Babe Dlamini von unserem Verdacht erzählten. Sein Termin konnte nicht warten. Und wer viel Geld für einen BMW X5 ausgegeben hat, der will nicht schleichen.

»Babe Dlamini?«, habe ich gesagt. Der BMW X5 ist jetzt gerade über die Kreuzung auf die Asphaltstraße gefahren. »Vielen Dank fürs Mitnehmen! Aber hier können Sie uns dann bitte herauslassen.«

Sifiso hat sich blitzschnell zu mir umgedreht. »Nur noch ein Stück!«, hat er gesagt. Das war ja klar! Sifiso wäre gerne so lange wie möglich in diesem Wagen mitgefahren. Vor allem, sobald der Wagen auf der großen Straße endlich zeigen konnte, welches Tempo ihm möglich war.

»Du weißt, dass wir reichlich zu tun haben, Sifiso!«, habe ich eindringlich gesagt. Natürlich ist passiert, womit ich gerechnet hatte, seit wir aus dem Tor von Lion Lodge gefahren waren. Babe Dlamini hat aufs Gaspedal getreten und ist (direkt vor einer Kurve, ich muss es leider sagen) am weißen Wagen der Filmleute vorbeigezogen mit einem Tempo, von dem Reverend Hlophe sicherlich träumt. Ich habe mich auf dem Sitz abgestützt und ein wenig nach vorne gebeugt. »Wir müssen schließlich …«

Der BMW ist vor dem Filmlaster links eingeschert, da habe ich es gespürt. Wirklich, wie nachlässig war denn Emma? Nun hatte sie schon einmal erlebt, wie locker die Schale auf ihrem Handy saß und wie leicht sie abfallen konnte; und trotzdem war es ihr ein zweites Mal passiert. Emmas Handyschale, Pink auf Violett, klemmte zwischen Sitz und Rückenlehne, wo Emma vorhin noch gesessen hatte. Fast hätte ich sie überhaupt nicht entdeckt. Da konnte Emma sich aber nachher bei mir bedanken!

»Ja, was denn nun, Jungs?«, hat Babe Dlamini gesagt und scharf abgebremst. Vor uns sprang eine Ziege von der Straße. »Aussteigen oder weiterfahren?«

Und anstatt uns herauszulassen, beschleunigte Babe Dlamini noch einmal, als wollte er Sifiso eine Freude machen. Rechts von uns zogen so blitzschnell, dass man kaum Einzelheiten erkennen konnte, die drei verlassenen Läden vorbei, die schon seit vielen Jahren leer standen: Neben dem General Dealer auch noch ein Friseur und Schuhmacher und ein Hardware Store mit eisernem Gitter vor Tür und Fenstern. Ein Mann saß mit geschlossenen Augen in der Wintersonne auf dem Boden mit dem Rücken an der Mauer und schlief. Eine Sekunde lang hatte ich den Eindruck, dass ich ihn schon irgendwo gesehen hatte; aber wir fuhren so schnell, dass ich ihn nicht mal erkannt hätte, wenn es mein eigener Onkel Vusi gewesen wäre. Der Putz der flachen Gebäude war fleckig, und der Schriftzug über dem General Dealer begann abzublättern. Der General Dealer hatte vor Jahren als erster Laden geschlossen, ich konnte mich nicht einmal mehr genau daran erinnern, wann das gewesen war; und schließlich war dann auch der Hardware Store gefolgt:

Wo viele Menschen sterben – ngiyacolisa, dass ich Sie daran erinnern muss! –, braucht man nicht mehr viele Geschäfte. Aber den Friseur und Schuhmacher hatte es bis vor Kurzem noch gegeben.

Längst lagen die Läden hinter uns. Wenn Sifiso und ich nicht bald ausstiegen, würde der Rückweg lang werden.

»Anhalten, bitte, Babe Dlamini!«, habe ich gerufen. »Und vielen Dank fürs Mitnehmen!«

Babe Dlamini ist links an den Straßenrand gefahren und hat so scharf gebremst, dass wir in unseren Sicherheitsgurten ein Stück nach vorne geschleudert wurden. (Ja, Babe Dlaminis Wagen hatte Sicherheitsgurte, das haben teure deutsche Autos alle. Und Sifiso und ich hatten uns angeschnallt.)

»Informiert mich bitte sofort, wenn ihr etwas über Agathas Verbleib herausfindet, Jungs!«, hat Babe Dlamini gesagt und mit den Fingern aufs Lenkrad getrommelt. Es war klar, wir sollten uns beim Aussteigen nicht zu viel Zeit lassen. Babe Dlamini hatte es eilig. »Hambani kahle!«

Dann ist er mit quietschenden Reifen losgefahren.

»Warum wolltest du denn plötzlich so schnell raus?«, hat Sifiso ärgerlich gesagt. »Wenigstens ein kurzes Stück hätten wir ja gut noch mitfahren können!«

»Weil es keinen Sinn gemacht hätte!«, habe ich gesagt und dem BMW hinterhergestarrt. Sobald aus dieser Richtung ein Auto kam, würde ich versuchen, es zum Anhalten zu bewegen. »Wir wollten schließlich die Filmleute verfolgen! Aber die hat er ja längst überholt!«

Wir sind auf die andere Straßenseite gewechselt. »Hinter denen mit ihrem Schrottlaster wäre ich auch nicht gerne länger hergetrödelt!«, hat Sifiso gesagt. Und genau in diesem Augenblick ist aus Richtung Lion Park der Filmwagen aufgetaucht und an uns vorbeigefahren, als wollten jetzt die Filmleute Babe Dlamini verfolgen. Dabei war ganz einfach nur ihr Wagen so langsam.

»Dieser BMW hat alles!«, hat Sifiso gemurmelt. »Absolut alles! Der bremst sogar von alleine, wenn vor ihm ein Hindernis auftaucht! Ich hätte wirklich gerne mal ...«

»Eben hat Babe Dlamini jedenfalls selbst gebremst«, habe ich gesagt und meine Hand ausgestreckt. Aus der Richtung, in der der Filmlaster gerade verschwunden war, kam ein Toyota Hilux. Als er an uns vorbeifuhr, ohne sein Tempo zu drosseln, konnte ich die Touristen auf den beiden Vordersitzen erkennen.

Touristen nehmen nicht gerne Menschen mit, die an den Straßen stehen und winken, man kann es verstehen. Kennen die Touristen diese Menschen? Wissen sie, was diese Menschen wirklich von ihnen wollen? Kann es nicht sein, dass diese Menschen nur so tun, als hätten sie noch viele Meilen zu Fuß zu gehen mit ihrer Last auf dem Kopf oder dem Kind im Tuch auf dem Rücken – aber in Wirklichkeit sind sie gefährliche Räuber, die den Touristen ein Messer an die Kehle setzen, sobald sich die Gelegenheit ergibt? Ich kann die Touristen verstehen. Man kann niemals sicher sein, das wird in Ihren Ländern nicht anders sein.

Darum habe ich auch nicht geglaubt, dass bald ein Auto anhalten und Sifiso und mich mitnehmen würde. Ich habe geglaubt, dass wir lange würden warten müssen.

Und ich hatte recht. Erst nach zwei Stunden am Straßenrand in der Sonne hat ein Auto angehalten, vielleicht wären wir zu Fuß schneller zurück gewesen.

Es war ein kleiner Volkswagen Polo (gemietet), das war schade. Über einen großen Wagen hätte Sifiso sich mehr gefreut.

»Steigt ein!«, hat die junge Frau gerufen, die vorne am Steuer saß. Der junge Mann neben ihr hatte eine Straßenkarte auf den Knien. »Sind die Türen richtig zu? Ich hab das Gefühl, die linke schließt nicht richtig!«

Dann ist sie schon wieder losgefahren.

Sifiso und ich haben auf dem Rücksitz die Wolldecke glatt gezogen, die da ein bisschen zerkrumpelt unter zwei Jacken und mehreren Taschen und Plastiktüten und einer halb leeren Colaflasche lag. Vielleicht sollte die Decke den Stoff der Rückbank schützen. Ich habe gedacht, was für eine Vergeudung es war, eine Decke für einen solchen Zweck zu nutzen. Im Winter! Wenn es nachts so kalt wird! Sifiso hätte die Decke gut für seine Geschwister brauchen können.

»Wie weit wollt ihr mit?«, hat die Frau gefragt.

Nun muss ich Ihnen zwei Dinge erklären, meine Damen und Herren. Das Erste ist: Der Wagen sah sehr unordentlich aus. Alles Mögliche lag auf dem Boden und der Rückbank herum. Leere Wasserflaschen und eine leere Bonbontüte und sogar zwei Bananenschalen. Ich konnte sehen, dass Sifiso den beiden Touristen einen zornigen Blick zugeworfen hat. Dass jemand, der ein Auto zur Verfügung hat (auch wenn es nur ein VW Polo und ein Mietauto ist), so damit umgeht! Sifiso würde mit seinem Auto anders umgehen.

Das Zweite, was ich erklären muss, ist: Diese Menschen waren offenbar tatsächlich Franzosen. Jedenfalls sprach die Frau, als wäre sie eine Französin. Ihr Englisch klang so, ich kann es erkennen. Vielleicht hatte ich also doch unrecht, wenn ich Sotho, Setswana oder Ndebele wichtiger fand.

»Wenn Sie Richtung Nhlangano fahren, könnten Sie uns dann bei Lion Lodge rauslassen?«, habe ich gefragt. »Von da aus können wir gut zu Fuß weitergehen.«

»Da habt ihr Glück, machen wir!«, hat die Frau gesagt und beim Fahren vor sich auf die Straße gesehen. »Gebt mir rechtzeitig Bescheid!« Der Mann hat gar nichts gesagt.

Während der Fahrt haben wir nicht gesprochen. Und ich war froh, dass wir an diesem Tag nicht auf Pilot und Lemonade aufpassen mussten. Bestimmt hätte Lemonade die Frau angebettelt. Zum Glück kann Lemonade aber ja noch nicht gut genug Englisch. Und die Frau sprach ganz bestimmt nicht unsere Sprache. Darum hätte sie vielleicht sowieso gar nicht begriffen, was Lemonade wollte.

»Stopp!«, habe ich gerufen, als der Parkplatz von Lion Lodge auftauchte. »Wir sind da! Hier können Sie uns rauslassen! Vielen Dank fürs Mitnehmen!«

Die Frau hat gebremst. Nicht so abrupt wie Babe Dlamini, das muss ich sagen.

»Das haben wir gerne getan!«, hat die Frau gesagt. Dann hat sie auf Französisch mit dem Mann gesprochen. Danach hat sie sich wieder zu Sifiso und mir umgedreht.

»Wir haben uns gerade gefragt …«, hat sie gesagt. Auf einmal sah sie ein kleines bisschen unsicher aus. »Ob es euch wohl recht wäre, wenn wir ein Foto machen? Von uns?«

Zuerst habe ich nicht verstanden, was die Frau gemeint hat, ich muss es zugeben. Manchmal möchten die Touristen, dass man ein Foto von ihnen macht, und manchmal machen die Touristen Fotos von uns. Aber beides war es nicht, was die französische Frau wollte. Die französische Frau wollte ein Foto von sich und uns zusammen, das habe ich verstanden, als sie ihr Handy auf so einen Stick gesetzt hat, wie die Touristen ihn auch manchmal in Lion Park dabeihaben. Dann fotografieren sie sich selbst oben auf dem Safari-Jeep, und im Hintergrund sind die Dorn-Akazien zu erkennen und manchmal eine Giraffe oder ein Zebra.

Aber an Giraffen und Zebras war diese Frau nicht interessiert. »Vielleicht stellst du dich neben meinen Mann?«, hat sie zu Sifiso gesagt, der schon ein paar Schritte vom Auto weggegangen war und aussah, als ob er sich nicht mal verabschieden wollte. »Und du stellst dich neben mich? Es geht auch ganz schnell!«

Ich habe mir vorgestellt, wie die Touristen unser Foto gleich mit WhatsApp an alle Freunde und Verwandten rund um die Welt schicken würden. Oder sie würden es bei Facebook posten. Und dazu würden sie schreiben, dass sie uns ein Stück in ihrem Wagen mitgenommen hatten. Das stimmte ja. Ich wusste nicht genau, warum ich trotzdem ein komisches Gefühl hatte.

»Super!«, hat die Frau gesagt und mir das Handy hingehalten. »Bist du auch zufrieden?« Dann wollte sie das Foto auch Sifiso zeigen, aber der stand schon wieder ein paar Schritte entfernt. Auf dem Foto machte er ein unfreundliches Gesicht.

In diesem Augenblick sind hinter einem der Wolligen Kapernsträucher neben dem Tor zwei Kinder vorsichtig auf uns zugekommen. Ich muss ihnen nicht erklären, wer sie waren. Sie werden es längst erraten haben.

29

»Lemonade!«, hat Sifiso gesagt.

»Du sollst nicht immer so lange weggehen!«, hat Lemonade gerufen und Sifiso gegen den Bauch getrommelt. »Delighty ist auch weg! Ihr sollt das nicht!«

Manchmal glaube ich, Lemonade hat Angst, dass Sifiso und Delighty sie auch einfach alleine lassen, wie ihre Eltern sie alleine gelassen haben. Aber das ist natürlich Unsinn. Sifiso und Delighty würden das niemals tun. Und ihre Eltern konnten schließlich nichts dafür. Wenn der Herr Jesus ruft und man stirbt, kann man nichts dafür.

Sifiso hat getan, als ob die beiden Weißen gar nicht mehr da wären. »Wieso seid ihr denn hier?«, hat er gefragt. »Ich dachte, ihr wolltet mit Delighty nach Mantongomane?«

Sifiso hat Pilot gefragt, nicht Lemonade. Dabei stand Pilot noch ein Stück weit entfernt und hielt seinen Fußball unter dem Arm.

Ich knote Pilot all seine Bälle, weil ich es besser kann als Sifiso, das hatte ich schon gesagt. Einen Ball aus einer Plastiktüte zu knoten, ist gar nicht so einfach, vor allem, wenn man möchte, dass er wirklich rund wird. Meine Fußbälle werden alle rund. Für die Füllung nehme ich Gras und Zeitungspapier.

Aber der Ball unter Pilots Arm sah nicht mehr sehr gut aus, das hatte ich ja schon auf dem Fußballplatz festgestellt. Ich habe auf den ersten Blick erkannt, dass sogar ich ihn nicht mehr würde flicken können.

»Das ist ja weit zu Tante Bongwe!«, hat Pilot gesagt. »Das war Delighty zu langsam mit uns! Sie wollte lieber alleine gehen!«

»Tante Bongwe hat eine Decke für uns! Die bringt Delighty mit!«, hat Lemonade begeistert gesagt. »Das ist warm!«

Ich habe kurz gedacht, dass es jetzt gut gewesen wäre, wenn die Touristen unsere Sprache hätten verstehen können. Vielleicht hätten sie uns ihre zerkrumpelte Decke von der Rückbank geschenkt, wenn sie verstanden hätten, wie gut wir nachts etwas gegen die Kälte brauchen konnten? Auf der Rückbank des Polo war sie doch vergeudet!

Aber die Touristen konnten uns ja nicht verstehen. Deshalb haben sie uns die Decke auch nicht geschenkt. Aber etwas anderes haben sie Pilot geschenkt, das war mindestens genauso gut.

»Julien, haben wir nicht noch irgendwas für die Kinder?«, hat die Frau gefragt. Inzwischen hatte sie Pilot und Lemonade schon ein paarmal mit ihrem Handy fotografiert. »Vorne in der Klappe?«

Der Mann hat den Kopf auf der Beifahrerseite ins Auto

gesteckt und ist mit einer halb leeren Tüte wieder hervorgekommen.

»Kaugummi!«, hat er zufrieden gesagt und in die Tüte geguckt. »Mögt ihr Kaugummi?« Dabei hat er Sifiso schon ein kleines weißes Päckchen gegeben, wie man es auch bei »Andiles Honest Reasonable General Dealer« kaufen kann. »Bitte schön. Du auch?« Mir hat er auch so ein Päckchen gegeben.

Kaugummi, das werden Sie wissen, kann man nicht essen. Man kann es nur kauen. Darum heißt es Kaugummi, es ist ein passender Name. Darum kaufen wir es nicht so gerne.

Lemonade hat so gierig auf die Tüte gesehen, dass ich nicht sicher war, ob sie das Kaugummi nicht trotzdem essen würde. Lemonade isst alles.

»Vielen Dank, Sir!«, habe ich gesagt. Ich habe nicht gewagt, zu fragen, ob in der Tüte nicht auch noch irgendetwas war, was man wirklich *essen* konnte. Damit meine ich: nach dem Kauen herunterschlucken. Bonbons, zum Beispiel. Oder Schokolade. Oder Kekse. Touristen haben viele gute Dinge bei sich, falls sie unterwegs einmal Hunger kriegen. Aber die Frage wäre nicht höflich gewesen.

Inzwischen hat der Mann Pilot sein Kaugummi hingehalten. Pilot hat es mit einem genauso unfreundlichen Gesicht genommen wie Sifiso. Dabei ist Pilot gar nicht unfreundlich. Pilot ist schüchtern.

Aber der Mann hat Pilots Gesicht vielleicht sowieso gar

nicht gesehen. Der Mann hat die ganze Zeit auf den Ball unter Pilots Arm gestarrt.

»Was ist das da?«, hat er gefragt.

Pilot hat nicht geantwortet. Pilot kann noch nicht so gut Englisch.

»Das ist ein Fußball, Sir«, habe ich deshalb für ihn gesagt. »Pilots Fußball. Ich knote Pilot all seine Fußbälle.«

Der Mann hat mich angestarrt. »Ein Fußball?«, hat er gesagt. »Aber der hält doch gar keine Tritte aus!«

Ich habe die Achseln gezuckt. Ich freue mich nicht, wenn fremde Menschen, die selbst vielleicht noch niemals einen Fußball geknotet haben, meine Fußbälle kritisieren.

»Es ist ein guter Fußball!«, habe ich gesagt. »Und ich kann ja immer einen neuen knoten!«

Aber der Mann hat mir schon gar nicht mehr zugehört. Er hat die Kofferraumklappe geöffnet und wie verrückt herumgekramt. Es hat mich nicht gewundert, dass es im Kofferraum offenbar genauso unordentlich war wie im Wageninneren.

»Na bitte!«, hat der Mann gerufen. »Da ist er doch! Willst du den vielleicht? Kann ich dir den schenken?« In den Händen hielt er jetzt einen weiß und schwarz gemusterten Plastikball, groß wie ein echter Lederfußball. »Ist leider schon ein bisschen schmuddelig!«

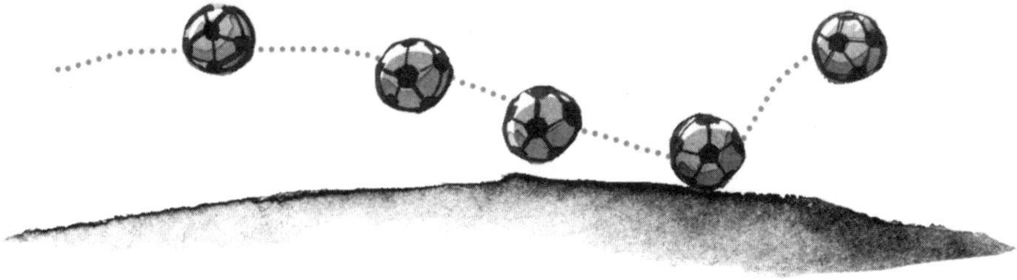

30

Pilot hat den Ball angestarrt. Lemonade hat den Ball auch angestarrt. Ich glaube, sie haben gedacht, der Mann wollte mit ihnen Fußball spielen.

Aber Sifiso hat natürlich verstanden. »Der schenkt dir den, Pilot!«, hat er geflüstert. »Nun nimm ihn doch!« Bestimmt hatte Sifiso Angst, dass der Mann es sich sonst noch anders überlegen würde. Sifiso hatte natürlich auch noch nie einen Plastikball besessen.

Pilot hat sehr erschrocken ausgesehen. Dann ist er mit ernstem Gesicht ein paar Schritte auf den Mann zugegangen.

»Ich weiß, er ist nicht mehr ganz neu!«, hat der Mann gesagt und ein verlegenes Gesicht gemacht. »Aber vielleicht willst du ihn trotzdem ...«

Da ist es Lemonade zu viel geworden. Sie ist auf den Mann zugeflitzt und hat sich den Ball geschnappt. »Ngiyabonga!«, hat sie gerufen. »Ngiyabonga kakhulu, Nkhosi!«

Dann ist sie vorsichtshalber sofort ein paar Schritte weggerannt. Niemand konnte ja wissen, ob dem Mann nicht vielleicht plötzlich bewusst werden würde, von was für einem Schatz er sich da eben leichtfertig getrennt hatte.

Pilot ist zu Lemonade hingestürzt und hat versucht, ihr den Ball abzunehmen. Lemonade hat einen hohen, schrillen Schrei ausgestoßen.

Es war mir sehr peinlich, glauben Sie mir, und ich vermute, Sifiso war es noch peinlicher. Er schämt sich immer, dass seine kleinen Geschwister nicht gut genug erzogen sind. Es will ihm einfach nicht gelingen.

Aber der Mann und die Frau haben jetzt beide ganz glückliche Gesichter gemacht. Die Frau hat mit ihrem Handy fotografiert wie verrückt. Vielleicht hat sie sogar ein Video gemacht.

»Vielen Dank, Sir, das ist wirklich sehr großzügig!«, habe ich gesagt und mich ein bisschen verbeugt. Ein Gentleman macht es so. Sifiso hat die beiden Kleinen auseinandergezerrt. »Sie können gerne so viele Fotos machen, wie Sie möchten!«

Aber das taten die beiden ja ohnehin schon.

»Freut uns doch, wenn wir euch eine Freude machen konnten!«, hat der Mann gesagt. Er hat so glücklich ausgesehen, wie die Touristen sonst nur aussehen, wenn sie einen Löwen von ganz Nahem fotografieren können.

Dann sind die beiden Franzosen wieder in ihr Auto gestiegen, und ich habe gedacht, dass ich Emma morgen ganz unbedingt ermuntern würde, sich in Französisch mehr anzustrengen. Wenn Franzosen Fußbälle verschenken, ist es das allemal wert.

»Ein Fußball!«, hat Sifiso gesagt, als der Wagen in einer

Staubwolke verschwunden war. Er hat ehrfürchtig auf den Ball gestarrt. »Wieso fahren Erwachsene mit einem Fußball durch den Busch?«

Aber bei Touristen ist alles möglich, meine Damen und Herren. Ich möchte es mir nicht vorstellen, aber vielleicht hatten diese beiden erwachsenen Franzosen sogar selbst zum Vergnügen mit dem Ball gekickt? Eish!

Es war ja klar, dass Sifiso jetzt kein Interesse mehr an der Aufklärung unseres Falles hatte. Wer will seine Zeit damit vertun, einen Fall aufzuklären, wenn er gerade einen echten Plastikfußball geschenkt bekommen hat?

»Wir gehen dann mal, Thabo!«, hat Sifiso gesagt und den Ball mit einem Ruck aus Lemonades Griff befreit. »So, Pilot! So, Lemonade! Den nehme ich jetzt!«

Der weiße Filmwagen stand noch nicht wieder auf dem Parkplatz. Heute würden wir mit der Aufklärung wohl ohnehin nicht mehr weiterkommen.

»Sifiso!«, habe ich gerufen. »Dann aber morgen! Ich glaube nämlich, dass Miss Agatha ...« Sifiso hat sehr ungeduldig ausgesehen.

»Nein, warte noch mal kurz! Alles hängt bei diesen Fällen doch immer mit allem anderen zusammen, richtig? Und ich glaube, ich weiß jetzt auch, wie Miss Agathas Verschwinden und der Viehdiebstahl zusammenhängen!« Sifiso hat den Ball einmal auf den Boden geprellt. Er wollte nicht mehr warten, das war offensichtlich. »Das hätte uns doch eigentlich auch gleich einfallen können! Was ist, wenn Miss

Agatha den Filmleuten beim Viehdiebstahl auf die Schliche gekommen ist? Dann mussten sie sie wegschaffen, bevor sie Inspector Gwebu Bescheid sagen konnte! Und das haben sie mit ihrem Laster gemacht! Mit der Matratze drin! Emma hatte *doch* recht, es war keine Entführung wegen Lösegeld, es war eine Entführung zum Verschwindenlassen! Darum haben wir auch noch keine Lösegeldforderung gekriegt! Die Filmleute sind beides, Sifiso, die Viehdiebe und die Entführer!«

Sifiso hat einen Augenblick lang verwirrt ausgesehen, dann hat er langsam genickt. »Das könnte natürlich sein«, hat er gemurmelt. »Und wie willst du das beweisen?«

Ich hab mit den Achseln gezuckt. »Heute eher nicht mehr!«, habe ich gemurmelt.

Wenn Emma und ich gestern bis zu seinem Ziel im weißen Lastwagen geblieben wären, dann hätten wir es vielleicht beweisen können. Vielleicht hätten wir dann sogar Miss Agatha in ihrem Versteck entdeckt.

Sie denken jetzt vielleicht insgeheim, dass niemand Miss Agatha hätte entdecken können, wenn die Filmleute sie tatsächlich entführt hatten, damit Miss Agatha ihr räuberisches Geheimnis nicht ausplaudern konnte. Das denken Sie doch? Dann hätten die Filmleute sie nämlich zum Schweigen bringen müssen. (Sie wissen, was »zum Schweigen bringen« bedeutet, man spricht es aber nicht aus. So ist es jedenfalls in den Filmen, die ich mit Miss Agatha in ihrem Cottage angucke.) Und wenn sie sie zum Schweigen gebracht hatten, konnte niemand Miss Agatha finden. Dann war Miss Agatha längst bei den Ahnen. Ich war mir sicher, dass Menschen, denen es gleichgültig war, dass ein kleines Mädchen bei ihrer Brandstiftung beinahe gestorben war, auch bei einer alten Frau keine Sekunde zögern würden.

Sie haben vielleicht auch Filme gesehen, in denen Menschen zum Schweigen gebracht werden, darum denken Sie vielleicht genau das? Aber ich wollte es nicht denken, Filme hin oder her! Wenn »zum Schweigen bringen« im wirklichen Leben passiert und einem Menschen, den man kennt, wie ich meine älteste Freundin Miss Agatha kenne, dann ist es viel zu schrecklich, um es sich vorzustellen.

»Mir fällt schon noch ein, wie wir das alles beweisen können!«, habe ich entschlossen gesagt. »Und als Erstes befreien wir morgen verdammt noch mal Miss Agatha!« (*Verdammt* habe ich als Privatdetektiv gesagt, nicht als Gentleman.)

Sifiso hat genickt. »Ja, genau, morgen!«, hat er gesagt. Und er hat versucht, die beiden Kleinen auf Abstand zu halten. Lemonade hat schon wieder wütend nach dem Ball gegriffen und dabei gegen Sifisos Arme geboxt. »Sala kahle, Thabo!«

Ich habe die Hand zum Abschiedsgruß gehoben.

»Wenigstens kann ich Inspector Gwebu gleich noch erzählen, was wir von Mbuso wissen!«, habe ich dabei gerufen. Das hätten wir eigentlich längst tun müssen. Dann wäre PC Sipho jetzt vielleicht schon wieder frei.

»Tu das«, hat Sifiso über seine Schulter zurückgerufen. »Dafür brauchst du mich ja nicht!«

Sie merken, im Augenblick war es vollkommen aussichtslos, von Sifiso noch ein Interesse an unserem Fall zu erwarten.

Dass allerdings Inspector Gwebu ein Interesse an unserem Fall hatte, hätte man doch annehmen sollen. Trotzdem konnte ich ihn nicht erreichen, nicht unter der Nummer des Polizeipostens Debedebe und nicht auf seinem Handy.

Zur Sicherheit bin ich sogar noch nach Debedebe gerannt, in der Hoffnung, dort irgendjemanden anzutreffen.

Aber natürlich war die Tür verschlossen. Ich habe geflucht. (Leise. In amerikanischen Filme fluchen Privatdetektive öfter.) Dann war es auch nicht meine Schuld, wenn wir die Polizei wieder nicht in unsere Ermittlungen einbeziehen konnten. Einmal mehr bewahrheitete sich, was ich von Miss Marple längst wusste: Wenn es um die Aufklärung von Verbrechen geht, wäre die Welt ohne private Ermittler verloren. Sollte ich jetzt also noch zu Emma gehen, um wenigstens ihr von meinen Überlegungen zu erzählen und zuzugeben, dass sie doch recht gehabt hatte, als sie nicht an eine Lösegeld-Entführung glauben wollte? Über den Palmen und den Korallenbäumen von Lion Lodge hing schon die Dämmerung, und heute Abend würde ich auch mit Emma nichts mehr unternehmen können.

Außerdem hatte ich schon seit Tagen Onkel Vusis Safari-Jeep nicht mehr geschrubbt. Wenn ich jetzt gleich nach

Hause lief, konnte ich es noch schaffen, bevor die Dunkelheit vom Himmel auf die Erde fiel. Dann würde Onkel Vusi vielleicht nicht ganz so ärgerlich auf mich sein, weil ich mich so lange nicht um seinen Wagen gekümmert hatte.

31

Ich weiß nicht, warum ich am nächsten Morgen so lange geschlafen habe. (Ja, gut, ich hatte eine Decke. Wenn man nicht sehr frieren muss, schläft man länger.)

Onkel Vusi und ich hatten am Abend noch lange mit Bongani und Xolani und Sipho Happy zusammengesessen und Buschtee getrunken. Sipho Joyful war nicht dabei gewesen, aber wenn ich ehrlich bin, hatte ihn auch niemand vermisst. Wahrscheinlich war er wieder in irgendeiner Shebeen hängen geblieben.

»Ich musste gestern sogar bei der Dämmerungs-Safari für ihn einspringen!«, hatte Xolani ärgerlich gesagt. »Er ist nicht aufgetaucht, aber die Touristen standen da mit ihren Handys und Kameras und wollten los! Es wird immer schlimmer mit ihm!«

Das stimmte. Bei unserem letzten Fall war er einmal sogar so betrunken gewesen, dass ihn fast ein Nilpferd zu Tode getrampelt hätte, wenn Emma nicht gerade noch rechtzeitig zu seiner Rettung gekommen wäre. Vielleicht hatte er bei seiner letzten Sauftour nicht so ein Glück gehabt.

Wenn Onkel Vusi ärgerlich gewesen war, weil ich den Safari-Jeep so lange vernachlässigt hatte, hat er es mich jedenfalls nicht merken lassen. Obwohl es gestern Abend dann leider doch zu dunkel gewesen war, um mich um ihn zu kümmern.

Vielleicht war unsere lange Unterhaltung über Sipho Saufnase also schuld daran, dass ich am Morgen erst durch Emmas Anruf geweckt werden musste?

Die Anrufmelodie, die ich für Emma eingespeichert habe, riss mich mitten aus einem Traum, in dem Miss Agatha sich mit Lemonade um einen leuchtend roten Fußball stritt und dabei immerzu rief: »Du musst dich in Französisch mehr anstrengen!«

Mit geschlossenen Augen habe ich auf dem Boden nach meinem Handy getastet. »Ja?«, habe ich gemurmelt.

»Thabo! Wo bleibst du?«, hat Emma mir ins Ohr gebrüllt. Ich habe das Handy vom Ohr gerissen und mit ausgestrecktem Arm von mir weggehalten. Ich wollte schließlich nicht taub werden. Das Handy sah traurig langweilig schwarz aus. Ich hätte besser auf die Rennwagen-Schale aufpassen sollen. »Es ist etwas ganz Unglaubliches passiert!«

»Ja?«, habe ich wieder gesagt. Ich habe mich aufgesetzt. Der Morgen war in der Hütte immer noch kühl. »Und was?«

»Komm her, dann zeig ich es dir!«, hat Emma gebrüllt. »Wir haben eine Lösegeldforderung gekriegt!«

Sie können sich vorstellen, dass ich nicht viel Zeit mit Zähneputzen vergeudet habe. Eine Lösegeldforderung! Gerade jetzt, wo ich mir so sicher gewesen war, sie würde niemals kommen, weil der Grund für Miss Agathas Entführung ein ganz anderer war!

Nur wenige Minuten nachdem mein Handy geklingelt hatte, hat Emma mich schon auf dem Parkplatz abgefangen. Ich muss zugeben, ich war ein wenig außer Atem. Ich war gerannt wie unser weltberühmter Läufer Richard »Concorde« Mavuso, dadurch war mir wenigstens warm geworden.

»Thabo!«, hat Emma gerufen. »Mann! Wo bleibst du denn so lange!«

Das war natürlich unfair. »Wo ist sie?«, habe ich gefragt. »Nun zeig die Lösegeldforderung doch schon!«

Emma hat den Kopf geschüttelt. »Hat meine Mutter!«, hat sie gesagt. »Aber die zeigt sie dir bestimmt. Komm mit in die Rezeption!«

An diesem Morgen mussten die Gäste auf der Terrasse allein frühstücken, ohne dass Ms Wendy Chapman dabei war. Ich glaube nicht, dass die Gäste sie vermissten. Wahrscheinlich hatten sie genug mit den Meerkatzen zu tun, die sie von der Brüstung aus um Toast und Ei anbettelten.

In der Rezeption stand Ms Wendy Chapman neben Thulile und lauschte in den Telefonhörer. »Schon wieder nur der Anrufbeantworter!«, hat sie gerufen. »Was mach ich denn jetzt?«

»Wen rufen Sie denn gerade an, Miss Wendy?«, habe ich gefragt. In so einer Situation darf selbst ein Gentleman die Höflichkeit der Begrüßung einmal beiseitelassen und direkt zum Wichtigsten kommen. »Wer ist nicht da?«

»Quinton!«, hat Miss Wendy gerufen. Auch ohne Begrüßung. Und offenbar hatte sie nichts dagegen, dass ich mich eingemischt habe. »Ich versuche die ganze Zeit, Debedebe zu erreichen, aber niemand nimmt ab!«

»Sipho Silima sitzt ja auch in der Zelle!«, hat Emma gesagt. »Der kann nicht abnehmen.«

Miss Wendy hat wieder nervös auf die Tastatur des Telefons eingetippt, als könnte sich innerhalb weniger Sekunden etwas geändert haben. »Was mach ich denn jetzt bloß?«

Es war logisch, dass Miss Wendy sofort versucht hat, die Polizei anzurufen, sobald sie die Lösegeldforderung entdeckt hatte. Menschen machen es so. Aber ich weiß nicht, ob diese Entscheidung in jedem Fall richtig ist. In den Filmen, die ich mir mit Miss Agatha ansehe, verlangen die Entführer immer, dass die Polizei *nicht* eingeschaltet wird.

»Darf ich das Schreiben sehen, Miss Wendy?«, habe ich gefragt. Ich hätte gar nicht fragen müssen. Es lag ohnehin auf dem Tresen der Rezeption.

Ich weiß nicht, ob Sie schon einmal eine Lösegeldforderung gesehen haben. Für mich war es das erste Mal. Und ich gebe es zu: Ich war ein bisschen enttäuscht.

In den Filmen, die ich mit Miss Agatha ansehe, sind Lösegeldforderungen meistens aus lauter verschiedenen Buchstaben zusammengeklebt, die die Entführer aus einer Zeitung ausgeschnitten haben. Der Grund ist klar: Niemand soll ihre Schrift erkennen können.

Aber solche Sorgen hatte dieser Entführer sich offenbar

nicht gemacht. Die Botschaft stand auf einem kleinen, blau linierten Blatt Papier, das der Entführer vielleicht aus einem Taschenkalender gerissen hatte, und sie war mit Kugelschreiber geschrieben. Immerhin hatte der Entführer Druckschrift gewählt. Vielleicht hatte er ja auch seine Schrift verstellt, das konnte man nicht wissen.

MISS AGATHA IST IN MEINER GEWALT! WENN SIE SIE LEBEND WIEDERSEHEN WOLLEN, DEPONIEREN SIE MORGEN ABEND 20 000 EMALANGENI HINTER DEM BANANENSTAND AN DER KREUZUNG DER STRASSEN NACH MBABANE UND MANZINI, SOBALD NIEMAND MEHR DORT VERKAUFT. WENN IHNEN DAS LEBEN DER ENTFÜHRTEN LIEB IST, BENACHRICHTIGEN SIE NICHT DIE POLIZEI!!!

Die drei Ausrufungszeichen zeigten, wie ernst es dem Entführer damit war. Und das Schreiben zeigte, dass er sich mit Filmen auskannte.

»Zwanzigtausend Emalangeni!«, habe ich gesagt. »Haben Sie zwanzigtausend Emalangeni, Miss Wendy?«

Aber Miss Wendy hat überhaupt nicht auf mich geachtet. »Irgendwann muss Quinton doch rangehen!«, hat sie gerufen. »Dann rufe ich eben eine andere Polizeistation an!«

»Gestern Nachmittag hab ich ihn auch schon nicht erreicht!«, habe ich gesagt. »Aber da steht, dass Sie die Polizei *nicht* einschalten sollen, Miss Wendy, wenn Ihnen Miss Agathas Leben lieb ist.«

Miss Wendy hat sich zu mir hingedreht. Dabei hatte ich gedacht, dass sie mir gar nicht zuhört. »Natürlich brauchen wir die Polizei!«, hat sie gerufen. »Was ist denn, wenn wir das Geld hinter dem Bananenstand deponieren, und der Entführer lässt meine Tante trotzdem nicht frei? Vielleicht ist das Schreiben sowieso gar nicht echt! Vielleicht stammt es von irgendwem, der von ihrem Verschwinden erfahren hat, und nun seinen Nutzen daraus ziehen will! Ein Trittbrettfahrer!«

Ich musste zugeben, ausgeschlossen war das nicht.

»Die Polizei muss den Bananenstand überwachen!«, hat Miss Wendy gesagt. »Und den Entführer schnappen, wenn er sich das Lösegeld abholt. Dann muss der uns sagen, wo er Agatha gefangen hält!«

Ich weiß natürlich, dass man es so macht, meine Damen und Herren, und Sie wissen es sicherlich auch.

32

Der Bananenstand liegt an der Kreuzung der beiden Straßen, die von Nhlangano nach Manzini und von Piggs Peak nach Mbabane führen. Aber würde der Entführer die Polizei nicht am Bananenstand entdecken? Ganz sicher doch zumindest ihr Polizeifahrzeug! Dann würde er an der Kreuzung vorbeifahren und gar nicht erst anhalten, um das Geld zu holen.

Andererseits konnte die Polizei auch ganz anders vorgehen. Ich fand es komisch, dass der Entführer daran nicht gedacht hatte. Die Polizei musste nur alle vier Straßen (die nach Nhlangano, nach Manzini, nach Piggs Peak und nach Mbabane) mit Straßensperren versehen, kurz nachdem das Geld einmal deponiert war, und dann jeden Wagen anhalten, der aus Richtung Bananenstand kam. Sobald sie in einem Wagen das Lösegeld fand, hatte sie den Täter.

Hatte der Täter das nicht bedacht? Hatte der Täter nicht überlegt, dass er an dieser Stelle das Geld gar nicht abholen konnte, ohne auf dem Rückweg erwischt zu werden? War der Täter so dumm?

Ich habe noch einmal einen Blick auf das Schreiben auf dem Tresen geworfen. Es sah aus, als ob der Täter gut Englisch konnte. Natürlich ist mein Englisch nicht so gut, dass ich jeden Fehler entdecken würde, aber ich kann sagen: Zumindest so gut wie *mein* Englisch war das Englisch des Täters auch. Der Täter war entweder ein Engländer. Oder wenn er ein Bürger unseres Landes war, war er nicht nur sechs Jahre lang zur Grundschule gegangen. Oder er war ein Tourist. Das engte den Kreis der Verdächtigen ein. Aber leider, ich muss es sagen, nicht genug.

Von der Terrasse her kam eins der Küchenmädchen gelaufen. »Miss Wendy!«, hat das Mädchen gerufen. »Da ist ein Gast, der will sich beschweren … Miss Wendy, Sie müssen bitte kommen!«

Miss Wendy hat sich zu ihr umgedreht und ausgesehen, als ob sie ganz plötzlich aufwachte. »Ich komme, Nokwanda«, hat sie gesagt. Mit einer fast normalen Stimme. »Im Augenblick erreiche ich hier sowieso nichts. Vielleicht taucht Quinton ja in der Zwischenzeit im Polizeiposten auf!« Dann ist sie schon hinter Nokwanda hergelaufen.

Thulile hat sich das Entführerschreiben geschnappt. »Und ihr beiden verlasst jetzt bitte sofort meine Rezeption!«, hat sie streng gesagt. »Wenn gleich die Gäste kommen, die abreisen und zahlen wollen, möchte ich nicht, dass es in meiner Rezeption aussieht wie im Kindergarten!«

Wie im Kindergarten! Was für eine Beleidigung für Emma und mich! Aber vor Thulile haben wir alle Respekt. Sogar Emma wagt nicht, sich mit Thulile anzulegen.

»Wo habt ihr das Schreiben gefunden?«, habe ich gefragt,

als wir wieder auf dem Parkplatz standen. Auch der Fundort kann wichtige Aufschlüsse geben, das wissen Sie, und das ist jedem privaten Ermittler bekannt. Der Fundort kann ein Indiz sein.

»Nokwanda hat es heute Morgen um fünf außen am Tor gefunden, als sie gekommen ist, um das Frühstück vorzubereiten!«, hat Emma gesagt. »Irgendwer hatte es da in einer Einkaufstüte von Shoprite über den Knauf gehängt!«

»Hatte es da schon die ganze Nacht gehangen?«, habe ich gefragt. »War die Tüte feucht vom Tau?«

Emma hat mich angestarrt. Aber war meine Frage nicht berechtigt? In jedem Fall war der Täter ein Risiko eingegangen. Auch jeder sonst, der zufällig vorbeiging, hätte ja die Tüte an sich nehmen können. Dann hätte das Schreiben seinen Empfänger nicht erreicht. Also wäre es klug gewesen, die Tüte erst am Morgen aufzuhängen.

»Ich glaube, die Tüte war trocken!«, hat Emma gesagt. »Aber beschwören kann ich das nicht.«

Ich habe genickt. »Was sagt uns das, Emma?«, habe ich gefragt. So macht es Miss Marple mit Mr Stringer, Sie wissen es. Sie entwickelt ihre Theorie, und er bewundert sie. »Der Täter wollte offenbar nicht das Risiko eingehen, dass die Tüte die ganze Nacht am Tor hängt. Deshalb hat er sie erst kurz vor dem Eintreffen der ersten Angestellten deponiert. So konnte er ziemlich sicher sein, dass ein Angestellter der Lodge sie finden und an deine Mutter weitergeben würde.«

Emma hat genickt. (Leider nicht so bewundernd wie Mr Stringer.) »Das heißt, der Täter wusste, dass einige unserer Leute nicht auf dem Gelände der Lodge wohnen!«, hat sie gesagt. »Und dass die Küchenhelfer morgens gegen fünf Uhr kommen, um das Frühstück vorzubereiten. Das heißt, der Täter kannte sich bei uns aus!« Emma hat sehr zufrieden mit sich ausgesehen.

Ich habe den Kopf hin und her gewiegt.

»Dafür musste er sich nicht unbedingt mit Lion Lodge auskennen!«, habe ich gesagt. »Darauf hätte auch jeder andere kommen können, der nur ein bisschen nachdenkt! Frühstück gibt es in den Lodges überall ab sieben Uhr, also müssen die Küchenhelfer …«

»Aber auf alle Fälle bedeutet es, dass der Täter kein Gast unserer Lodge ist!«, hat Emma triumphierend gerufen. »Sonst hätte er die Tüte ja nicht draußen anhängen müssen! Und damit das Risiko eingehen, dass sie in falsche Hände gerät!«

Aber wieder musste ich den Kopf schütteln. »Vielleicht wollte der Täter auch gerade, dass wir das denken?«, habe ich gesagt. »Vielleicht hat er absichtlich eine falsche Spur gelegt? Wenn die Tüte auf dem Gelände gefunden worden wäre, wäre doch gleich klar gewesen, dass der Täter nur einer der Gäste sein kann. Oder einer der Angestellten. Das hätte den Kreis der Verdächtigen erheblich eingeschränkt! Es kann sehr gut eine bewusst falsch gelegte Spur sein!«

Spätestens an dieser Stelle hätte Mr Stringer vor Bewunderung in die Hände geklatscht. Emma hat das natürlich nicht getan, Sie kennen Emma.

Trotzdem liebe ich diese Phase der Ermittlungen. Den Moment, wenn man zum ersten Mal ahnt, dass man endlich eine entscheidende Spur gefunden hat. Wenn es nur noch darum geht, richtig zu kombinieren und nicht leichtfertig in eine Falle zu tappen, die die Verbrecher zu diesem Zweck gestellt haben.

Aber leider hatte ich zum Kombinieren nicht lange Gelegenheit.

33

Kaum hatte das erste Auto (ein weißer Toyota Hilux, der viel zu groß war für nur zwei Touristen) den Parkplatz der Lodge verlassen, kam durch das geöffnete Tor schon Lemonade in ihrem zerrissenen roten Rock auf den Parkplatz gestürmt. »Wir haben den Ball mitgebracht!«, hat sie gebrüllt. »Dass ihn nicht einer klaut, wenn wir weg sind! Du kriegst den nicht, Thabo, der gehört uns!«

Jetzt hat sich auch Sifiso zu uns gestellt. »Wir haben so lange geschlafen!«, hat er entschuldigend gesagt. »Delighty hat gestern aus Mantongomane gleich zwei Wolldecken mitgebracht! Da war uns warm heute Nacht.«

Ich habe gedacht, dass gestern wirklich ein besonderer Tag für Sifiso und seine Geschwister gewesen war. Zwei warme Decken und noch ein Fußball dazu, und beides an einem Tag!

»Ich will deinen Ball ja auch gar nicht!«, habe ich zu Lemonade gesagt. Was natürlich gelogen war. Einen echten Plastikball hätte ich auch gerne. »Sifiso, es gibt eine Lösegeldforderung!«

»Eine Lösegeldforderung?«, hat Sifiso gefragt. »Da, Pilot,

du darfst den Ball jetzt halten. Aber nicht schießen! Und du lässt die Finger weg, Lemonade, sonst setzt es was!«

»In der Rezeption. Bei Thulile«, habe ich gesagt, damit Sifiso gleich klar war, dass er das Schreiben nicht angucken konnte. »Mit Kugelschreiber geschrieben. In Druckschrift.«

Sifiso hat die Stirn in Falten gelegt. Daran, wie schnell er bereit gewesen war, Pilot den Ball zu überlassen und sich wieder auf unseren Fall zu konzentrieren, können Sie sehen, dass Sifiso durchaus Interesse daran hat, ein guter privater Ermittler zu werden. Auch wenn er vielleicht ein noch besserer Automechaniker werden könnte. Und gleich werden Sie sehen, dass Sifiso eigentlich schon jetzt ein guter privater Ermittler war.

»In Druckschrift?«, hat er gesagt. Obwohl Sifiso noch niemals Miss Agathas Filme gesehen hatte! »Findet ihr das nicht merkwürdig? Da kann man doch trotzdem leicht die Schrift erkennen!«

»Es war ihm vielleicht zu mühsam, Wörter aus der Zeitung auszuschneiden?«, habe ich gesagt. »Das glaube ich jedenfalls.«

Sifiso hat mich angestarrt. »Wie, Wörter aus der Zeitung ausschneiden?«, hat er verwirrt gefragt. (Genau. Er hatte ja noch nie unsere Filme gesehen.) »Wovon redest du denn? Aber warum hat der das nicht einfach *ausgedruckt*? Der Entführer? Wenn es ausgedruckt ist, kann man die Schrift auch nicht erkennen! Warum also Handschrift?«

Sifiso! Mein kluger Freund Sifiso! Ich war so froh, dass er jetzt wieder dabei war. Auch wenn ich mich natürlich ein bisschen geschämt habe, dass ich nicht selbst auf den Gedanken gekommen war. Und Emma sollte sich gefälligst auch schämen.

»Natürlich!«, habe ich gerufen. »Du hast recht! Wer macht so was? Wer schreibt eine Lösegeldforderung mit der Hand? Der müsste ziemlich dämlich sein!«

»Jemand, der keinen Computer hat«, hat Sifiso gesagt. »Und keinen Drucker. Jemand wie ich, zum Beispiel? Und die meisten anderen Leute?« Sifiso hat an den Fingern abgezählt. »Normale Menschen? Natürlich Kinder! Und …«

»Das war keine Kinderschrift!«, hat Emma gesagt. »Nie und nimmer!«

»Und Touristen!«, hat Sifiso gesagt. »Die haben alle ein Handy, aber ausdrucken können die nicht.«

»Sie könnten das in der Rezeption bei Thulile machen«, hat Emma ohne Überzeugung gesagt.

Ich habe sie angestarrt. Das konnte Emma doch nicht ernst meinen!

»Damit Thulile als Erstes einfällt, wer bei ihr was hat ausdrucken lassen, sobald sie die Lösegeldforderung sieht, ja?«, habe ich gefragt. »So verrückt ist doch auch keiner!«

Erstaunlicherweise war Emma nicht beleidigt. »Internetcafé?«, hat sie gesagt. »Aber dazu müsste man natürlich erst nach Nhlangano fahren.«

»Ich finde, es sieht total nach Touristen aus!«, habe ich

gesagt. »Du bist mein Held, Sifiso! Und auch nicht *irgendwelche* Touristen! Sondern natürlich Gäste der Lodge! Dass sie das Schreiben draußen ans Tor gehängt haben, war dann tatsächlich nur Tarnung. Und wir alle wissen auch, welche Gäste der Lodge das waren!«

Sifiso und Emma haben genickt. »Cinex!«, hat Emma geflüstert. Wir waren ganz dicht dran.

»Obwohl …«, hat Sifiso gemurmelt. »Wie passt denn das mit dem zusammen, was du gestern Abend gesagt hast, Thabo? Dass Miss Agatha von den Filmleuten entführt worden ist, damit sie nicht verraten kann, dass die Filmleute die Viehdiebe sind?«

Aber ich war viel zu aufgeregt, um gründlicher darüber nachzudenken. »Kann doch beides stimmen!«, habe ich gerufen. »Vielleicht haben sie gedacht, wenn sie sie sowieso schon entführt haben, damit sie nichts verrät, können sie auch gleich noch Lösegeld verlangen. Zwei Fliegen mit einer Klappe, sozusagen! Und wenn sie Lösegeld verlangen, bedeutet das doch eigentlich, dass Miss Agatha noch am Leben ist! Das ist doch viel besser, als wenn sie sie zum Schweigen gebracht hätten!«

Emma hat mich angestarrt. »Zum Schweigen gebracht?«, hat sie gebrüllt. »Auntie? Hast du deine Festplatte geschreddert, Thabo?«

In diesem Augenblick hat es einen Knall und ein Klirren gegeben und fast im selben Augenblick einen Schrei. Wenn man mit Lemonade unterwegs ist, darf man sie keinen Augenblick aus den Augen lassen, das wissen Sie. Keinesfalls. Lemonade hat einen Schwarm wilder Bienen im Leib.

»Wer ist das da eben gewesen?«, hat Thulile gebrüllt. Sie ist schon aus der Rezeption gestürmt gekommen. »Wer hat die Blumenvase von meinem Tresen geschossen?« Sie sah furchterregend aus. (Thulile sieht eigentlich immer furchterregend aus, wenn sie mit uns redet.) Aber sie hat gar nicht erst irgendeine Reaktion abgewartet. Sie ist sofort auf Sifiso losgestürmt und hat ihn an den Schultern gepackt.

»Ich sage ja immer, dass ihr hier nichts zu suchen habt, du und deine Geschwister!«, hat sie geschrien. »Wieso Miss Wendy euch überhaupt aufs Gelände lässt, ist mir ein Rätsel! Und du fegst jetzt die Scherben auf!« Und sie hat Sifiso geschüttelt.

Im Hintergrund habe ich gesehen, wie Pilot schon blitzschnell wieder aus der Rezeption geschlichen ist, den Ball fest an die Brust gepresst. Lemonade hatte sich längst hinter dem weißen Lastwagen versteckt.

»Sifiso war das gar nicht, Thulile!«, habe ich gerufen. »Sag doch auch was, Emma!«

»Das ist mir ganz egal!«, hat Thulile gerufen. »Tilima! Tsotsis! Dann war es eben eins von seinen schrecklichen kleinen Geschwistern! Du kommst jetzt gefälligst und sammelst die Scherben auf!«

Sifiso ist mitgegangen, ohne zu protestieren, sogar ohne ein einziges Wort. Wenn seine kleinen Geschwister etwas angestellt haben, fühlt Sifiso sich immer verantwortlich.

»Hör zu, Emma!«, hab ich gesagt, während Sifiso in der Rezeption verschwunden ist. »Ich finde, wir sollten jetzt wirklich nicht mehr allein weitermachen. Es gibt so viele Indizien … Ich ruf Inspector Gwebu an. Jetzt muss die Polizei übernehmen.«

»Ja, ganz großartig, Sherlock!«, hat Emma gesagt. »Ruf ihn gerne an! Nicht dass meine Mutter es nicht schon stundenlang erfolglos auf der Wache versucht hätte!«

»Aber ich hab ja seine Handynummer!«, habe ich gesagt und mein Handy aus der Tasche gezogen. Das langweilige schwarze. »Da erwischen wir Inspector Gwebu immer!« (Nur dass das leider gestern Nachmittag nicht gestimmt hatte.)

»Und warum hast du das Mummy nicht gesagt?«, hat Emma geschnauzt. »Warum lässt du Mummy stundenlang …«

»Das wollte ich doch!«, hab ich gerufen. »Aber dann kam Nokwanda, und deine Mutter ist mit ihr weggegangen!«

Emma hat geschnaubt. »Los, diktier mal!«, hat sie gesagt. »Gwebus Nummer! Damit ich die auch hab! Falls mal wieder so was passiert! Auf dich ist ja echt kein Verlass!«

Ich hab die Adressliste geöffnet. Meinetwegen durfte Emma dann auch gerne gleich selbst von ihrem Handy aus anrufen. Ich war durchaus bereit, meine Karte zu schonen.

»Sieben, eins, vier«, habe ich diktiert. »Zwei, fünf, vier, sechs …«

Dann habe ich es gesehen, und ich konnte nicht weiterdiktieren. Sie wissen, was Miss Agatha immer sagt: *Das Leben bleibt spannend bis zuletzt, und hinter der nächsten Biegung des Weges wartet oft eine Überraschung.*

Genau so war es auch jetzt. Und die Überraschung verschlug mir die Sprache.

»Weiter!«, hat Emma gerufen. »Worauf wartest du denn? Zwei, fünf, vier, sechs …«

Aber ich habe auf gar nichts gewartet. Ich habe nur immerzu Emmas Handy angestarrt. Emmas violettes Handy mit pinken Blumen.

34

»Emma!«, habe ich geflüstert.

Ich habe sofort in meine Hosentasche gegriffen. Es konnte doch sein! Es konnte doch sein, dass mir gestern Abend noch Emmas Handyschale aus der Hosentasche gefallen war. Die Handyschale, die ich in Babe Dlaminis Wagen gefunden hatte. Ich hatte sie sowieso ganz vergessen. Und irgendwer hatte sie aufgesammelt. Und Emma gegeben. Dann war alles ganz logisch. Dann musste ich mich nicht darüber wundern, dass Emmas Handy jetzt aussah, wie es aussah.

Aber Sie wissen, wie schnell man etwas von der Größe einer Handyschale in der Hosentasche findet.

»Da!«, habe ich geflüstert und Emma die Schale hingehalten. »Da! Oh mein Gott, Emma!«

Emma hat mich verwirrt angestarrt. »Das hilft mir jetzt nicht wirklich, die Nummer einzugeben!«, hat sie gesagt. »Wieso hast du überhaupt Aunties Handyschale?« Dann ist sie zusammengezuckt. »Ja, oh mein Gott! Aunties Handyschale! Wo hast du die denn gefunden?«

Jetzt ist auch Sifiso hinter ihr aufgetaucht und hat verwirrt auf meine ausgestreckte Hand gesehen.

Können Sie sich vorstellen, wie schnell mein Herz auf einmal geschlagen hat? Ich weiß, Sie können es. Und haben Sie verstanden – ngiyacolisa, dass ich überhaupt frage! –, was da eben gerade passiert war?

Gestern Vormittag hatte ich in Babe Dlaminis Wagen eine Handyschale gefunden an der Stelle, an der Emma noch kurz zuvor gesessen hatte. Eine Handyschale in Pink und Violett. Wie Emmas Handschale. Ich hatte sie eingesteckt, weil ich sie Emma am nächsten Tag zurückgeben wollte, und hatte das dann in dem ganzen Trubel um den Fußball vergessen.

Und trotzdem war Emmas Handy ganz eindeutig noch pink und violett! Und das hieß: Die Handyschale aus Babe Dlaminis Auto konnte nicht Emmas Handyschale sein!

Aber wessen Handyschale es war, hatte Emma ja eben schon gesagt: Sie gehörte Miss Agatha. Emma wusste schließlich am besten, wem sie welches Muster geschenkt hatte. (Ich hätte Miss Agatha ganz bestimmt nicht Pink mit Violett geschenkt. Aber das spielte jetzt keine Rolle.)

Wenn das hässliche Teil aber tatsächlich Miss Agatha gehörte, dann konnte das nur eins bedeuten: Miss Agatha hatte irgendwann in Babe Dlaminis Wagen gesessen. Und das musste *nach* dem Nachmittag gewesen sein, an dessen Ende sie verschwunden war. Denn an dem Nachmittag hatte ihr Emma ja die Schale erst geschenkt. Da war Emma doch gerade aus England angekommen.

Sifiso und Emma haben immer noch beide auf meine Hand gestarrt. Natürlich waren sie zur selben Schlussfolgerung gekommen wie ich eben. Nicht umsonst sind wir ein Ermittler*team*.

»Aber warum hat Babe Dlamini uns dann gestern nichts davon erzählt, Thabo?«, hat Sifiso geflüstert. (Daran, dass er auch geflüstert hat, sehen Sie, wie erschrocken er war.) »Wir haben doch die ganze Zeit darüber geredet, wo Miss Agatha sein könnte! Da hätte er uns doch sagen können, warum er sie mitgenommen hat und wo er sie abgesetzt hat!«

Ich habe geschwiegen. Emma hat auch geschwiegen. Die Antwort war klar.

»Ihr meint, Babe Dlamini ist der Entführer?«, hat Sifiso jetzt gerufen. »Ngeke! Warum sollte er so was tun? Du erzählst mir doch immer, dass man als Erstes nach dem Motiv suchen muss, Thabo! Und Babe Dlamini hatte kein Motiv! Er hatte keinen Grund, Miss Agatha aus dem Weg zu schaffen, wie die Viehdiebe ihn haben, weil sie ihnen vielleicht auf die Schliche gekommen ist, und er ist außerdem so reich, dass er auch kein Lösegeld braucht! Es ist unlogisch! Babe Dlamini hat kein Motiv! Er kann es nicht sein!«

»Und dann wären es ja außerdem *doch* zwei verschiedene Verbrechen!«, hat Emma gemurmelt. »Die Filmleute und der Viehdiebstahl wären das eine, und Dlamini und die Entführung wären das andere! Du hast selbst gesagt, wie unwahrscheinlich es ist, dass in einem kleinen Ort wie Hlatikulu gleichzeitig zwei Verbrechen passieren, die nichts miteinander zu tun haben, Thabo!«

Aber ich weiß, was ich weiß. Ein so starkes Indiz wie eine

Handyschale in einem Auto darf nicht vernachlässigt werden. Einem so starken Indiz muss man nachgehen.

»Das ist jetzt alles ganz egal!«, habe ich gerufen. »Jetzt müssen wir wirklich endlich Inspector Gwebu informieren! Sofort!«

Zum Glück hielt ich mein Handy ja schon in der Hand. Sogar mit Inspector Gwebus Nummer auf dem Display.

»Babe Inspector?«, habe ich gerufen. »Hören Sie mich? Es gibt eine Lösegeldforderung für Miss Agatha! Und wir haben ihre Handyschale in Babe Dlaminis Auto gefunden! Wir glauben, dass …«

Im Handy hat es geraschelt und geknackt. »… ganz schlecht verstehen, Thabo!«, hat Inspector Gwebu gerufen. »Ich sitze im Auto! Ich bin auf dem Weg zur Beerdigung meiner Nichte in Lomahasha!«

Lomahasha! Lomahasha ist ziemlich weit weg. Ich wusste, dass es da Buganu für Inspector Gwebu geben würde. Vor allem wusste ich aber, dass Inspector Gwebu sich erst wieder auf die Suche nach Miss Agatha machen konnte, wenn die Beerdigung zu Ende war. Dass man an einer Beerdigung bis zum Schluss teilnimmt, verlangt der Respekt.

»Aber danach kommen Sie gleich?«, habe ich gerufen. »Können Sie die Sache mit Miss Agatha nicht an eine andere Polizeistation weitergeben, Babe, damit die sich in der Zwischenzeit der Sache annehmen? Haben Sie verstanden, was ich gesagt habe, Babe Inspector?«

Aber mein Handy blieb stumm.

»Jetzt hat uns nicht mal die Handynummer etwas genützt!«, hat Emma düster gesagt. »Was ist denn das für eine Polizei?«

In diesem Augenblick sind die beiden Filmleute um die Ecke gekommen und zielstrebig auf ihren Laster zugegangen. Die Frau hat uns einen giftigen Blick zugeworfen.

»Sifiso!«, habe ich gezischt. »Emma! Lasst uns trotzdem noch mal hinter denen herfahren! Vielleicht können wir dann wenigstens den Viehdiebstahl aufklären! PC Sipho kann doch auch nicht ewig in der Zelle schmoren. Wegen Miss Agatha ruf ich Inspector Gwebu von unterwegs noch mal an. Wenn wir hier nur tatenlos herumsitzen und Däumchen drehen, werden wir doch verrückt!«

(Natürlich haben wir auf dem Parkplatz in Wirklichkeit *gestanden*. Und unsere Daumen haben wir auch still gehalten. Aber man sagt es so.)

Jetzt hat die Frau die Fahrertür geöffnet und ist über die beiden Trittstufen nach oben in die Kabine gestiegen.

»Und wie fahren wir hinter denen her?«, hat Sifiso zurückgezischt. »Hast du seit Neuestem ein Auto?«

Er hatte recht. Onkel Vusis Safari-Jeep wäre eine gute Möglichkeit gewesen, aber der war natürlich den ganzen Tag im Einsatz.

»Aunties Jeep!«, hat Emma gerufen und sich schon umgedreht, um in Richtung Cottage zu rennen. »Los, los!«

Ich habe wirklich zwei wunderbare Freunde bei der Ermittlungsarbeit, meine Damen und Herren. Was dem einen nicht einfällt, fällt dem anderen ein. Nur Miss Agatha hätte uns jetzt noch gefehlt.

Wir sind gerannt wie die Kenianer. Sifiso auch. Beim Cottage sind wir in den Jeep gesprungen, ich auf den Fahrersitz und Sifiso auf den Sitz neben mir. Emma ist wieder nach hinten geklettert. Das kannte sie ja schon.

»Los, los!«, hat sie gebrüllt. »Die dürfen keinen zu großen Vorsprung kriegen!«

Aber davor hatte ich keine Angst. Wir wussten ja, wie langsam der Lastwagen war. Und aus Erfahrung wussten wir auch, wie schnell Miss Agathas Jeep fahren konnte, wenn der Fahrer nur die Zähne zusammenbiss und betete.

Ich war schon an Miss Agathas Einfahrt, als – natürlich! – Pilot und Lemonade angeschnauft kamen. Pilot presste noch immer seinen Fußball gegen die Brust, und Lemonade hat gebrüllt: »Du sollst das nicht! Du sollst nicht schon wieder weggehen, Sifiso! Du sollst das nicht!« Dann sind sie uns tollkühn mitten in den Weg gesprungen. Ich konnte gerade noch bremsen.

»Habt ihr sie noch alle, Zwergenvolk?«, hat Emma gebrüllt. »Wir haben es eilig!«

»Steigt ein, Pilot und Lemonade!«, hat Sifiso gerufen. »Hinten!« Dann hat er sich entschuldigend zu Emma umgedreht. »Sie stören doch nicht!«

Das, Sie werden mir zustimmen, konnte man natürlich auch anders sehen. Ich jedenfalls habe es vollkommen anders gesehen. Aber zum Diskutieren fehlte uns jetzt die Zeit.

Lemonade hatte noch nicht mal die Tür richtig zugeschlagen, da bin ich schon losgebraust. Ich wusste ja, wohin. Wir mussten Richtung Gobolondo fahren, Richtung Piggs Peak. Diese Straße hatten die Viehdiebe bisher schließlich immer genommen.

»Wir erwischen sie noch!«, habe ich gerufen. »Alle festhalten! Jetzt geht es los!«

35

Ich vermute, Sie haben auch schon erlebt, welche Freude es bereitet, wenn man einen guten Grund hat, das Gaspedal ganz durchzutreten. (Obwohl es natürlich gefährlich ist und der Umwelt schadet.) Auf unseren Straßen ist das Durchtreten des Gaspedals leider nicht immer möglich, das haben Sie schon vermutet. Und es ist auch nicht erlaubt. Aber jetzt mussten wir den weißen Lastwagen einholen! Da war schnelles Fahren nötig.

Pilot und Lemonade haben auf der Rückbank gequiekt, wenn sie in die Luft geschleudert wurden, weil ich auch vor den Bodenschwellen nicht abgebremst habe, die die Autofahrer zum Beispiel vor Schulen zum Langsamfahren zwingen sollen. Und Emma hat gebrüllt, wenn ich direkt vor einer Kurve einen Trödel-Fahrer überholt habe.

Sie hätte gar nicht brüllen müssen. In meinen Gedanken habe ich ein stilles Gebet gesprochen, dass Gott der Herr uns beim Autofahren bitte beschützen möge, wie er Reverend Hlophe beim Autofahren beschützt. Und dass er bitte verstehen möge, dass es im Augenblick gerade nicht anders ging. Wenn wir schon Miss Agatha nicht befreien konnten, wollten wir wenigstens die Viehdiebe überführen.

»Ruf den Inspector noch mal an!«, habe ich zu Sifiso gesagt und bin einen Augenblick einhändig gefahren, um mit links mein Handy aus der Hosentasche zu ziehen. Zum Glück hatte der Jeep ja Automatik, da brauchte ich die Hand nicht zum Schalten.

»Ich mach schon!«, hat Emma von hinten gesagt und Sifiso das Handy weggerissen. »Mist, jetzt hat Gwebu sein Handy auch noch ausgeschaltet!«

»Kein Wunder bei einer Beerdigung!«, hat Sifiso gesagt. »Das wäre ja wohl auch respektlos!«

Vor uns war die Straße jetzt frei. Noch immer war der weiße Lastwagen nicht aufgetaucht. Vereinzelt lagen Felsbrocken im verdorrten Grasland, und abgemagerte Rinder versuchten, allerletzte Grashalme zu erwischen. Im Hintergrund waren Aloen verschiedenster Größe auf die Flanke eines Hügels getupft. Und rechts tauchten schon der verlassene General Dealer auf und der verlassene Friseur und Schuhmacher und der verlassene Hardware Store. Ich habe das Gaspedal bis zum Anschlag durchgetreten.

»Nein!«, hat Pilot gebrüllt. »Nein, Thabo! Anhalten!«

Lemonade hat ihren bekannten hohen, schrillen Ton ausgestoßen.

»Der Fußball! Anhalten!«, hat Pilot wieder gebrüllt.

Und ich habe begriffen.

Vor den Läden waren Bodenschwellen in die Straßenoberfläche eingelassen, und das war klug. Als es die Läden noch gegeben hatte, hatten an dieser Stelle immer wieder Menschen die Straße überquert, um einzukaufen. Und Raser waren da eine Gefahr.

Aber ich hatte vor diesen Bodenschwellen nicht abgebremst, genauso wenig wie vor allen anderen Bodenschwellen bisher. Ich hatte den Jeep so darüberfliegen lassen, dass wir alle aus unseren Sitzen in die Luft geschleudert worden waren. Und dabei war auch Pilots Fußball in die Luft geschleudert worden. Er hatte ihn einfach nicht richtig festgehalten. Und Sie verstehen? Der Jeep hatte ja kein Verdeck.

»Halt an!«, hat jetzt auch Sifiso gebrüllt. »Bist du verrückt, Thabo? Dreh um! Wir müssen ihn suchen!«

Was tut ein guter Privatdetektiv, wenn er hin- und hergerissen ist zwischen den Anforderungen seiner Ermittlungsarbeit und der Hilfe für seine Freunde? Ein guter Privatdetektiv entscheidet sich für seine Freunde, meine Damen und Herren, das täten Sie auch. Freunde sind das Wichtigste auf der Welt.

Ich habe den Wagen mit nur ganz wenig Rangieren mitten auf der Straße gewendet (es war keine Kunst, die Straße war frei) und bin ein Stück zurückgefahren.

»Konntest du den Ball nicht besser festhalten, Pilot?«, hat Emma gebrüllt. »Ich hab's ja gewusst, wenn wir die Kleinen mitnehmen, geht immer alles schief!«

Aber da hatte Emma sich dieses Mal getäuscht. (Wie übrigens schon öfter, wenn Sie sich an unsere letzten beiden Fälle erinnern.)

»So, jetzt aber schnell!«, habe ich gerufen, als ich den Jeep auf dem Sandstreifen vor den verlassenen Läden zum Halten gebracht habe. Heute lehnte nicht mal der schläfrige Mann an der Wand in der Sonne. »Alle aussteigen! Alle suchen!«

Das Gute an Pilots Ball war seine Farbe. Weil er weiß war, konnte man ihn leichter entdecken. Das Schlechte an Pilots Ball war, dass er nicht nur fliegen, sondern auch rollen konnte. Weil er rollen konnte, konnte er sonst wohin gerollt sein.

Und das Gute am hohen, vertrockneten Gras war, dass es den Ball ganz sicher abgebremst hatte. Das Schlechte am hohen, vertrockneten Gras war, dass man auch einen weißen Ball darin nicht so schnell entdecken konnte.

Wir sind alle fünf gebeugt durchs Gras gelaufen und haben auf den Boden gestarrt. Ich weiß nicht, wie lange es gedauert hat. Sehr lange jedenfalls.

Dann hat Emma plötzlich aufgeschrien. »Ich hab ihn!«, hat sie gebrüllt. Sie ist um die Ecke des verlassenen Friseurladens gestürmt gekommen und hat den Ball hoch in die Luft gehalten. »Ich hab ihn, wir können weiterfahren!« Aber das haben wir dann doch nicht getan.

Und warum nicht, meine Damen und Herren, warum wohl nicht? Ich erkläre es Ihnen: Jetzt, wo ich meine Aufmerksamkeit nicht mehr nur auf den Ball gerichtet habe, habe ich es plötzlich gehört.

Ein Klopfen. Ein ganz leises, helles Klopfen, fast so, als wenn ein Specht irgendwo im Busch gegen einen Baum pickt. Nur langsamer. Aber trotzdem ziemlich schnell.

»Seid mal still!«, habe ich gezischt. »Seid mal still, ich hör was!«

Es war klar, dass wir es jetzt alle gehört haben. Sifiso ist zur Seitenwand des Hardware Stores geschlichen, wo hinter einem Eisengitter ein einziges, ziemlich winziges Fester lag. Es war so staubig, dass man kaum ins Innere gucken konnte. Von diesem Fenster kam das Klopfen.

Sifiso ist zusammengezuckt. Er hat die Augen aufgerissen. Dann hat er uns mit einer wilden Handbewegung zu sich gewinkt.

Aber wir haben es nicht mehr bis zu dem Fenster geschafft.

36

»Hände hoch!«, hat plötzlich eine Männerstimme hinter uns gerufen. Und ich wusste sofort, dass ich sie kannte. Nur wem sie gehörte, wusste ich nicht sofort. »Alle sofort die Hände hoch! Ihr beiden Kleinen auch, los, los!«

Eine eiskalte Hand hat nach meinem Herzen gegriffen. (Keine wirkliche Hand, Sie verstehen. Man sagt es nur.) Und als ich mich umgedreht habe, habe ich direkt in die schwarze Mündung einer Pistole gesehen. Es war für mich natürlich nicht das erste Mal. Aber man gewöhnt sich nicht daran, meine Damen und Herren, glauben Sie mir: Man gewöhnt sich nicht daran. Auch wenn man schon in viele Pistolenmündungen geblickt hat wie ich, schlägt das Herz immer noch schneller, und man spürt einen eiskalten Schauer.

Aber ich habe nicht nur in die schwarze Mündung einer Pistole gesehen, ich habe auch in das Gesicht darüber gesehen. Und das war ein Gesicht, das ich kenne, seit ich bei Onkel Vusi lebe. Mir war dieses Gesicht nur nicht sofort zu der wütenden Stimme eingefallen, weil ich es hier nicht erwartet hatte.

»Joyful!«, habe ich gerufen. »Sipho Joyful! Was machst du denn hier?«

Sipho Joyful, natürlich! Und Sipho Joyful war auch der Mann gewesen, den ich in der Sonne an der Mauer hatte sitzen sehen, als wir gestern mit Babe Dlamini in rasendem Tempo an den verlassenen Läden vorbeigefahren waren! Kein Wunder, dass er nicht in den Ranger-Quartieren aufgetaucht war!

Die Hand mit der auf uns gerichteten Pistole hat ein bisschen gezittert. Sipho Joyful war schließlich wie immer nicht mehr ganz nüchtern. Ich hatte plötzlich Angst, dass unversehens ein Schuss losgehen würde, vielleicht sogar ohne dass Sipho es wollte. Bei Betrunkenen kann das ja ganz schnell passieren, man liest es immer wieder. Und ein Mensch, der sich im Rausch fast von einem Nilpferd umbringen lässt wie Sipho Joyful bei unserem letzten Fall, hat sich in diesem Zustand also ganz sicher nicht unter Kontrolle. Viele Morde geschehen im Rausch, das wird in Ihren Ländern nicht anders sein.

»Hast du nicht gehört?«, hat Joyful gebrüllt. (Es klang eher wie: »Hassunichehört?«) »Hände hoch! Sonst hast du gleich eine Kugel im Hirn!«

Ich habe nicht begriffen, *warum* Sipho Joyful sich so verhielt. Aber *was* ich in dieser Sekunde begriffen habe, war, dass Sipho Joyful es ernst meinte. Und ein Blick in Richtung Emma und Sifiso zeigte mir, dass sie es auch begriffen hatten.

Nur Pilot hatte andere Sorgen. »Mit Hände hoch fällt mir doch der Ball runter!«, hat Pilot gejammert und sich an das Wertvollste geklammert, was er besaß. Was für eine Antwort im Angesicht eines Pistolenlaufs!

»Hast du nicht gehört?«, hat Joyful wieder gebrüllt. Er hat Pilot den Ball mit solcher Wucht aus den Händen geschlagen, dass er zum zweiten Mal ins gelbe Gras gerollt ist.

Lemonade hat ihren berühmten hohen, schrillen Schrei ausgestoßen. Pilot und Lemonade haben beide erschrocken ihre Hände gehoben.

Sie denken jetzt vielleicht, dass das voreilig war. Wir waren schließlich fünf Kinder, und Sipho Joyful war nur einer! Und noch dazu betrunken! Hätten fünf nüchterne Kinder nicht versuchen können, einem betrunkenen Mann die Pistole zu entreißen und ihn zu überwältigen? Denken Sie das?

Bitte glauben Sie nicht, dass ich Sie für unerfahren halte, ngiyacolisa. Aber ich habe schon mehr Erfahrungen mit Männern mit Pistolen sammeln können, als mir lieb ist. Und mein guter Rat an Sie lautet: Versuchen Sie nie, einen Mann mit einer Pistole zu überwältigen, egal, ob Sie zu dritt oder zu fünft oder zu siebt sind! Es könnte sehr unglücklich für Sie ausgehen. Der Mann mit der Pistole ist immer in der besseren Position.

»Alle Handys auf den Boden!«, hat Sipho Joyful gebrüllt. (Dass es geklungen hat wie »allehännisaufnbohn« muss ich Ihnen jetzt schon gar nicht mehr erklären. Bitte denken

Sie sich doch Joyfuls betrunkene Aussprache in Zukunft selbst dazu.) »Wenn ich gleich bei einem von euch noch ein Handy entdecke, wird der sich wünschen, er wäre statt mir einem Nilpferd begegnet!« (Jedenfalls glaube ich, dass Sipho Joyful das gesagt hat.)

Und eine schlimmere Drohung kann man sich kaum vorstellen, das verstehen Sie. Mein Handy habe ich sofort in den roten Staub gelegt. Emma ihr Handy auch.

»Ich hab ja gar kein Handy!«, hat Lemonade trotzdem empört gesagt. »Pilot hat auch gar kein Handy! Du bist aber dumm, Babe!«

Lemonade versteht nie so richtig, wann es gefährlich ist.

»Thula!«, hat Joyful gebrüllt. (Es heißt: »Halt die Fresse!«, ngiyacolisa. Aber ein Gentleman muss ehrlich sein.) Er hat mit der Pistole vor Sifisos Gesicht hin und her gefuchtelt. »Dein Handy auch!«

»Seh ich aus, als ob ich ein Handy hätte?«, hat Sifiso geflüstert. Wieso war Sifiso so mutig? »Du kannst mich ja durchsuchen!«

Hier bei uns im Königreich glaubt jeder einem Kind, wenn es sagt, dass es kein Handy hat. (Nur Emma hätte Sipho Joyful nicht geglaubt, das war klar.) Aber zur Strafe hat er Sifiso mit der Pistole auf den Kopf gehauen. Zum Glück hat sich dabei kein Schuss gelöst.

»Dann alle ins Haus!« Jetzt hat Sipho uns mit der Hand, die die Pistole hielt, ums Haus herum und dann durch die offen stehende Ladentür gescheucht.

Hinter der Ladentür lag direkt der leere Verkaufsraum des Hardware Stores und auf einen Schlag wurde es kühler. Alle Fenster waren voller Staub und Spinnweben, sodass man die Gitter davor von innen kaum erkennen konnte. Aber ich wusste ja, dass die Gitter da waren. Sobald Sipho Joyful die Tür hinter uns abgeschlossen hatte, würden wir gefangen sein.

»Na, wird's bald? Da rein!«, hat er gerufen. Hinter dem Tresen standen auf den staubigen Regalen, die noch immer an der Rückwand aufgereiht waren, mindestens zwanzig Bierdosen. (Windhoek Lager.) Mit dem Fuß stieß ich in der Dämmerung an eine leere Dose, die scheppernd über den Boden rollte und dabei gegen andere leere Dosen stieß, bis es ein blechernes Konzert gab. »Ngiyacolisa!«, habe ich erschrocken geflüstert.

Aber Sipho hat mich schon in den Rücken geboxt. »Keinen Lärm!«, hat er gebrüllt. (Was ein Widerspruch war, haben Sie es bemerkt? Sein Gebrüll war natürlich viel lauter als das Dosenkonzert.)

Zwischen den Regalen hat er eine kleine Tür geöffnet. Dahinter lag der ehemalige Lagerraum, das war klar. Der Lagerraum, gegen dessen Fenster eben jemand von innen geklopft hatte.

Ich will Ihre Intelligenz nicht beleidigen, indem ich Ihnen erzähle, *wer* gegen das Fenster geklopft hatte. Sicher ahnen Sie es längst. Vielleicht haben Sie es schon geahnt, als ich das Klopfen zum ersten Mal erwähnt habe? Dann waren Sie klüger als ich, ich schäme mich. Schließlich bin *ich* der private Ermittler.

»Auntie!«, hat Emma gerufen und ist auf Miss Agatha zugestürzt, die auf dem Boden saß, an die Wand gelehnt und wieder mit diesem bunten Strickzeug in der Hand. Glauben Sie mir, dass das ein tröstlicher Anblick war? Dabei war sie nur eine strickende alte Dame! Eish! Was konnte Miss Agatha uns gegen den wütenden, betrunkenen Sipho Joyful schon nützen? Und trotzdem hat mein Herz auf einmal wieder langsamer geschlagen. »Was machst du denn hier, Auntie?«

Nun werden Sie finden wie ich, dass das eine dumme Frage von Emma war. Eine sehr dumme Frage in dieser Situation! Wir wussten ja schließlich, was Miss Agatha hier tat. Aber wenn man gerade in die Mündung eines Pistolenlaufs geblickt hat, darf man schon mal ein bisschen verwirrt sein.

»Setzt euch doch, Kinder!«, hat Miss Agatha gesagt, als wären wir im Garten ihres Cottage gerade rechtzeitig zum Tee aufgetaucht. »Wie schön, euch zu sehen!« Dann hat sie die Stirn in Falten gelegt. »Oder vielleicht doch nicht so schön, wenn ich die Umstände bedenke! Aber wir müssen eben das Beste daraus machen!« Dann haben ihre Nadeln schon wieder geklappert.

»Thula!«, hat Sipho Joyful wieder gebrüllt. Aber Miss Agatha die Pistole auf den Kopf zu hauen, hat er sich doch nicht getraut. Vielleicht aus Respekt vor dem Alter. »Alle auf den Boden!«

Sogar Pilot und Lemonade haben sich blitzschnell hingesetzt.

»Und Ruhe!«, hat Joyful gebrüllt. Dann hat er die Tür zugeschlagen. Der Schlüssel hat sich draußen im Schloss gedreht. Wir waren gefangen.

37

»So!«, hat Miss Agatha grimmig gesagt. »Jetzt geht er zu seinen Dosen!« Dann hat sie gelächelt. »Aber wie gesagt: Was für eine schöne Überraschung, euch zu sehen! Obwohl – wenn ich ehrlich bin, ist es gar keine Überraschung. Ich habe mit euch gerechnet. Schließlich ist Thabo nicht umsonst in der Ermittlungsarbeit geschult!«

Vielleicht war Miss Agatha deshalb so gelassen? Weil sie die ganze Zeit überzeugt gewesen war, dass ich sie finden würde? Das hat mich stolz gemacht.

Andererseits hatten wir uns schnappen und einsperren lassen und damit alle Hoffnung auf Rettung zunichtegemacht, darauf konnten wir nicht so stolz sein. Und wenn ich ganz ehrlich war, hatten wir Miss Agatha eigentlich nur durch Zufall gefunden. Nur weil Pilot seinen Ball nicht richtig festgehalten hatte.

Aber wie ich schon sagte: Fast immer hängt alles mit allem zusammen. Und darum hatten wir sie, wenn man es recht bedachte, im Grunde eben *doch* durch unsere Ermittlungsarbeit gefunden. Sie verstehen: Wenn wir gestern nicht den Viehdieben gefolgt wären (Ermittlungsarbeit!), hätten uns auf der Rückfahrt nicht die französischen Touristen mitnehmen können, und wenn uns nicht die französischen Touristen mitgenommen hätten, hätten sie Pilot nicht den Ball schenken können, und wenn sie Pilot nicht den Ball geschenkt hätten, wäre er eben nicht aus dem Auto geflogen, und wenn der Ball nicht aus dem Auto geflogen wäre … Ja. Es war, wie Reverend Hlophe immer sagt: Die Wege des Herrn sind unergründlich, aber sie führen zum Ziel. Dieses Mal waren die Wege des Herrn ziemlich unergründlich gewesen, geradezu verschlungene Umwege, aber ohne Frage hatten sie trotzdem zum Ziel geführt. Wir hatten Miss Agatha gefunden.

»Aber wieso sind Sie denn überhaupt hier eingesperrt, Miss Agatha?«, habe ich gefragt. »Wir verstehen das nicht richtig!«

Natürlich hegten wir längst einen starken Verdacht, wie Sie wissen, nur war mir ein Rätsel, wieso hier plötzlich Sipho Joyful aufgetaucht war.

Miss Agatha hat ihr Strickzeug sinken lassen. »Ich grübele auch schon die ganze Zeit!«, hat sie gesagt. »Warum? Warum hat er das getan?«

»Babe Buyisiwe Dlamini?«, hat Sifiso gefragt.

»Woher wisst ihr das?«, hat Miss Agatha gerufen. »Sifiso, wirklich, Miss Marple würde erbleichen vor eurem Scharfsinn!«

Aber jetzt ist Sifiso sozusagen erbleicht vor dem falschen Lob.

»Nein, nein, das war alles Zufall!«, habe ich gesagt. (Doch nach dem, was ich oben über die verschlungenen Wege erklärt habe: Können wir da tatsächlich noch von Zufall sprechen?) »Ich hab Ihre Handyschale in Babe Dlaminis BMW X5 gefunden!«

»Ah!«, hat Miss Agatha zufrieden gesagt. »Da war sie also! Ich hatte mich schon gefragt!«

War es nicht ein Glück, dass Emma uns so billige Handyschalen geschenkt hatte? Bessere Handyschalen hätten sich nicht gelöst. Dann wäre unser Verdacht niemals auf Dlamini gefallen.

»Ja, aber wie hat Babe Dlamini Sie denn nun entführt, Miss Agatha?«, habe ich noch einmal gefragt. »Und warum hat er das getan?«

»Er wollte Lösegeld haben, Thabo!«, hat Sifiso ungeduldig gerufen. »Das ist doch inzwischen ganz klar, er hat doch seine Lösegeldforderung geschrieben! Zwanzigtausend Emalangeni! Was für einen Grund brauchst du denn noch?«

»Ich glaube nicht, dass ein reicher Mensch wie Buyisiwe für lächerliche zwanzigtausend einen Menschen entführt!«, hat Miss Agatha gesagt. »Es muss etwas anderes dahinterstecken!« Und sie hat die Stirn in Falten gelegt und den Mund vorgestülpt, wie Miss Marple es macht. Darum habe ich gedacht, dass ihr die Lösung bestimmt gleich einfallen würde.

Sifiso hat Miss Agatha angestarrt. Sifiso findet zwanzigtausend Emalangeni nicht lächerlich.

Und ich habe eine winzige Sekunde lang überlegt, ob Babe

Dlamini Miss Agatha vielleicht einfach entführt hatte, um sie mit Verspätung doch noch zu seiner zweiten Frau zu machen. Ohne Lobola zu zahlen! Es war nicht sehr wahrscheinlich, die Schönste auf jedem Fest war Miss Agatha inzwischen schließlich bestimmt nicht mehr. (Ngiyacolisa, wenn das nach mangelndem Respekt klingt. Ein privater Ermittler, anders als ein Gentleman, kann darauf manchmal keine Rücksicht nehmen.) Aber es konnte trotzdem sein.

»Ihr erinnert euch an den Nachmittag, als Buyisiwe und Reverend Hlophe bei mir waren, Emma und Thabo?«, hat Miss Agatha gefragt.

»Und Inspector Gwebu!«, habe ich gesagt.

Miss Agatha hat genickt. »Ja, Quinton auch!«, hat sie gesagt. »Jedenfalls: Als sie alle drei abgefahren waren und wir eigentlich fertig aufgeräumt hatten, Dumisani und ich, bin ich noch mal kurz nach draußen gegangen, um die Kissen ins Haus zu bringen, damit sie in der Nacht nicht nass vom Tau werden. Und mein Strickzeug wollte ich auch holen. Ich will mir also gerade das Strickzeug vom Tisch schnappen, da klingelt es plötzlich, und da hattest du wohl dein Handy aus Versehen bei mir liegen lassen, Thabo! Natürlich bin ich rangegangen …«

Das war gar nicht mein Handy!, wollte ich sagen. »Gucken Sie mal, hier ist doch …« Aber Miss Agatha hat sich nicht unterbrechen lassen.

»Ich weiß, man geht eigentlich nicht an ein fremdes Handy, aber es hätte ja eine wichtige Nachricht sein können!«

»Das war …«, habe ich noch mal angefangen. Zu Ende sprechen konnte ich nicht, dafür war Miss Agatha zu sehr in Fahrt.

»›Heute Nacht musst du canceln!‹, hat eine Männerstimme gesagt. Es hat ein bisschen geknackt, aber ich glaube, es war dein Onkel Vusi! ›Sie sind verschwunden! Wir sollten …‹ – ›Geht es um die Nacht-Safari, Vusi?‹, habe ich dann gefragt. ›Wer ist denn verschwunden?‹ Aber da hat es am anderen Ende nur noch geknackt. Dass die Verbindung bei uns auch manchmal so schlecht sein muss! Vusi hat dir dann sicher persönlich erzählt, worum es ging, Thabo.«

»Nein, weil das nämlich …«, habe ich es ein weiteres Mal versucht, aber dieses Mal war es Emma, die mich nicht hat ausreden lassen.

»Ja, das ist sicher sehr interessant, Auntie!«, hat sie ungeduldig gesagt. »Und ich höre auch gerne noch mehr von gecancelten Nacht-Safaris! Aber eigentlich wolltest du uns doch erzählen, was mit Babe Dlamini war!«

»Nun hab doch mal ein bisschen mehr Geduld, Emma!«, hat Miss Agatha gesagt und über ihrem Strickzeug den Kopf geschüttelt. »Ja, also, ich hab das Handy noch fester an mein Ohr gepresst, weil es ja schließlich sein konnte, dass dann doch noch was zu hören gewesen wäre, da ist auf einmal Buyisiwe wieder um die Ecke gekommen. Er hat gestutzt, als er mich mit dem Handy am Ohr gesehen hat, und dann hat er gerufen: ›Da bist du ja, Agatha! So ein Glück, dass du noch nicht ins Bett gegangen bist! Ich muss dir unbedingt etwas zeigen!‹«

»Und was?«, hat Emma gefragt und sich gespannt vorgebeugt.

Miss Agatha hat die Achseln gezuckt. »Das hab ich ihn auch gefragt!«, hat sie gesagt. »›Was musst du mir zeigen, Buyisiwe?‹, habe ich gefragt. ›Hat das nicht Zeit bis morgen?‹ Aber er hat sehr geheimnisvoll getan und mich am Arm zu seinem neuen Wagen geführt. Da bin ich mitsamt dem Strickzeug und dem Handy neben ihm eingestiegen, Buyisiwe war so aufgeregt und klang so begeistert! ›Reverend Hlophes Turm!‹, hat er gerufen. ›Jetzt weiß ich, wie der Reverend zu seinem Turm kommen kann!‹«

»Und wie?«, hat Emma gefragt.

38

Aber ich habe den Kopf geschüttelt. »Das war nur ein Trick, oder, Miss Agatha?«, habe ich gesagt. Ich kenne die Methoden der Verbrecher. »Er wollte Sie nur in sein Auto locken?«

»So ist es, Thabo!«, hat Miss Agatha gesagt. »Aber das habe ich doch nicht gleich begriffen! Ich dachte, Buyisiwe wäre wirklich etwas eingefallen, um Reverend Hlophe seinen größten Wunsch zu erfüllen!« Sie hat geseufzt. »Und ich kenne Buyisiwe doch schließlich schon mein Leben lang! Da habe ich mir doch keine Sorgen gemacht!«

Das konnte ich verstehen. Ich hätte mir auch keine Sorgen gemacht.

»›Aber wohin fahren wir denn, Buyisiwe?‹, habe ich gefragt. Da habe ich dieses Klicken gehört, mit dem man die Autotüren von innen versperrt. Ihr könnt euch vorstellen, dass mir da doch ein bisschen mulmig geworden ist!«

»Es tut mir leid für Sie, Miss Agatha!«, hat Sifiso gesagt.

»Und dann!«, hat Miss Agatha gerufen. »Als wir kaum aus meiner Ausfahrt heraus und auf der Straße waren, hat Buyisiwe den Wagen plötzlich scharf abgebremst. ›Handy her!‹, hat er gesagt. Ihr könnt euch vorstellen, wie überrascht ich war! Und außerdem hatte ich ja auch gerade zwei Handys bei mir, deins, Thabo, und meins. Ich hab ihm also vorsichtshalber auch beide gegeben. Meins hat er gleich auf die Rückbank geschmissen.«

»So ist die Schale da also hingekommen!«, hat Emma gerufen. »Klar, dass die abgefallen ist!«

»Ja, jedenfalls«, hat Miss Agatha streng gesagt, »allmählich hat mir gedämmert, dass wir nicht nur zu einem kleinen Abendausflug unterwegs waren, um uns irgendwo Kirchenglocken im Sonderangebot anzusehen!« Dabei hat sie ihr Miss-Marple-Gesicht gemacht. »Glaubt ihr, dass ich gegrübelt habe? Warum tut Buyisiwe so etwas? Mein alter Freund Buyisiwe, der mich zu seiner zweiten Frau nehmen wollte? Einen Augenblick habe ich sogar vermutet, dass er mich quasi verspätet deshalb entführt hat! Eine romantische Entführung aus Gründen der Liebe!« Sie hat geseufzt, und ich habe gedacht, dass Miss Agatha und ich da also beide dasselbe vermutet hatten. Aber beide nur kurz. »Dann ist mir klar geworden, dass das wohl kaum sein konnte. Wer entführt schon so eine alte Schabracke wie mich aus Gründen der Liebe!«

»Sie sind keine alte Schabracke, Miss Agatha!«, hat Sifiso wieder höflich gesagt. Aber Miss Agatha hat abgewinkt.

»Jedenfalls hat er danach während der Fahrt die ganze Zeit telefoniert. Mit deinem Handy! Wahrscheinlich, um sein Guthaben zu sparen. Dass er geizig ist, wissen wir ja inzwischen! Und als wir hier angekommen sind, stand schon dieser grässliche Sipho Joyful vor der Tür mit einem Rucksack voller Bierdosen, und Buyisiwe hat ihm den Schlüssel und eine Pistole gegeben. Ich kann und kann mir nicht erklären, was euer versoffener Ranger mit Buyisiwe zu schaffen hat! Und warum halten sie mich überhaupt hier fest?« Die Stricknadeln haben geklappert.

»Mich auch!«, hat Lemonade vorwurfsvoll gesagt. »Ich will nach Hause! Der Mann ist nicht nett!«

Darum also war Sipho Joyful seit zwei Tagen nicht mehr in den Ranger-Quartieren von Lion Lodge aufgetaucht! Er war keineswegs in einer Shebeen verloren gegangen. Obwohl der Laden mit den vielen Dosen ja inzwischen kaum anders aussah als eine Shebeen.

Miss Agatha hat weitergesprochen. »Die beiden Männer haben sich dann noch kurz unterhalten, ohne dass ich sie verstehen konnte, dann ist Buyisiwe weggefahren. Und seitdem sitze ich hier. Zum Glück habe ich wenigstens mein Strickzeug.«

»Und Sie haben wirklich überhaupt keine Ahnung, warum?«, habe ich gefragt.

»Er will das Lösegeld!«, hat Sifiso wieder gerufen. »Warum glaubt mir das denn keiner?«

Ich habe überlegt, dass Babe Dlamini an dem Nachmittag bei Miss Agatha tatsächlich gesagt hatte, seine Geschäfte liefen nicht so gut, wie sie laufen könnten. Hatte er Miss Agatha also tatsächlich wegen des Lösegelds entführt? Aber warum dann ausgerechnet Miss Agatha? Andererseits: Für wen sonst hätte er bei uns in Hlatikulu zwanzigtausend Emalangeni fordern können? Eish!

»Kann sein!«, habe ich gemurmelt. »Kann alles sein!«

»Es ist natürlich nicht sehr bequem hier!«, hat Miss Agatha gemurmelt und konzentriert auf ihr Strickzeug geguckt. (Ich weiß, dass englische Frauen normalerweise nicht auf dem Boden sitzen wie die Frauen bei uns im Königreich. Es gelingt ihnen darum auch nicht so gut. Es ist anstrengend für sie, die ganze Zeit ihre Beine geschlossen vor sich auszustrecken.) »Aber wenigstens habe ich den Pullover für Dumisanis neues Enkelkind fast fertig gestrickt. Nur noch abketten! So hat doch alles im Leben seinen Sinn und seinen Nutzen.«

Ich habe nicht gesagt, dass noch überhaupt nicht klar war, ob Miss Agatha Dumisani jemals wiedersehen würde. Nicht, wenn Sipho Joyful im Rausch irgendwann seine Pistole abfeuern würde! Dann hätte Miss Agatha ganz umsonst gestrickt.

»Aber dieser Sipho Joyful ist wirklich unerträglich!«, hat sie gesagt. »Was für ein Benehmen! Er hätte längst rausgeschmissen werden müssen aus seinem Ranger-Job, sag das bitte deinem Onkel Vusi, Thabo! Aber zumindest wird er jetzt Ärger kriegen.«

»Wieso wird er Ärger kriegen?«, hat Emma gefragt.

Das habe ich mich auch gefragt. Im Augenblick sah es nicht so aus, als würde Inspector Gwebu uns demnächst zu Hilfe kommen. Der hätte Sipho Joyful dann natürlich gleich einsammeln und in seine Zelle sperren können.

»Weil er mich hat entwischen lassen, natürlich!«, hat Miss Agatha trotzdem zufrieden gesagt. Ich liebe es, wenn Miss Agatha ihr Miss-Marple-Gesicht macht! »Und euch auch! Ich werde sofort Quinton Bescheid sagen. Der kann dann gleich auch noch Buyisiwe wegen Entführung einsperren!«

In den Filmen ist Miss Marple auch immer voller Zuversicht, dass sie es den Verbrechern schon zeigen wird. Nur Mr Stringer ist meist nicht ganz so zuversichtlich. Und im Augenblick habe ich mich eher wie Mr Stringer gefühlt. Ich habe mich gefragt, wieso Miss Agatha glaubte, dass wir Sipho Joyful mit seiner Pistole entwischen konnten.

Miss Agatha hat mit ihrem Strickzeug in der Luft herumgefuchtelt. »Jetzt ist der Pullover ja fertig!«, hat sie gerufen. »Da muss ich mir keine Sorgen mehr machen, dass ich womöglich Maschen verliere! Ich halte Sipho die Nadeln an den Hals!«

»Das ist gemein!«, hat Lemonade gerufen. »Das darfst du nicht, Miss Agatha!«

Aber Miss Agatha hat Lemonade gar nicht beachtet.

»Er hat doch eine Pistole, Miss Agatha!«, habe ich gesagt. »Was sind denn Stricknadeln gegen eine Pistole? Er braucht einfach nur einen von uns damit zu bedrohen und zu sagen, dass er abdrückt, dann müssen Sie die Nadeln sinken lassen! Was sind denn Stricknadeln gegen eine Pistole!«

Aber Miss Agatha hat nur gelächelt. »Mal sehen, wie laut ihr brüllen könnt!«, hat sie gesagt.

39

Und wir konnten sehr laut brüllen, glauben Sie mir! Wenn eine alte Dame und fünf Kinder aus voller Kehle zusammen einen Namen rufen, und wenn Sifiso, Emma, Lemonade, Pilot und ich diese fünf Kinder sind, dann könnte man leicht Angst bekommen, dass davon die Wände einstürzen.

Sie haben verstanden, was da gerade vor sich ging, meine Damen und Herren, Sie haben verstanden?

»Sipho!«, haben wir alle gebrüllt, so laut wir konnten. »Sipho Joyful!«

Emma hat stattdessen »Sipho Saufnase!« gebrüllt, und Lemonade hat ihren Schrei ausgestoßen. Ich bin sicher, dass man uns draußen sogar in den vorbeifahrenden Autos hören konnte, die ihre Fenster hochgekurbelt und die Klimaanlage eingeschaltet hatten. Nie haben sechs Menschen lauter gebrüllt.

Darum hat es auch nicht lange gedauert, bis wir draußen den Schlüssel im Schloss gehört haben. Aber das Aufschließen hat ein bisschen gedauert. Offenbar konnte Saufnase Sipho mit seinen zittrigen Fingern das Schlüsselloch nicht sofort finden. Wir waren alle bereit.

Die Tür ist mit einem Ruck nach innen aufgegangen, und Sipho Joyful hat uns aus geröteten Augen angestarrt.

»Was soll das?«, hat er gebrüllt. Er hat ein klein wenig geschwankt. Die Hand, die am Gürtel nach seiner Pistole gesucht hat, hat danebengegriffen. Wahrscheinlich hatte Sipho in der Zwischenzeit nicht nur *eine* weitere Dose Bier geleert. Das konnte uns jetzt ja nur recht sein!

»Ruhe jetzt! Sonst …«

Aber bevor seine Hand die Pistole finden konnte, sind wir schon alle zusammen auf ihn losgestürzt.

Ich habe mir sofort seine Pistole geschnappt, es war kein Problem. Lemonade und Pilot haben sich an seine Beine geklammert, und Miss Agatha ist wie ein aufgebrachtes Nilpferd mit ihren Nadeln auf ihn losgegangen. Sie hat ihm eine rechts und eine links gegen den Hals gepresst. Weil Sifiso und Emma Joyfuls Hände festhielten, konnte Sipho Miss Agathas Hände nicht wegschlagen und hat nur ganz merkwürdig gegurgelt. »So!«, hat Miss Agatha gerufen. »Was hast du auch für ein erbärmliches Benehmen, du alter Säufer!«

Sipho hat ausgesehen, als ob er gar nicht richtig verstand, was hier gerade passierte. In diesem Zustand hätte er vermutlich ohnehin nicht mehr viel kapiert.

»Auf den Boden!«, habe ich gerufen. Ich kannte es aus Miss Agathas Filmen, und wenn ich schon gezwungen war, einem Verbrecher seine Pistole abzunehmen, dann wollte ich wenigstens alles richtig machen. »Die Pistole ist jetzt auf dich gerichtet! Eine falsche Bewegung, und ich drücke ab!«

Ich habe schon einmal eine Pistole in der Hand gehalten, meine Damen und Herren, bei unserem ersten Fall. Ich muss Ihnen sagen: Es ist kein gutes Gefühl. Der Gedanke, dass eine winzige Bewegung des Zeigefingers ein Menschenleben auslöschen kann, macht mir Angst. Man möchte kein Menschenleben auslöschen. Man möchte nicht einmal das Leben eines Tsotsi wie Sipho Joyful auslöschen. Aber das musste Sipho ja nicht wissen.

Miss Agatha hat geseufzt. »Dann nehme ich jetzt also die Nadeln von deinem Hals, damit du Thabo gehorchen und dich auf den Boden setzen kannst, Joyful!«, hat sie grimmig gesagt. »Ich hoffe, es wird dir in deinem netten, kleinen Gefängnis gefallen! Inspector Gwebu holt dich dann irgendwann wieder hier raus!«

Einen Augenblick habe ich überlegt, ob wir einfach unseren Gefangenen ausfragen sollten, was er denn mit Babe Dlamini zu tun hatte und worum es bei der Entführung überhaupt ging. Aber jeder konnte sehen, dass es keinen Sinn gehabt hätte. In seinem Zustand konnte sich Sipho wahrscheinlich nicht mal mehr an seinen eigenen Namen erinnern.

»Ja, freu dich schon mal auf Inspector Gwebu!«, hat Emma gesagt.

Sipho Joyful hat sie angestarrt. Vielleicht konnte er sich auch nicht erinnern, wer Inspector Gwebu war. »Wenn Babe Dlamini erfährt, dass ihr mir entwischt seid …«, hat er geflüstert. Es klang, als wäre er durch den Schock fast wieder nüchtern geworden. »Babe Dlamini wird mich erschießen! Wo er doch sowieso schon ... Babe Dlamini wird ...«

»Babe Dlamini wird dich gar nicht zu Gesicht bekommen!«, habe ich gesagt. »Den wird Inspector Gwebu nämlich auch gleich einsperren! Aber vielleicht trefft ihr euch dann ja in der Zelle!«

Sipho Joyful hat gewimmert.

»Ja, jetzt wird es eng im Polizeiposten Debedebe!«, hat Emma zufrieden gesagt.

Wir hatten schon fast die Lagerraumtür hinter uns zugezogen, als Sipho Joyful sich noch einmal gemeldet hat.

»Mein Bier!«, hat er gerufen. »Gebt mir wenigstens meine Dosen!«

Ich habe Sifiso angestarrt, und der hat den Kopf geschüttelt. Aber wir mussten Sipho sowieso gar nichts antworten.

»Die kriegst du nicht, böser Mann!«, hat Lemonade empört gerufen. »Bier ist nicht gut für Leute, wusstest du das nicht?«

Dann haben wir den Schlüssel im Schloss gedreht, ihn abgezogen und ganz oben auf eins der leeren Regalbretter gelegt. Eine Weile musste Sipho es jetzt ohne Bier und Buganu aushalten.

40

»Haben wir das nicht gut gemacht, Kinder?«, hat Miss Agatha zufrieden gesagt. »Miss Marple wäre stolz auf uns! – Wie seid ihr überhaupt hergekommen?« Sie hat mir (ohne zu fragen) die Pistole abgenommen und sie in ihren Rockbund gesteckt. »Besteht eine berechtigte Hoffnung auf ein Fahrzeug, oder müssen wir laufen?«

Miss Agatha weiß ja, dass ich gut Auto fahren kann. Da durfte sie eine berechtigte Hoffnung auf ein Fahrzeug haben.

»Ihr eigener Wagen steht vor der Tür, Miss Agatha!«, habe ich gesagt. »Wir haben ihn ausgeliehen, ngiyacolisa! Wenn wir uns ein bisschen zusammenquetschen, passen wir alle rein.«

Miss Agatha hat gelächelt. »Dann nichts wie weg!«, hat sie gesagt. Ich hatte ja gewusst, sie würde nichts dagegen haben, dass wir für wichtige Ermittlungen ihren Wagen genommen hatten.

Aber leider hat Miss Agatha mir dann ein Zeichen gegeben, dass sie ihre Autoschlüssel haben wollte. Sie wollte also selbst fahren. Sie wissen, wie Miss Agatha fährt, meine Damen und Herren, mir hat nichts Gutes geschwant.

Und Sifiso hat es sich schon auf dem Beifahrersitz bequem gemacht. »Hinten einsteigen, oder ihr lauft zu Fuß nach Hause, Pilot und Lemonade! Entscheidet euch!«

Zum Glück hatte Pilot in der Zwischenzeit den Ball wiedergefunden, den Sipho Joyful ihm aus der Hand geschlagen hatte.

»Die Handys!«, hat Emma gerufen und ist noch mal zurück in den Laden gesprintet.

»Los, los, los!«, hat Sifiso gebrüllt. Es stimmt, die beiden Kleinen sind manchmal ein bisschen trödelig. Und jetzt auch noch Emma. »Wird das heute noch was?«

»Sifiso!«, hat Miss Agatha tadelnd gerufen. Ich hatte es schon gesagt: Miss Agatha liest Artikel über Kindererziehung in Zeitschriften aus anderen Ländern. Aus diesen Zeitschriften weiß sie, dass man Kinder nicht anschreien soll. Schlagen auch nicht. »So kannst du doch nicht mit deinen Geschwistern umgehen!« (Emma war ihr wohl ganz egal.)

Aber jetzt konnte Miss Agatha mal etwas lernen. Lemonade hat wütend den Kopf vorgestreckt wie ein Nashorn vor dem Angriff und die Lippen zusammengekniffen, aber trotzdem ist sie nach hinten auf die Rückbank geklettert. Und Pilot auch. (Es war ein bisschen eng zu viert.) Vielleicht hat Miss Agatha da endlich verstanden, warum Sifiso mit seinen kleinen Geschwistern so streng sein muss. Ich weiß nicht, ob die Ratschläge aus den Zeitschriften genauso gut funktioniert hätten.

Auf alle Fälle hat Miss Agatha nun den Motor angelassen. »Ah!«, hat sie gerufen. »Zurück in der Freiheit!« Dann wollte sie losbrausen. Richtung Lion Lodge.

Aber ich habe ihr schnell die Hand auf die Schulter gelegt. »Als Erstes vielleicht Inspector Gwebu anrufen, Miss Agatha?«, habe ich gesagt. »Der muss doch Sipho Joyful hier abholen! Und dass Babe Dlamini Sie entführt hat, muss er auch wissen, der gehört doch genauso ins Gefängnis! Der Inspector wollte zu einer Beerdigung in Lomahasha. Bestimmt ist die aber jetzt längst vorbei. Dann hat er sein Handy wieder eingeschaltet.«

Miss Agatha hat sich mit der Hand gegen die Stirn geschlafen. »Natürlich!«, hat sie gesagt. »Immer alles schön der Reihe nach.« Dann hat sie auf das Handy in meiner Hand gestarrt. »Wieso hast du denn dein Telefon, Thabo? Hat Buyisiwe es dir zurückgegeben?«

»Das auf Ihrem Tisch war gar nicht mein Handy, Miss Agatha! Das wollte ich Ihnen schon die ganze Zeit sagen!«, habe ich gesagt. Dabei habe ich gewartet, dass Inspector Gwebu das Gespräch annehmen sollte. »Es könnte sein …« Seit Miss Agatha von dem Telefonanruf berichtet hatte, ratterten wieder die Zahnräder in meinem Gehirn. Wem gehörte dieses Handy? Wer war der Anrufer gewesen? Und was musste gecancelt werden? Wenn doch alles immer mit allem zusammenhing … Aber jetzt musste ich erst mal Inspector Gwebu informieren.

Sie ahnen es natürlich längst, ich hätte es gar nicht zu versuchen brauchen. Inspector Gwebu hatte sein Handy immer noch ausgeschaltet.

»Dann versuchen wir es eben von unterwegs!«, hat Miss Agatha gesagt und den Zündschlüssel jetzt tatsächlich im Schloss gedreht. »Los geht's, Kinder!«

Ich habe Emma über die Köpfe von Pilot und Lemonade einen Blick zugeworfen. Wir haben uns beide am Sitz festgekrallt. Jetzt ist Miss Agatha wahrscheinlich haargenau so gefahren wie ich vorhin. (Es fühlt sich anders an, wenn man nicht selbst hinter dem Steuer sitzt.)

Aber plötzlich ist der Wagen ein bisschen langsamer geworden. »Habe ich mich überhaupt schon bei euch bedankt?«, hat Miss Agatha ganz erschrocken gerufen. (Sie sehen, eine echte Lady vergisst so etwas niemals, die Höflichkeit gebietet es.) »Habe ich mich bei euch dafür bedankt, dass ihr nach mir gesucht habt, Kinder?«

Lemonade hat den Kopf geschüttelt. »Wir haben dich gar nicht gesucht, Miss Agatha!«, hat Lemonade gesagt. »Wir haben dich nur gefunden!«

Miss Agatha hat gerade einen Bus überholt, aus dessen Auspuff so viel schwarzer Qualm kam wie sonst nur von einem Feuer mit feuchtem Holz. »Wie, ihr habt mich also ganz zufällig gefunden, Lemonade?«, hat sie gesagt, nachdem wir am Bus vorbei waren und wieder atmen konnten. »Ganz und gar zufällig?« Sie ist scharf auf die Bremse getreten, als sie vor sich eine Schildkröte auf der Straße entdeckt hat. Eigentlich sind Schildkröten weise, das wissen

Sie. Schildkröten lassen sich Zeit und überstürzen nichts, so vermeiden sie viele Fehler. Aber wenn so eine Schildkröte in ihrem langsamen Tempo eine Straße überquert – ja, meine Damen und Herren. Ja.

Zum Glück hatte Miss Agatha sie noch rechtzeitig entdeckt. Miss Agatha hat sogar mit eingeschalteter Warnblinkleuchte abgewartet, bis die Schildkröte die andere Straßenseite erreicht hatte. Deshalb konnten auch die Fahrzeuge hinter uns die Schildkröte nicht überrollen. »Ganz und gar zufällig habt ihr mich gefunden, Lemonade? Na, das soll mir auch recht sein!« Und sie hat wieder Gas gegeben.

Und Emma und ich haben uns weiter Blicke zugeworfen. Warum hatten wir Miss Agatha eigentlich nicht längst die ganze Geschichte erzählt? Weil es sich so gut anfühlte, dass sie glaubte, wir wären zielstrebig zu ihrer Rettung aufgebrochen und hätten sie dann befreit wie der Prinz die Prinzessin in den Märchen, die aus Ihren Ländern zu uns kommen?

Ich habe Emma ein Zeichen gegeben. Warum sollten wir Miss Agatha nicht unsere ganze Geschichte erzählen? Befreit hatten wir sie ja auf jeden Fall, auch wenn wir ursprünglich gar nicht mit diesem Ziel aufgebrochen waren.

»Na ja, eigentlich, Auntie!«, hat Emma gesagt und mir einen letzten fragenden Blick zugeworfen. Ich habe genickt. Es war nur vernünftig, dass wir Miss Agatha jetzt wieder als unsere Partnerin bei der Ermittlungsarbeit betrachteten. Alles, was ich über die Aufklärung von Verbrechen wusste, wusste ich schließlich aus den Filmen, die ich mit ihr zusammen gesehen hatte. Darum musste Miss Agatha jetzt endlich alles über den Stand unserer Ermittlungen erfahren. »Eigentlich haben wir dich wirklich nicht gesucht vorhin. Eigentlich haben wir die Viehdiebe verfolgt.«

»Was? Welche Viehdiebe?«, hat Miss Agatha gerufen und schon wieder eine Vollbremsung gemacht. Ganz ohne Grund. Keine Ziege oder Kuh oder Schildkröte weit und breit.

Lemonade und Pilot sind vom Sitz in den Fußraum gerutscht und erschrocken wieder nach oben geklettert.

Wir haben also angefangen, alles zu erzählen. Zuerst natürlich Emma (Sie wissen, Emma ist sehr ungeduldig), dann Sifiso und dann ich. Ein bisschen sind wir uns gegenseitig ins Wort gefallen.

Wir haben von Sipho und seinen Lobola-Rindern erzählt und wie Emma und ich in den Lastwagen der Filmleute geklettert sind und dass es darin keine Filmausrüstung gab, nur die Matratze, weshalb wir sie schließlich auch verdächtigt hatten, Miss Agatha entführt zu haben; dass der Boden im Wagen von rotem Staub bedeckt war, vermutlich vom Rindertransport; und dass die Filmleute zum Gobolondo gefahren waren, genau dorthin, wo PC Sipho Godbless die gestohlenen Rinder gekauft hatte. Nicht mal davon wusste Miss Agatha ja! Erst jetzt ist mir klar geworden, wie lange sie schon gefangen gewesen war. Natürlich, sonst hätte sie es ja wohl auch kaum geschafft, einen ganzen Pullover für Dumisanis Enkelkind zu stricken. Am Schluss haben wir noch erzählt, wie wir heute dem Lastwagen gefolgt waren und wie Pilot der Ball aus dem Jeep geflogen war.

»Und auf dem Lastwagen stand früher ursprünglich ›Happy Meat‹!«, hat Sifiso am Schluss noch gesagt. »Das ist nur übergemalt! Wenn das nicht verdächtig ist!«

Die ganze Zeit hat der Jeep mit laufendem Motor am linken Straßenrand gestanden. Ab und zu haben uns andere Autos überholt. Leider auch der Bus mit dem defekten Auspuff. Einen Augenblick mussten wir alle wieder nach Luft schnappen.

»Hm! Hm!«, hat Miss Agatha gemurmelt, als wir endlich fertig waren. Ich konnte nur ihren Hinterkopf sehen, aber ich habe mir vorgestellt, dass sie wieder ihr Miss-Marple-Gesicht gemacht hat. »Ich hatte eigentlich gedacht … Aber vielleicht habe ich mich getäuscht! Und Quinton habt ihr nichts davon erzählt?«

»Der war ja immerzu auf Beerdigungen!«, habe ich gesagt. »Den erreicht man ja nicht! Ist doch heute wieder genauso!«

»Wir versuchen es noch mal!«, hat Miss Agatha gesagt. Aber Sie können sich vorstellen, was das Ergebnis war.

»Dann hilft es nichts. Wahrscheinlich erfüllt Quinton tatsächlich gerade noch seine Familienpflichten. Wir drehen um. So eilig habe ich es nun auch nicht, nach Hause zu kommen!«

Während dessen hat Emma eine SMS an ihre Mutter geschickt und ihr Handy danach ausgeschaltet. Ms Wendy

Chapman musste schließlich unbedingt von Miss Agathas Rettung erfahren! Aber telefonieren wollte Emma auf keinen Fall. Sie kennen doch Ms Wendy Chapman! Zweifellos hätte sie darauf bestanden, dass wir sofort nach Lion Lodge kamen. Bei Ms Wendy Chapman muss man vorsichtig sein.

Miss Agatha hatte den Wagen inzwischen schon gewendet. Ich wundere mich manchmal, wie schnell es Miss Agatha als alter Dame gelingt, Entscheidungen zu treffen. (Das ist kein mangelnder Respekt vor dem Alter, meine Damen und Herren. Das ist Bewunderung.) »In diese Richtung sind die Viehdiebe also immer gefahren?«

»Richtung Gobolondo!«, hat Emma gerufen. »Richtung Piggs Peak!«

»Und das heißt auch Richtung Grenze«, hat Sifiso gesagt. »Grenze zu Mosambik.«

»Dann halt deinen Ball fest, Pilot!«, hat Miss Agatha gerufen und das Gaspedal durchgetreten. »Wenn er dir noch mal rausfliegt, halte *ich* nicht deswegen an! Wir erledigen das mit den Viehdieben jetzt auf eigene Faust! Wer braucht die Polizei?«

Ich weiß, dass Miss Agatha mindestens so eine gute Detektivin ist wie Miss Marple. Trotzdem habe ich sie gefragt. »Und *wie* wollen Sie das erledigen, Miss Agatha?«, habe ich gefragt. »Wo fahren wir hin?«

»Erst mal natürlich zur Grenze!«, hat Miss Agatha gerufen. »Gobolondo – Piggs Peak – Grenzübergang! Und dann sehen wir weiter!«

»Und was willst du da heute noch sehen, Auntie?«, hat Emma gefragt und sich schon wieder an der Sitzkante festgeklammert. Sie muss ihrer Großtante immer widersprechen. »Es dämmert doch schon! Der Grenzübergang schließt sowieso gleich!«

Miss Agatha hat abgewinkt. (Sie können sich vorstellen, wie der Jeep darauf reagiert hat.) »Gerade deshalb!«, hat sie gesagt. »Gerade deshalb, liebe Kinder!«

Dann sind wir dieselbe Strecke zurückgefahren, die wir eben erst gekommen waren. Es war eine Vergeudung von Benzin.

41

Wenn Sie bei uns etwas über die Grenze schmuggeln wollen, ist das einfach: Sie vermeiden einfach die Straßen. All die vielen Großmütter und Großväter zum Beispiel, die irgendwo zwischen ihren Feldern heimlich Dagga anbauen, um es in Südafrika zu verkaufen und so das Schulgeld für ihre Enkel zusammenzukriegen, wandern auf gefährlichen Steigen mit Rucksäcken über die Berge nach Südafrika. Jeder weiß es, und manchmal lauert die Polizei ihnen auf. Zum Glück gibt es trotzdem immer irgendwo einen unbewachten Durchschlupf für die Großmütter und Großväter.

Aber Rinder? Können Sie gestohlene Rinder einfach so über die Berge ins Nachbarland treiben? (Es heißt, sie tun es in Lesotho. Es heißt, die Basotho haben großes Geschick darin. Bei uns habe ich noch nie davon gehört.) Aber Lastwagen, in die man gestohlene Rinder gesperrt hat, können tatsächlich nur auf der Straße fahren. Ein großes Fahrzeug wie der Lastwagen der Filmleute zum Beispiel hat ja schon auf unseren breiteren Sandpisten Schwierigkeiten, das hatten wir doch selbst erlebt, als wir hinten auf seiner Ladefläche eingesperrt waren. Niemals könnte er einfach so durchs

Grasland fahren oder in den Bergen die Grenze überqueren. Ein großer Wagen muss die Straße nehmen. Und an den Straßen gibt es überall Grenzübergänge.

Der Grenzübergang lag schon im Zwielicht, als Miss Agatha ihren Jeep hundert Meter davor hinter einem Kapernstrauch-Gebüsch geparkt hat. Die flachen Grenzgebäude sahen nagelneu aus, und in den Fugen zwischen den Wegplatten wuchs noch kein Gras. Große Bogenlampen beleuchteten die Fahrspur in beide Richtungen. Nur wenige Schritte entfernt, auf der anderen Seite der Grenze, lag Mosambik und sah haargenau so aus wie das Königreich.

Noch gab es lebhaften Betrieb. Letzte Fahrzeuge warteten darauf, abgefertigt zu werden, bevor die Grenze für die Nacht geschlossen wurde. Touristen wissen oft nicht, wann sie schließt, an manchen Übergängen ist das sogar schon um 18.00 Uhr. Dann kommen sie nicht mehr über die Grenze und müssen in ihrem Wagen schlafen, sie freuen sich nicht. Miss Agatha behauptet, in Ihren Ländern sind die Grenzen die ganze Nacht geöffnet. Ich kann es nicht glauben. Wann schlafen denn dann die Grenzposten?

»Mosambik!«, hat Miss Agatha gemurmelt. Sie hatte den Motor ausgeschaltet und die Scheinwerfer gelöscht. Jetzt konnten wir immer noch die Grenze mit ihren Bogenlampen beobachten; aber dass man uns von der Grenze aus sehen konnte, habe ich doch stark bezweifelt. Miss Agatha muss das auch stark bezweifelt haben. »Mosambik! Euch ist doch klar, dass Vieh dort viel teurer ist als bei uns?«

Natürlich war uns das nicht klar. Aber es schien ein guter Grund zu sein, gestohlenes Vieh über genau diesen Grenzübergang zu schmuggeln.

»Aber die Fahrzeuge werden doch alle kontrolliert!«, hat Sifiso nachdenklich gesagt. Dabei hatte er vorher noch nie einen Grenzübergang gesehen. »Erst recht solche Lastwagen wie der von den Filmleuten! Und dann entdecken die Zollbeamten die Rinder doch! Sie können sie also nicht im Lastwagen über die Grenze bringen!«

Miss Agatha hat verächtlich geschnaubt.

»Was soll das nun wieder bedeuten, Auntie?«, hat Emma gezischt. (Natürlich konnten uns die Grenzposten nicht hören. Aber Vorsicht ist niemals falsch.) »Warum schnaubst du so? Warum tust du so, als ob wir dumm wären?« (Ich hatte es gesagt: Emma lässt jeden Respekt vermissen.) »Sifiso hat doch recht! Wenn sie die großen Wagen kontrollieren, finden sie das Diebesgut, egal, was es ist, und wenn sie die großen Wagen nicht kontrollieren und sie einfach durchwinken, fällt die Vorzugsbehandlung den anderen Autofahrern auf! Und die rufen dann bestimmt die Polizei. Und jetzt wird die Grenze außerdem sowieso geschlossen, da kommt keiner mehr rüber.«

Miss Agatha hat gelächelt. »Ach, Kinder!«, hat sie geflüstert. »Seid einfach eine Weile still! Ich sehe, Pilot und Lemonade sind eingeschlafen, wir wollen sie doch nicht wecken!«

42

Das war die Wahrheit. Ich wundere mich immer, wo Pilot und Lemonade überall schlafen können.

»Ja, und was tun wir hier jetzt also, Miss Agatha?«, hat Sifiso leise gefragt. »Wie Emma gesagt hat: Über die Grenze kommt doch keiner mehr bis morgen früh!«

Tatsächlich gingen in den Grenzgebäuden gerade sämtliche Lichter aus, eins nach dem anderen. Und ohne dass wir irgendein Geräusch hören konnten, wurde nun auch die Schranke, die die Straße versperrte, heruntergelassen.

»Ich sag doch, Sifiso hat recht, Auntie!«, hat Emma geflüstert. Das war nun mal ein seltenes Erlebnis! Sonst stimmt Emma Sifiso eigentlich niemals zu. »Du siehst doch selbst, dass hier jetzt niemand mehr rüberkommt!«

»Und außerdem sind die Filmleute schon lange weg, Miss Agatha!«, habe ich geflüstert. »Denen sind wir doch schon heute Vormittag hinterhergefahren! Die sind seit Stunden drüben!«

»Ein kleines bisschen mehr Geduld, Kinder!«, hat Miss Agatha geflüstert. Dann hat sie sich in ihrem Fahrersitz zurückgelehnt und die Augen geschlossen.

Wie kann man bei einer Verbrecherjagd die Augen schließen? Eish!

Aber dann habe ich mich daran erinnert, wie Miss Marple sich in »16 Uhr 50 ab Paddington« schlafend stellt und so dem Verbrecher auflauert. Vielleicht hatte Miss Agatha Ähnliches vor?

Inzwischen war die Straße wie ausgestorben. Kein einziges Fahrzeug kam aus unserer Richtung, und kein einziges Fahrzeug kam aus Richtung Mosambik. Jeder wusste schließlich, dass an dieser Stelle so spät kein Weiterkommen war. Jeder außer, wie ich erklärt habe, einigen unvorbereiteten Touristen. Aber der Motor, der sich plötzlich aus Richtung Piggs Peak näherte, gehörte ganz sicher nicht zu einem Touristenauto.

»Ein Truck!«, hat Sifiso geflüstert. (Sifiso erkennt so etwas natürlich schon auf zwei Meilen Entfernung am Motorengeräusch.)

»Da haben wir es also!«, hat Miss Agathas zufrieden geflüstert. Sie war keineswegs eingeschlafen. »Und nun passt auf!«

Inzwischen war die Dunkelheit so schwarz wie die Mamba, die wir fürchten, so schwarz, dass wir den Grenzübergang nicht mehr hätten sehen können, wären da nicht die Bogenlampen gewesen.

Der Truck, dessen Motor wir schon von Weitem gehört hatten, kam jetzt vor der Schranke zum Stehen. Er war sehr viel größer als der Lastwagen der Filmleute. Wo die Filmleute vielleicht zehn Rinder in ihrem Laderaum transportieren konnten, hätte dieser hier bestimmt zwanzig transportieren können, falls er das vorhatte. Bis zu uns in unserem Versteck hörten wir das Zischen seiner Bremsen. Lemonade hat im Schlaf gegrunzt.

»Das sind nicht die Filmleute!«, hat Emma geflüstert.

»Es gibt vielleicht noch mehr Viehdiebe als die!«, habe ich zurückgeflüstert. »Andere!«

»Oder vielleicht stecken diese mit den Filmleuten unter einer Decke!«, hat Sifiso geflüstert. »Das ist vielleicht eine ganze Bande! Organisiertes Verbrechen!«

Miss Agatha hat gar nichts gesagt. Aber immerhin hatte sie jetzt ihre Augen geöffnet. Sie hat sehr aufrecht gesessen und über das Lenkrad nach vorne gestarrt.

Beim organisierten Verbrechen haben die Gangster Maschinenpistolen, ich weiß es von Miss Agathas DVDs. Mafia und Cosa Nostra und irgendwelche russischen Verbrecher auch noch. Ich habe gehofft, dass dieser Truck nicht zu so einer Bande gehörte. Natürlich waren wir fast hundert Meter von ihm entfernt. Aber wer weiß, wie weit eine Maschinenpistole schießt?

Seinen Motor hat der Truck ausgeschaltet, aber niemand ist ausgestiegen. Der Wagen hat einfach vor der geschlossenen Schranke gestanden, als ob er auf etwas wartet. Auch aus dem dunklen Grenzgebäude ist niemand gekommen.

Alles war still, nur aus dem Laderaum des Trucks war selbst aus dieser Entfernung ein verängstigtes Brüllen zu hören.

»Und was soll das jetzt?«, hat Emma geflüstert. Sie wissen, Emma kann sehr ungeduldig sein.

»Nummer aufschreiben!«, habe ich geflüstert. »Hat jemand einen Zettel dabei?«

Im Licht der Bogenlampen war das Nummernschild deutlich zu erkennen. Es war eine lange Nummer aus dem Königreich.

»Zettel!«, hat Emma verächtlich gesagt. »Wo lebst du denn?«

Und natürlich hatte sie recht. Kein Mensch hat heutzutage mehr einen Zettel dabei. Oder einen Block und einen Stift wie die Detektive in den alten Kriminalfilmen. Wir haben schließlich unsere Handys.

In diesem Augenblick haben wir aus Richtung Piggs Peak, von wo auch der Truck gekommen war, einen weiteren Motor gehört.

43

»Pst!«, hat Miss Agatha gezischt. »Gleich werdet ihr etwas erleben!«

»Das ist …!«, hat Sifiso aufgeregt geflüstert. Von hinten näherte sich ein Paar Scheinwerfer. Das Auto selbst war noch nicht zu erkennen. Trotzdem wusste Sifiso natürlich Bescheid. Sie wissen inzwischen, Sifiso braucht nur das Motorengeräusch zu hören. »Das ist ein …!«

Dann war der Wagen schon an uns vorbei und hielt hinter dem Truck im Lichtschein der Bogenlampen. Und ich habe die Luft angehalten. (Sie ahnen es sicher auch schon.)

Die Fahrertür wurde geöffnet, und ein Mann ist ausgestiegen. Der Mann hatte weißes Haar und trug einen Anzug. Und natürlich kannte ich ihn. Genau wie seinen BMW X5.

»Buyisiwe!«, hat Miss Agatha geflüstert. »Ich wusste es!«

Ich hatte es nicht gewusst. Obwohl es doch in meinem Gehirn schon die ganze Zeit ratterte.

Aus dem dunklen Zollgebäude ist auch ein Mann gekommen. Man konnte sehen, dass er eine Uniform trug, die Uniform der Grenzbeamten des Königreichs. Mit einer Taschenlampe hat er Babe Dlamini angeleuchtet.

Babe Dlamini hat in die Innentasche seines Jacketts gegriffen und etwas herausgezogen. Sogar auf hundert Meter Entfernung konnte ich sehen, dass es ein Umschlag war.

»Eish!«, hat Sifiso gezischt.

»Und jetzt passt auf!«, hat Miss Agatha geflüstert. Sie hat aufgeregt und glücklich geklungen.

Babe Dlamini hat dem Beamten den Umschlag gegeben. Der Beamte hat ihn geöffnet und offenbar etwas gezählt. Dann haben die beiden Männer sich noch kurz unterhalten.

Danach ist Babe Dlamini wieder zu seinem BMW X5 geschlendert. Die Schranke ist in die Höhe gefahren, und der Motor des Trucks hat aufgeheult. Dann ist er langsam angerollt und durch die geöffnete Schranke verschwunden. Hinüber nach Mosambik. Hinter ihm hat sich die Schranke wieder geschlossen.

»So!«, hat Miss Agatha triumphierend gesagt und sich zu uns umgedreht. »Das war's!«

Babe Dlamini! Babe Dlamini war also der Viehdieb! Vielleicht war er sogar der Boss einer ganzen Bande? In *seinen* Trucks wurde das Vieh über die Grenze transportiert. Und er zahlte den Grenzbeamten auch das Bestechungsgeld, damit sie die Wagen nach Schließung der Grenze unkontrolliert nach Mosambik fahren ließen.

Die Hütten auf dem Gobolondo hatte dann vermutlich auch Babe Dlamini anzünden lassen, Menschenleben waren ihm ganz egal. Babe Dlamini war nicht nur ein reicher, freundlicher Mann. Babe Dlamini war auch ein grausamer Mann, und auf einmal habe ich eine große Wut gespürt. Aber auch, ich zögere, es zu gestehen, eine große Angst.

Und wir hatten die ganze Zeit die Filmleute verdächtigt!

Babe Dlamini selbst ist dem Truck nicht gefolgt. Vor der Schranke ist er auf unserer Seite stehen geblieben.

»Warum fährt der denn nicht?«, hat Emma geflüstert. Manchmal wundere ich mich, wie begriffsstutzig Emma sein kann.

»Der ruft jetzt erst mal irgendwen in Mosambik an und sagt Bescheid, dass der Truck mit den Rindern über die Grenze gefahren und unterwegs ist!«, habe ich geflüstert. »Einen im Schlachthof oder so irgendwo! Damit die ihn dann schon erwarten!«

»Und wir fahren jetzt auf direktem Wege zu Quinton!«, hat Miss Agatha gezischt. »Wenn er schon schläft, tut es mir leid! Wir haben gesehen, was wir gesehen haben! Und wir haben das Kennzeichen! Wir sind sechs Zeugen!«

»Vier«, habe ich gesagt. (Man soll älteren Menschen nicht widersprechen. Aber hier schien es mir geboten.) »Pilot und Lemonade schlafen immer noch.« Aber Pilot und Lemonade waren wahrscheinlich sowieso zu jung, um echte Zeugen zu sein.

»Ein Beweis ist das alles leider trotzdem noch nicht!«, habe ich geflüstert. »Miss Agatha! Babe Dlamini wird leugnen, dass er den Zollbeamten bestochen hat! Und der Zollbeamte wird es auch leugnen! Und wenn der Truck seine

Ladung erst mal ausgeladen hat, kann man auch nichts mehr beweisen!«

Jetzt hat Sifiso geschnaubt. »Der hat doch ein Tracking-System!«, hat er geflüstert. »Lebst du noch im letzten Jahrtausend, Thabo Shongwe? Tracking-System hat doch jeder moderne Truck! GPS! Da kannst du genau nachverfolgen, wo der alles war! Und wenn der jetzt zum Schlachthof nach Mosambik fährt, sollen sie erst mal eine Erklärung dafür finden!«

Ich hatte nicht mal gewusst, dass es solche Tracking-Systeme gab. Und was sie alles konnten. Aber Sifiso wusste es natürlich.

Eine Sekunde lang habe ich überlegt, dass es doch dumm von Babe Dlamini war, wenn seine Lastwagen so ein Tracking-System hatten, falls er damit schmuggeln wollte. »Warum lässt Dlamini die denn einbauen?«, habe ich geflüstert. »Wenn man ihn dadurch doch überführen kann?«

Sifiso hat sich zu mir umgedreht. »Der muss doch seine Fahrer kontrollieren!«, hat er gezischt.

Natürlich! Wenn es ein Tracking-System gab, wagte bestimmt kein Fahrer, heimlich mit seiner Familie im Laderaum zur Hochzeit der Nichte des Schwagers quer durchs ganze Königreich zu fahren. Oder mit dem kranken Kind der Nachbarin ins Krankenhaus. Genau darum bauten die Besitzer der Trucks ihre Tracking-Systeme ja ein.

»Also!«, hat Miss Agatha geflüstert. Sie hat den Motor des Jeeps noch nicht wieder angelassen. Sie hat mit den Fingern aufs Lenkrad getrommelt. Wahrscheinlich wollte sie warten, bis Babe Dlamini verschwunden war, damit er durch das Motorengeräusch nicht auf uns aufmerksam wurde.

Aber leider ist Babe Dlamini nicht verschwunden. Die Scheinwerfer haben kurz aufgeleuchtet, als er den Motor angelassen und den Wagen vor der Grenzschranke gewendet hat. Dann hat er ihn langsam wieder zurück in Richtung Königreich gelenkt. Und was »zurück in Richtung Königreich« hieß, wissen Sie, meine Damen und Herren. Es hieß: in unsere Richtung.

Wir hätten besser nachdenken müssen! Es war doch klar, was gleich geschehen würde! Wie können vier erfahrene Privatdetektive in einer so gefährlichen Situation nur so gedankenlos sein?

»Miss Agatha!«, habe ich gezischt. Aber natürlich war es jetzt zu spät.

Vielleicht, wenn Miss Agatha ihren Jeep vorhin noch ein kleines bisschen besser hinter den Büschen verborgen oder noch weiter weg von der Straße geparkt hätte! Aber genau das hatte sie nicht getan. Darum passierte jetzt, was passieren musste.

Der BMW war kaum angefahren, da wurden wir schon von seinen Scheinwerfern erfasst.

»Mann!«, hat Emma gequietscht und sich schützend einen Arm vor die Augen gehalten. »Blöder Kerl! Verzieh dich!«

Konnte das sein? Nur mir war offenbar klar, dass es hier um

einiges mehr ging als um das unangenehme Gefühl, wenn man von einem Scheinwerfer geblendet wird! Ich hatte es eben schon gesagt: Wie konnten vier erfahrene Privatdetektive nur so gedankenlos sein?

»Jetzt hat er uns«, habe ich gemurmelt.

44

Jeder kann sich ja vorstellen, wie verblüfft Babe Dlamini gewesen sein muss, als er Miss Agathas voll besetzten Jeep hinter einem Gebüsch am Straßenrand entdeckte. Ich vermute sogar, er war nicht nur verblüfft, er war zutiefst erschrocken. Denn sicher war ihm sofort klar, was das bedeutete. In Miss Agathas Jeep hatten wir schließlich geradezu einen Tribünenplatz mit bestem Blick auf das Geschehen gehabt.

Und genauso verhielt der Schurke sich auch. Mit seinem BMW X5 kam er direkt vor unserer Kühlerhaube zum Stehen und riss die Fahrertür auf. Miss Agatha hatte keine Chance, noch schnell den Motor des Jeeps anzulassen.

»Wen haben wir denn da!«, hat Babe Dlamini gebrüllt. Seine Stimme hat sich fast überschlagen. (Verbrecher müssen nicht so ruhig bleiben wie Privatdetektive.) »Das ist allerdings jetzt gar nicht gut für dich, Agatha! Gar nicht gut für dich und die Kinder!«

Das habe ich auch geglaubt. Und schon wieder an diesem Tag hat eine eiskalte Hand nach meinem Herzen gegriffen.

Aber ich hatte nicht mit Miss Agatha gerechnet. Obwohl

ich doch Miss Marple kenne! Aber Miss Marple, ich darf es sagen, ist nichts gegen Miss Agatha. Gar nichts.

»Buyisiwe!«, hat Miss Agatha ganz freundlich geantwortet. Sie ist auf ihrem Fahrersitz sitzen geblieben und hat sich auf das Lenkrad gestützt. »Du bist schon früher immer so leicht wütend geworden! Jetzt erinnere ich mich, dass das ein weiterer Grund dafür war, warum ich nicht deine zweite Frau werden wollte.«

»Den Ahnen sei Dank dafür!«, hat Babe Dlamini gebrüllt. »Dass du es auch einfach nicht lassen kannst, Agatha! Ihr werdet jetzt alle sofort …«

Aber Miss Agatha hat lächelnd den Kopf geschüttelt. »Wir werden gar nichts, Buyisiwe!«, hat sie fröhlich gesagt und in ihren Rockbund gegriffen. »Aber du wirst, mein alter Freund! Du wirfst mir jetzt als Erstes deine Wagenschlüssel zu!« Dann hat sie blitzschnell Sipho Joyfuls Pistole auf Babe Dlamini gerichtet.

»Bravo, Miss Agatha! Bravo!«, hat Sifiso gerufen.

»Die knallt so laut!«, hat Lemonade gejammert und sich die Hände vorbeugend gegen ihre Ohren gepresst. Natürlich waren die Kleinen jetzt auch aufgewacht.

Und ich habe Miss Agatha voller Bewunderung angestarrt. Noch einmal: Was war Miss Marple aus Milchester gegen Miss Agatha aus Hlatikulu? Eish!

Aber leider hat Babe Dlamini meine Bewunderung nicht geteilt. »Willst du jetzt Widerworte geben, Agatha?«, hat er gerufen. »Woher hast du denn eine Pistole?«

»Kannst du dir das nicht denken, Buyisiwe?«, hat Miss Agatha gesagt und die Pistole noch immer auf ihn gerichtet. »Von deinem Kumpel Sipho Joyful natürlich! Als wir den Trunkenbold im Hardware Store zurückgelassen haben, brauchte er sie ja nicht mehr. Niemand mehr da zum Bewachen!«

Babe Dlamini hat ein Gebrüll ausgestoßen wie ein angeschossener Löwe. »Was bist du nur für ein Weib, Agatha?«, hat er gebrüllt. Dann hat er ein paarmal tief, tief Luft geholt. Danach ist er für so einen alten, stattlichen Mann fast leichtfüßig aus seinem Wagen geklettert. Im Angesicht einer Pistolenmündung! »Und jetzt glaubst du, du könntest mir Angst einjagen? Weißt du überhaupt, ob deine Waffe geladen ist? Das ist also Sipho Joyfuls Waffe? Die ist natürlich überhaupt nicht geladen! Glaubst du, ich gebe so einem Saufkopf wie Sipho Joyful eine geladene Waffe? Die Pistole sollte dir nur Angst machen, Agatha! Aber geladen war sie keine Sekunde!« Und er ist einen Schritt auf uns zugekommen.

Miss Agatha hat die Stirn gerunzelt und die Pistole angeguckt. »Nein, ist sie nicht geladen?«, hat sie nachdenklich gemurmelt und kurz Richtung Himmel gezielt. Der Knall war markerschütternd.

»Iiiiiih!«, hat Lemonade geschrien.

»Ist sie doch!«, hat Miss Agatha zufrieden gesagt. »Ich wusste es.« Jetzt hat sie die Waffe wieder auf Babe Dlamini gerichtet. »Entschuldigung, Kinder. Ich wollte euch nicht erschrecken.«

Babe Dlamini war zur Seite gesprungen, als er den Knall gehört hatte, aber jetzt hat er laut aufgelacht. »Ja, in die Luft zu schießen, das traust du dich!«, hat er gerufen. Ich war erschrocken, wie der vornehme Buyisiwe Dlamini jetzt auf einmal aussah. Wenn ich einen Vergleich wagen darf: Er hatte eben nicht nur gebrüllt wie ein angeschossener Löwe, jetzt gerade sah er auch so aus: wütend und unberechenbar. »Aber traust du dich auch, wirklich auf einen Menschen zu schießen, Agatha? Auf mich? Traust du dich das?«

Ich habe mich daran erinnert, wie es sich angefühlt hat, als ich bei meinem ersten Fall geglaubt hatte, vielleicht auf einen Verbrecher schießen zu müssen. Es hatte sich nicht gut angefühlt. Ich war mir sicher, dass es sich für Miss Agatha jetzt auch nicht gut anfühlte.

»Drei Schritte zurück!«, hat Miss Agatha gebrüllt, und an ihrer Stimme konnte ich hören, dass sie wirklich nicht glücklich war. Miss Agatha wollte nicht schießen. Miss Agatha wollte, dass Babe Dlamini sich ohne Widerstand ergab.

Aber Babe Dlamini hat nur gelacht. Und sein Lachen hat jetzt geklungen, als ob er wirklich vergnügt war. Als ob er die Situation sogar genoss. »Gerne, Agatha, gerne!«, hat er gesagt. »Du sollst dein kleines Spiel spielen dürfen!«

Dann hielt auch er plötzlich eine Pistole in der Hand. »Was glaubst du wohl, wem von uns beiden es weniger ausmacht, abzudrücken? Und falls es dir gleichgültig sein sollte, wenn ich auf dich ziele, dann denk wenigstens an die Kinder!«

Oh, es war so dumm von uns gewesen, nicht damit zu rechnen! Waren wir nicht gestandene Ermittler? War dies nicht schon unser dritter Fall? Hatten wir nicht Erfahrung mit dem Verhalten von Schurken?

Natürlich trug ein Mann wie Buyisiwe Fairplay Dlamini immer eine Pistole bei sich! Und dass er, anders als Miss Agatha, auch nicht zögern würde, sie zu benutzen, war keine Frage.

»Wirf die Pistole aus dem Wagen!«, hat Babe Dlamini mit eiskalter Stimme zu Miss Agatha gesagt. »Ich zähle bis drei!«

Aber das musste er gar nicht. Schon bevor er bis zwei gezählt hatte, flog Miss Agathas Pistole in hohem Bogen durch die Luft.

»Du warst schon immer so ein widerwärtiger Kerl, Buyisiwe!«, hat sie gerufen. »Deine armen Frauen! Deine armen Kinder!«

Babe Dlamini hat wieder gelacht. »Über meine Familie können wir uns später unterhalten, Agatha!«, hat er gesagt. »Wenn es ein Später für dich geben sollte, heißt das. Das ist wirklich eine sehr missliche Situation! Was soll ich denn jetzt mit euch anfangen?«

Ich weiß nicht, wie viele Filme Sie schon gesehen haben und welche Sorte von Filmen. Aber wenn Sie so viele Kriminalfilme kennen sollten wie Miss Agatha und ich, dann wissen Sie natürlich, was Babe Dlamini mit »misslich« gemeint hat. Was sollte er denn mit uns machen? Wir waren schließlich Zeugen seines Verbrechens geworden! Und was mit den

Zeugen eines Verbrechens geschieht, wenn der Verbrecher sie schnappt, wird Ihnen klar sein, selbst wenn Sie nicht so viele Filme gesehen haben sollten wie Miss Agatha und ich. Die Zeugen des Verbrechens müssen aus dem Weg geräumt werden, ngiyacolisa, wenn ich jetzt über so furchtbare Dinge sprechen muss. Und was »aus dem Weg räumen« bedeutet, hatte ich vor einiger Zeit ja schon angedeutet.

Ich habe darauf gewartet, dass Pilot und Lemonade anfangen würden zu weinen. Aber das haben sie nicht getan. Pilot hat seinen Ball umklammert, und Lemonade hat sogar ausgesehen, als ob sie alles gerade äußerst spannend und unterhaltsam fand. Ich glaube, Lemonade weiß gar nicht so richtig, was eine Pistole außer einem Knall bewirken kann. Lemonade sieht ja keine Filme.

Miss Agatha hat höhnisch geschnaubt. »Es freut mich von Herzen, wenn du nicht weiterweißt, Buyisiwe!«, hat sie gesagt. »Besonders schlau bist du ja nie gewesen! Willst du uns also wieder einsperren? Alle zusammen? Aber wie willst du uns überhaupt von hier wegschaffen? Willst du dich zu uns in den Wagen setzen und mir die Pistole an den Kopf halten, damit ich uns irgendwo hinfahre, wo du uns dann verschwinden lassen kannst? Kannst du sicher sein, dass dir nicht eins von den Kindern vorher einen Schlag auf den Kopf gibt?«

Das war ein guter Versuch, geben Sie es zu. Aber Babe Dlamini hat wieder nur gelacht, und bei seinem Lachen ist es mir kalt den Rücken heruntergelaufen. Mit der Linken hat er in seiner Jackentasche nach seinem Handy geangelt. Dann hat er eine Nummer eingegeben. Die Pistole hat er dabei nicht eine Sekunde lang gesenkt.

»Richard?«, hat er ins Handy gesagt. Dabei hat er uns die ganze Zeit angelächelt. Es war ein eisiges, heimtückisches Lächeln. »Wir haben hier ein kleines Problem. Kannst du einen Truck zur Grenze schicken, der fünf Personen für mich nach drüben schaffen kann?«

»Sechs Personen!«, hat Pilot geflüstert. Pilot ist stolz, dass er gut mit Zahlen umgehen kann.

»Ja, leider!«, hat Babe Dlamini ins Handy gerufen. »Erst mal rüber nach Mosambik. Dann sehen wir weiter.«

Er hat das Gespräch beendet.

»Schade, dass ich den Grenzer dann gleich noch mal bestechen muss, damit er den Wagen unkontrolliert durchlässt!«, hat Babe Dlamini gesagt. »Du kostest mich wirklich viel Geld, Agatha!«

»Das freut mich!«, hat Miss Agatha grimmig geantwortet. »Und dann, Buyisiwe? Was willst du dann mit uns anfangen? Wenn wir erst mal in Mosambik sind? Hast du schon mal darüber nachgedacht, auch wenn Denken ja nicht gerade deine Stärke ist?«

Babe Dlamini hat einen Augenblick geschwiegen. »Ich denke, mein Fahrer fährt euch zum Schlachthof«, hat er dann nachdenklich gesagt. »Den Weg kennt er am besten! Es soll da sehr kalt sein im Kühlhaus. Sehr, sehr kalt! Bisher ist mir nicht bekannt, dass jemals ein Mensch eine Nacht im Kühlhaus überstanden hätte. Dann muss ich mir auch nicht die Hände schmutzig machen, indem ich meine Munition an euch vergeude. Und ich gebe euch immerhin eine faire Chance! Ihr müsst einfach nur versuchen, euch im Kühlhaus warm zu halten! Vielleicht schafft ihr es bis morgen früh?« Sein Lachen hat inzwischen unheimlich geklungen.

»Ich schaff das!«, hat Lemonade stolz gesagt. »Ich hab eine Wolldecke aus Mantongomane, Dummi!«

Aber einmal abgesehen davon, dass Lemonade ihre Wolldecke im Augenblick nicht bei sich hatte, war ich mir relativ sicher, dass alle Wolldecken der Welt in einem Kühlhaus, in dem das Fleisch geschlachteter Rinder tiefgefroren wird, nicht viel geholfen hätten.

Ich wollte nicht sterben, ich wollte nicht so sterben. Aber es war aus.

45

Haben Sie nachts schon einmal im Busch in einem offenen Jeep gesessen, dessen Motor nicht läuft? Vielleicht bei einer Nacht-Safari? Wenn niemand mehr redet, kann das sehr still sein, ich weiß es aus Erfahrung. Nur ab und zu schreit ein Vogel auf seinem Zweig im Schlaf, und das Gras raschelt, wenn eine Schlange sich auf die Jagd nach Mäusen macht. Wenn Sie es auf einer Safari erlebt und Glück gehabt haben, ist (ganz vielleicht) irgendwann ein Leopard auf Beutejagd an Ihnen vorbeigeschlichen, und vielleicht haben Sie eine Büffelherde gesehen, die in der Dunkelheit grast. Aber sonst ist es selbst in Lion Park nachts sehr ruhig. Und hier an der Grenze gab es noch nicht einmal Büffel oder Leoparden. Hier war es einfach nur still. Alle Tiere haben sich ausgeruht für einen neuen Tag, an dem sie wieder jagen und sich um ihre Jungen kümmern würden, und in ihren Hütten haben die Menschen sich auch ausgeruht. Nur Sifiso, Emma und ich würden diesen neuen Tag nicht erleben. Und Miss Agatha und Pilot und Lemonade auch nicht.

Gleich würden wir ein Motorengeräusch hören, das sich uns aus der Ferne näherte, und dann würde ein Truck neben uns anhalten. Mit seiner Pistole würde Babe Dlamini uns in den Laderaum winken. Die Tür würde hinter uns zugeschlagen werden, und es würde sehr, sehr dunkel sein. Vielleicht würde Lemonade dann doch anfangen zu weinen.

»Das …!«, hat Sifiso plötzlich geflüstert. Er hat verwirrt ausgesehen. Babe Dlamini hielt seine Pistole noch immer auf Miss Agatha gerichtet. »Das ist ja …!«

Da habe ich es auch gehört. Noch ganz leise und weit entfernt näherte sich uns wirklich das erwartete Motorengeräusch. Aus Richtung Piggs Peak kam schon der Truck, mit dem wir unsere letzte Fahrt machen würden. Nach Mosambik. Ins Kühlhaus des Schlachthofs.

So schnell! So schnell sollte es nun zu Ende gehen!

Miss Agatha und Babe Dlamini haben offensichtlich noch nichts gehört. Vielleicht war ihr Gehör mit den Jahren schwach geworden? Ich kannte das ja von Dumisani. Aber warum um Himmels willen hat Sifiso so verblüfft ausgesehen? Und warum, warum ist er plötzlich aufgesprungen (so gut das auf dem Beifahrersitz eines Jeeps geht, Sie verstehen) und hat die rechte Hand gegen sein Herz gepresst?

»Nkulunkulu, mnikati wetibusiso, temaSwati«, hat Sifiso gesungen, nein, eher gebrüllt!, und hat sich zu Babe Dlamini hingedreht. »Siyatibonga tonkhe tinhlanhla, sibonga Ingwnyama yetfu …!«

Unsere Nationalhymne! Was um Himmels willen war auf einmal in Sifiso gefahren? In meinen guten Freund Sifiso? Warum sang er in dieser gefährlichen Lage plötzlich die

Nationalhymne? Wollte er sich so von seinem Leben verabschieden?

»Sei gefälligst still, Junge!«, hat Babe Dlamini gebrüllt. »Was soll denn das?«

Aber Sifiso hat weitergesungen. (Ich sollte wirklich eher sagen: gegrölt.) »Live, netintsabanemifula, busisa tiphatsi mandla takaNgwane ...!« Und er hat dabei die ganze Zeit in Babe Dlaminis Richtung gestarrt.

»Hörst du auf!«, hat Babe Dlamini wieder gebrüllt. »Bist du still, Junge!«

Und ich habe auf einmal verstanden. Und plötzlich war da wieder der winzigste Hauch von Hoffnung.

Sifiso! Mein wunderbarer, kluger Freund Sifiso! Sifiso, der Kenner aller Automarken, der Kenner aller Motorengeräusche im Königreich!

Dass Emma auch verstanden hatte, habe ich daran gemerkt, dass sie plötzlich mitgegrölt hat. »Nguwe wedwa Somandla wetfu«, hat Emma gesungen und genau wie Sifiso die rechte Hand aufs Herz gelegt, »sinike kuhlakanipha, Lokungenabuvili ...«

Und jetzt endlich habe ich auch eingestimmt. »Simise usicinise, Simakadze ...!«

»Ja, sind denn hier auf einmal alle verrückt geworden!«, hat Babe Dlamini gebrüllt und wild mit seiner Pistole gefuchtelt. »Aufhören! Aufhören! Ihr werdet schon merken, was ihr davon habt!«

Aber wir haben mit der Hymne schon wieder von vorne

angefangen. Unsere Nationalhymne ist leider nicht sehr lang. Selbst Lemonade und Pilot haben jetzt mitgesungen, auch wenn sie ein bisschen überrascht ausgesehen haben, bestimmt wussten sie nicht, warum. Dass sie mitgesungen haben, war trotzdem gut, denn allmählich wurde es wirklich nötig, dass wir so laut waren wie unsere Kirchengemeinde am Sonntag im Gottesdienst nach Reverend Hlophes Predigt.

Dass sogar Miss Agatha plötzlich offenbar verstanden hatte, warum wir alle auf einmal eine bisher nicht gekannte Leidenschaft für den Gesang an den Tag legten, zeigte mir, dass inzwischen selbst Menschen mit einem sehr alten Gehör bemerken konnten, was Babe Dlamini nicht bemerken durfte.

»Du wirst doch wohl niemanden daran hindern wollen, vor seinem Ende noch einmal unsere schöne Nationalhymne zu singen, Buyisiwe!«, hat Miss Agatha nämlich empört gerufen. Sehr, sehr laut natürlich. Sonst hätte Babe Dlamini sie ja über unserem Gesang unmöglich verstehen können. »Die Hymne zu Ehren unseres Königs! Zu Ehren der Königinmutter! Wie kannst du unserer Hymne so wenig Respekt bezeugen, Buyisiwe!«

Babe Dlamini sah inzwischen aus, als hätte er jetzt am liebsten doch seine Pistole abgefeuert, anstatt uns ins Kühlhaus zu schicken. Allein um unseren Gesang nicht mehr hören zu müssen.

Und Sie, meine Damen und Herren? Haben Sie verstanden? Haben Sie verstanden, was da gerade geschah? Warum mein kluger Freund Sifiso plötzlich so leidenschaftlich sang und was ihm nur durch seine besonderen Kenntnisse in der Welt der motorisierten Fahrzeuge möglich gewesen war, zu bemerken?

Schon auf zwei Meilen Entfernung hatte Sifiso den Motor erkannt, der sich uns näherte. Und sofort hatte er alles Menschenmögliche getan, damit Babe Dlamini den Motor nicht ebenso erkannte.

Wenn Sie noch immer nicht verstanden haben und sich fragen: *Ja, aber warum sollte Babe Buyisiwe Dlamini denn nicht hören, dass sein Truck sich näherte?*, dann überlegen Sie doch bitte noch einmal eine winzige Sekunde! Was sich uns da näherte, war natürlich gar nicht Babe Dlaminis Truck! Der Motor, den Sifiso erkannt hatte, gehörte ganz eindeutig zu einem kleineren Fahrzeug! Nämlich zu einem Isuzu! Und wer sich uns da gerade in rasendem Tempo näherte, war niemand anders als Inspector Quinton Gwebu!

Genau das hatte Babe Dlamini auf keinen Fall zu früh bemerken dürfen. Darum hatte Sifiso gesungen, was seine Stimmbänder hergaben: um das Motorengeräusch zu übertönen und Babe Dlamini abzulenken. Und darum hatten auch Emma und ich eingestimmt, bis wir heiser waren, und sogar Miss Agatha hatte am Schluss noch zu unserem Ablenkungsmanöver beigetragen.

Dessen Erfolg, ich sage es mit aller Bescheidenheit, wir in dieser Minute endlich erleben durften. Denn jetzt bremste der Wagen scharf, und Inspector Gwebu sprang heraus. »Waffe runter, Dlamini!«, hat er gebrüllt. »Na, wird's bald!«

Und ich habe Gott dem Herrn für Babe Dlaminis schlechtes Gehör gedankt. Was wäre passiert, wäre dieser Tsotsi jünger gewesen? Oder was wäre passiert, wenn Babe Dlamini, ein reicher Mann, ein Hörgerät getragen hätte? Dann hätte er vielleicht trotz unseres Gesangs sofort erkannt, dass es unmöglich sein Truck sein konnte, der da gerade aus Richtung Piggs Peak auf uns zukam, um seine Gefangenen abzutransportieren. Und Inspector Gwebu hätte ihn nicht überrumpeln können.

»Oh, Herr unser Gott«, hatten wir gesungen (in unserer Sprache natürlich), »wir danken dir für all unser gutes Geschick« – und das war tatsächlich das rechte Lied zur rechten Zeit gewesen. Denn nun sah es ja tatsächlich so aus, als hätten wir einen Grund, zu danken, und als sollte unser Geschick sich zum Guten wenden.

»Waffe runter, Dlamini! Ich weiß alles!«

46

Aber so schnell gab Babe Dlamini nicht auf. »Machen Sie sich nicht lächerlich, Gwebu!«, hat er geschrien und kurz die Hand mit der Pistole gehoben, die er noch immer auf Miss Agatha gerichtet hielt. »Warum sollte ich? Eine winzige falsche Bewegung von Ihnen, und ich drücke ab! Dann ist es für immer aus mit Teetrinken bei Ihrer guten Freundin Agatha! Dann haben Sie Ihren letzten Scone gegessen!«

Vielleicht hätte Inspector Gwebu nach kurzer Überlegung tatsächlich seine Pistole weggeworfen, um Miss Agatha vor dem Tod durch eine Kugel aus Babe Dlaminis Pistole zu bewahren. Sein Gesicht sah zumindest so verwirrt aus, dass ich geahnt habe: Er wusste nicht, wie er sich entscheiden sollte.

Aber er musste sich auch gar nicht entscheiden! Keiner von uns hatte bis eben bemerkt, dass Inspector Gwebu in seinem Polizeiauto nicht allein gekommen war. Alles war doch so schnell gegangen!

»Nun machen Sie schon, Waffe runter!«, hat nämlich plötzlich eine Stimme direkt hinter Babe Dlamini gerufen. Ein bisschen zittrig vielleicht, wenn man genau hinhörte. Aber sehr entschlossen.

Barca! Der FC-Barcelona-Fan Mbuso! Wie um alles in der Welt kam denn ausgerechnet dieser Mbuso hierher? Was hatte ausgerechnet Mbuso-Barca mit Inspector Gwebu zu schaffen? Man hätte doch erwarten sollen, dass dieser Rinder-Hehler Inspector Gwebu mied, wo es nur ging!

Aber das war der falsche Augenblick, um darüber nachzudenken. Schließlich war Mbuso ja ganz offensichtlich zu unserer Rettung erschienen. Wieso er uns retten konnte, ausgerechnet dieser Barca? Er hatte einfach blitzschnell die Pistole aufgehoben, die Miss Agatha vor wenigen Minuten auf Babe Dlaminis Anweisung hin aus dem Jeep geworfen hatte! Haha! Babe Dlamini hatte sich selbst eine Falle gestellt! Denn jetzt zielte Mbuso (wieder: ein bisschen zittrig vielleicht) mit der Pistole direkt auf Dlaminis Hinterkopf. »Wenn Sie abdrücken, dann drücke ich in derselben Sekunde auch ab! Dann muss in Zukunft jemand anders die Grenzposten bestechen und Hütten niederbrennen!«

Babe Dlamini hat sich blitzschnell zu ihm umgedreht und seine Pistole jetzt auf Mbusos Kopf gerichtet. »Sieh an, ein großer Bengel!«, hat er mit einer eiskalten Stimme gesagt und einen Schritt auf Barca zu getan, als hätte er nicht das kleinste bisschen Angst. »Seit wann braucht die Polizei des Königreichs denn die Unterstützung von Kindern, Gwebu? Glauben Sie wirklich, Ihr lächerlicher Helfer hier könnte mir Angst einjagen? Der ist ja noch nicht mal trocken hinter den Ohren!«

In diesem Moment gab es einen fürchterlichen Knall, und Babe Dlamini ist mit einem Schrei zu Boden gestürzt.

»Iiiih!«, hat Lemonade wieder geschrien und ihre Hände gegen die Ohren gepresst. »Nein, nein, nein, nein, nein!«

Und: »Quinton! Sie können doch nicht wirklich ...!«, hat Miss Agatha gebrüllt.

Aber Inspector Gwebu hat sich schon über Babe Dlamini gebeugt, der sich gerade langsam wieder aufgerichtet und gestöhnt hat.

»Volltreffer!«, hat Inspector Gwebu zufrieden gesagt und seine Pistole geradezu zärtlich angesehen. »Ich hoffe, Ihre Hand tut nicht allzu sehr weh, Dlamini? Da sitzt Wucht dahinter, hinter so einem Schuss, was? Soll ich Ihnen aufhelfen?«

Ich habe auf Babe Dlaminis Hände gestarrt, auf die rechte, die eben noch die Pistole gehalten hatte, und dann auf die linke. Ich konnte keinen Tropfen Blut entdecken. Aber seine Pistole konnte ich auch nicht mehr entdecken.

»Bravo, Babe Inspector, bravo!«, hat Sifiso gebrüllt. »Sie haben ihm die Pistole glatt aus der Hand geschossen!«

»Bravo, bravo, bravo!«, hat jetzt auch Lemonade gekreischt. »Das war aber laut!«

»Gelernt ist gelernt!«, hat Inspector Gwebu bescheiden gesagt und seine Pistole immer noch auf Babe Dlamini gerichtet. »Ja, Mr Dlamini, mit der Polizei des Königreichs ist nicht zu spaßen!«

»Und nehmen Sie die hier bitte auch!«, hat Mbuso gemurmelt und Inspector Gwebu seine Pistole hingehalten, die eigentlich Miss Agathas Pistole war, die eigentlich Sipho Joyfuls Pistole war, die – wenn man es ganz genau nahm – eigentlich auch Babe Dlaminis Pistole war. Offenbar ging es Mbuso mit der Pistole genauso, wie es mir damit gegangen war. »Ich will sie nicht mehr!«

Aber Inspector Gwebu hat den Kopf geschüttelt, ohne den Blick auch nur für den Bruchteil einer Sekunde von seinem Gefangenen zu lassen. »Ohne dich hätte ich das hier gar nicht so leicht regeln können, Mbuso, ngiyabonga!«, hat er gesagt. »Und ich brauche dich jetzt noch einmal: Du behältst die Pistole vorläufig und setzt dich neben diesen Schurken auf die Rückbank. Halt ihn in Schach während der Fahrt nach Debedebe, Mbuso! Der Kerl ist ein Trickser!«

Ganz kurz habe ich mich gefragt, ob Inspector Gwebu Babe Dlamini zu Sipho Godbless in die Arrestzelle sperren würde und ob die beiden sich wohl vertrugen. Oder ob das jetzt die Chance für PC Sipho war, endlich freigelassen zu werden. Bestimmt hatte Mbuso Inspector Gwebu doch seine Geschichte erzählt, als er mit ihm im Polizeiwagen hergefahren war.

Miss Agatha war inzwischen aus ihrem Jeep gestiegen und begeistert auf Inspector Gwebu zugegangen. »Quinton!«, hat sie gerufen. »Wir werden Ihnen ewig zu Dank verpflichtet sein, die Kinder und ich! Mir ist beim Gedanken an das Kühlhaus ganz kalt geworden!«

Inspector Gwebu hat Babe Dlamini mit seiner Pistole ein

Zeichen gegeben, dass er langsam aufstehen sollte. Darum konnte er bei seiner Antwort Miss Agatha leider nicht ansehen. Trotzdem hat er immer noch versucht, bescheiden zu klingen. »Sie kennen die Polizei des Königreichs, Miss Agatha. Ich habe nur meine Pflicht getan! Aber wenn Sie mir unbedingt danken wollen: Gilt Ihre Einladung zum Trifle-Essen noch?«

Dann ist er in seinen Wagen gestiegen, um Babe Dlamini zum Polizeiposten Debedebe zu fahren. Babe Dlamini, habe ich zufrieden gedacht, hatte für lange Zeit seine Chance auf ein Trifle-Essen vertan.

Auf der Rückfahrt durch die Dunkelheit nach Lion Lodge hat Miss Agatha erklärt, dass sie nie wieder schlecht über unsere Polizei reden würde.

»Da ist Quinton ja wirklich zu Höchstform aufgelaufen!«, hat sie gesagt.

»Wahrscheinlich ist der immer in Höchstform, wenn er nur genug Buganu zu trinken hatte!«, hat Emma gemurmelt. »Die Fahne konnte man ja bis Mosambik riechen!«

Miss Agatha hat abgewinkt. »Mit welchen Mitteln die Polizei arbeitet, muss ihr schließlich selbst überlassen bleiben, solange sie nur erfolgreich ist! Euch ist klar, Kinder, dass wir jetzt schon unseren dritten Fall aufgeklärt haben? Und mit Bravour! Miss Marple hätte ihre Freude an uns gehabt!«

Ich war zu müde, um zu sagen, dass wir diesen Fall vielleicht nicht ganz wirklich mit Bravour aufgeklärt hatten. Vieles war Zufall gewesen. Und eigentlich hatten wir sogar die ganz und gar falschen Täter verfolgt. Und fast wären wir in Mosambik gestorben.

Aber andererseits (ich hatte es schon gesagt): Kann man denn überhaupt wirklich von Zufall sprechen? Hätten wir am Vormittag nicht die Filmleute verfolgt, dann hätten wir schließlich auch nicht Miss Agatha in ihrem Versteck gefunden. Die Wege des Herrn waren einfach nur wieder verschlungen gewesen.

»Aber wieso hat Babe Dlamini Sie denn nun entführt, Miss Agatha?«, habe ich gefragt. »Dass er in den Viehdiebstahl verwickelt ist, okay, das wissen wir jetzt alle! Aber wieso hat er Sie entführt? Und wieso ist dann dieser Mbuso plötzlich aufgetaucht, und ausgerechnet zusammen mit Inspector Gwebu? Das verstehe ich alles noch nicht so ganz!«

Emma verstand es genauso wenig, das merkte ich daran, dass sie sich nicht einmischte. Und Sifiso hat auch verwirrt ausgesehen.

Miss Agatha hat den Kopf geschüttelt. »Was dieser Junge Mbuso hier zu suchen hatte, kann ich mir auch nicht erklären!«, hat sie geflüstert. »Pssst, die Kleinen sind wieder eingeschlafen! Mbuso war doch der Junge vom Gobolondo, oder?«

Emma und ich haben genickt. Ich weiß nicht, ob Miss Agatha das im Rückspiegel sehen konnte.

»Kommt morgen Vormittag bei mir vorbei!«, hat Miss Agatha geflüstert. »Dann klärt sich hoffentlich alles auf!

Kommt morgen alle nach Lion Cottage, da gibt es Trifle, und ich erkläre euch, was ich weiß!«

Ich wusste, dass Widerspruch zwecklos war. Wenn Miss Agatha jetzt nicht darüber reden wollte, dann wollte sie jetzt nicht darüber reden. Mich hat sie vor Onkel Vusis Quartier aussteigen lassen.

»Euch drei bringe ich noch ein Stück«, hat Miss Agatha zu Sifiso gesagt und ist schon wieder abgebraust. Das war nett von ihr, Sie wissen, dass man bei uns in der Dunkelheit möglichst nicht unterwegs sein soll. Ganz bis zu ihrer Hütte konnte sie Sifiso und die beiden Kleinen natürlich nicht fahren, schließlich gibt es keine Straße dorthin; aber wenigstens ziemlich in die Nähe. Dann musste Sifiso die schlafende Lemonade nicht ganz so weit tragen.

47

Am nächsten Morgen habe ich endlich einmal wieder Onkel Vusis Safari-Jeep gründlich gewaschen. In den letzten Tagen hatte ich ja so viel anderes zu tun gehabt. Und genau als ich den letzten Scheinwerfer poliert habe, hat mein Handy in der Tasche vibriert.

»Du bist der Einzige, der noch fehlt, Thabo!«, hat Emma so laut gerufen, dass ich mein Handy lieber schnell vom Ohr weggehalten habe. »Wenn du noch was abkriegen willst von Aunties Trifle, dann musst du dich beeilen! Lemonade guckt schon ganz gierig!«

Ich habe nicht gesagt, dass so ein kleines Mädchen ja wohl nichts von einem Gericht abbekommen durfte, das Miss Agatha mit Sherry zubereitet hatte. Aber vorsichtshalber bin ich lieber losgerannt.

Auf ihrem Rasen hatte Miss Agatha einen großen Tisch gedeckt, mit drei Teekannen. (Aber nicht mit ihrem guten Geschirr. Wenn wir Kinder kommen, ist sie immer vorsichtig.) Sifiso war da mit allen drei Geschwistern und Emma natürlich und Reverend Hlophe und Inspector Gwebu. Inspector Gwebu hat die beiden großen Schüsseln mit einem sehr interessierten Blick angeguckt. Seine leere Tasse hatte er so weit von sich geschoben, dass ich wusste, er hoffte darauf, an diesem Tag noch anderswo etwas Stärkeres als Miss Agathas guten Tee zu bekommen.

Neben Inspector Gwebu saß PC Sipho Godbless. »Sipho!«, habe ich gerufen. »Hat der Inspector dich freigelassen?«

Sipho hat vor sich auf den Tisch gesehen. »Der Besitzer hat seine Rinder ja wieder zurück«, hat er gemurmelt. »Aber der Tsotsi, der sie mir verkauft hat, hat mein Geld trotzdem immer noch! Keine Lobola! Die Hochzeit wird warten müssen.«

»Ha, das denkst du!«, hat Sifiso stolz gesagt.

»Muss sie gar nicht!«, habe ich gerufen.

»Das Geld liegt nämlich unter Aunties Matratze!«, hat Emma erklärt. Dann hat sie plötzlich ein missmutiges Gesicht gemacht. Wahrscheinlich ist ihr gerade wieder eingefallen, was sie davon hält, wenn man für Frauen mit Rindern bezahlt.

»Ach, das war *dein* Geld, Sipho Godbless?«, hat Miss Agatha verblüfft gefragt und die Stirn gerunzelt. »Ich hatte mich schon gewundert! Gestern Abend, als ich ins Bett gegangen bin, war da so eine Beule in der Matratze ...« Sie hat PC Sipho fröhlich zugenickt. »Ich gebe es dir nachher, Sipho Godbless. Ich bin ja froh, dass ich es nicht selbst da versteckt und hinterher vergessen habe! Nicht dass ich am Ende vergesslich werde! Was für eine Erleichterung!«

Inspector Gwebu hat seinem PC einen missbilligenden Blick zugeworfen. »Das Verfahren gegen ihn ist noch nicht abgeschlossen!«, hat er gesagt. »Aber ich brauchte die Arrestzelle für Dlamini. Und es scheint ja inzwischen auch erwiesen zu sein, dass es tatsächlich nicht PC Sipho war, der die Rinder gestohlen hat.«

»Und dass er ein Dummkopf ist, scheint auch erwiesen zu sein!«, hat Emma neben mir geflüstert. »Hundertprozentig!« Ich habe getan, als hätte ich sie gar nicht gehört.

»Zumindest, wenn man diesem Jungen Mbuso glauben will, war der Täter ein ganz anderer Sipho!«, hat Inspector Gwebu gesagt. »Nämlich Sipho Joyful aus Lion Park! Und ganz an der Spitze der Bande natürlich Buyisiwe Dlamini. Wo bleibt Mbuso denn überhaupt? Wieso ist er nicht hier?«

Ich wollte gerade fragen, warum Inspector Gwebu inzwischen mindestens so ein Fan von Mbuso Barca war wie Mbuso Barca vom FC Barcelona, da kam der plötzlich schnaufend um die Ecke des Cottage gerannt.

Als er uns alle um den Tisch versammelt sah, ist er erschrocken stehen geblieben.

Sipho Godbless ist so wild aufgesprungen, dass sein Stuhl umgekippt ist. »Das ist er!«, hat er gebrüllt. »Das ist der Tsotsi, der …«

»Ngiyacolisa!«, hat Mbuso geflüstert. »Aber Inspector Gwebu hat gesagt …«

»Dass der Junge genauso an diesen Tisch gehört wie wir anderen alle, ja, das habe ich gesagt, Miss Agatha!«, hat Inspector Gwebu mit seinem dröhnenden Bass gerufen. »Wer weiß, wie es gestern Abend an der Grenze ohne ihn ausgegangen wäre? Dann wären wir alle jetzt vielleicht die Nächsten gewesen, bei deren Beerdigung Buganu ausgeschenkt würde! Es ist Ihnen doch recht, Miss Agatha? Setz dich, Junge, setz dich! Und du, PC Sipho, setz dich auch wieder hin! Ich hoffe, dem Stuhl ist nichts passiert!«

Sifiso, Emma und ich haben uns Blicke zugeworfen. Natürlich konnte man behaupten, dass Mbuso uns gestern Abend sehr geholfen hatte. Aber ob er uns wirklich *gerettet* hat, weiß ich nicht zu sagen. Man soll nicht immer gleich übertreiben. Andererseits hatte derselbe Mbuso dem dummen Constable Sipho Godbless im vollen Wissen um ihre Herkunft gestohlene Rinder verkauft und zugelassen, dass Sipho Godbless dafür ins Gefängnis gewandert war. Ein bisschen, so viel Kritik an einem Polizisten der Krone muss erlaubt sein, fand ich Inspector Gwebus Begeisterung für Mbuso darum übertrieben.

Miss Agatha aber offensichtlich nicht. Sie hat Mbuso angelächelt, und dann hat sie nach ihrer Teetasse gegriffen und mit dem Löffel daran geklopft. »Bitte einmal einen Augenblick Ruhe!«, hat sie gesagt. »Es ist sonst nicht meine Art, aber heute möchte ich doch eine kleine Rede halten.«

Wir haben uns ihr alle zugewandt. »Nicht ihre Art!«, hat Emma geflüstert. »Na! Sie hält doch jedes Mal eine Rede!«

»Als Erstes möchte ich mich bei meinen Freunden Thabo, Sifiso und Emma bedanken, die auch in diesem Fall wieder großen Einsatz und gutes ermittlerisches Gespür bewiesen haben!«, hat Miss Agatha gesagt. »Ohne diese drei wäre ich niemals aus meinem Versteck befreit worden. Und ohne diese drei hätten wir auch meinen alten Freund Buyisiwe nicht hinter Schloss und Riegel bringen können. Ich bringe darum einen Toast aus auf Thabo, Sifiso und Emma!«

Die Erwachsenen haben ihre Teetassen gehoben und uns zugelächelt. »Thabo, Sifiso und Emma!«, hat Reverend Hlophe gerufen. »Bravo, Kinder!«

Lemonade hat Miss Agatha böse angestarrt. »Das ist ja gar kein Toast!«, hat sie böse gesagt. »Das war eben ein kleines bisschen geschwindelt, Miss Agatha! Du hast ja gar keinen Toast gebracht! Schwindeln ist nicht nett!«

»Dafür hab ich was anderes Schönes für dich!«, hat Miss Agatha gesagt. »Die Schüssel da rechts ist für die Kinder. Ihr wisst doch, was rechts ist, Lemonade? Pilot? Nur die da! Die hat Dumisani extra ohne Sherry gemacht! Die andere …«

Inspector Gwebu hatte schon zum Löffel gegriffen und hat sich aus der linken Schüssel aufgefüllt. »Göttlich, Agatha, wirklich göttlich!«, hat er mit vollem Mund gerufen. Inspector Gwebu will, wie Sie wissen, kein Gentleman sein. »Und wenn ich mir vorstelle, dass ich das bisher überhaupt nicht kannte!«

»Mit dem Wort *göttlich* sollten wir vielleicht nicht ganz so leichtfertig umgehen, Quinton!«, hat Reverend Hlophe tadelnd gesagt. »Aber in jedem Fall, Miss Agatha: ein wunderbares Gericht! Und wenn man bedenkt, dass Babe

Dlamini das nun auf lange Zeit entgeht! Aber Gott der Herr sorgt verlässlich dafür, dass den Sünder am Ende immer die gerechte Strafe ereilt.«

»Amen«, hat Lemonade (auch mit vollem Mund) gesagt. Schließlich sagte sie das in der Kirche auch immer, wenn Reverend Hlophe fertig gesprochen hatte.

»Ja, dafür hat der Herr wohl verlässlich gesorgt«, hat Miss Agatha gesagt. »Aber eigentlich waren es die Kinder, die dafür gesorgt haben. Nehmen Sie sich gerne noch einen Nachschlag, Quinton! Sie auch, Reverend! Sie werden ja hoffentlich hinterher trotzdem vorsichtig fahren!«

»Ja, aber wie hängt denn jetzt alles zusammen?«, hat Emma ungeduldig gefragt. »Du hast gestern Abend gesagt, wir klären das heute!«

Ich habe Miss Agatha angesehen, und sie hat mir zugenickt. »Eigentlich sind uns die Zusammenhänge doch schon ziemlich klar, Emma!«, habe ich darum gesagt. (Vielleicht war es nicht klug, zu reden. Während ich sprach, leerte sich die Schüssel mit dem Kinder-Trifle immer mehr. Aber ein privater Ermittler ist immer zuerst der Aufklärung seines Falles verpflichtet.) »Dlamini ist als Unternehmer in der Logistikbranche im Besitz vieler Trucks …«

»Er hat zwölf!«, hat Inspector Gwebu schmatzend gesagt. »Zwölf große Trucks!«

»… mit denen er Waren im Land und über die Grenzen transportiert. Gibt es eine einfachere Möglichkeit, Rinder in großer Zahl heimlich nach Mosambik zu schaffen?«

»Wo Rinder doch in Mosambik viel teurer sind als bei uns und die Schachthöfe nur auf Rinder aus dem Königreich warten!«, hat Emma gesagt. Natürlich, sie wollte beweisen, dass sie auch etwas verstanden hatte.

»Da Babe Dlamini das gestohlene Vieh nicht bei uns im Land verkaufen wollte, brauchte er also auch keine neuen Brandzeichen«, habe ich gesagt. »Was dann PC Sipho zum Verhängnis geworden ist. Babe Dlamini hat die Rinder einfach erst mal in abgelegene Gegenden bringen lassen ...«

»Zum Gobolondo zum Beispiel!«, hat Emma mich ungeduldig unterbrochen.

»Von wo sie dann von seinen Trucks abgeholt und über die Grenze geschafft werden konnten. Und weil sie wegen der Trockenheit nicht mehr genügend zu fressen gefunden haben und weil magere Rinder nicht teuer zu verkaufen sind, hat Dlamini sie zunächst aufgepäppelt. Damit frisches Gras nachwächst, hat er am Gobolondo sogar die Weiden anzünden lassen, wobei drei Hütten abgebrannt sind und Mbusos Schwester fast gestorben wäre.«

»Und der Brand der Hütten kam Buyisiwe sehr wahrscheinlich ganz gelegen!«, hat Miss Agatha gerufen. »Dieser abscheuliche Kerl! So konnte dort niemand mehr sein Treiben beobachten. Vielleicht hat er sie sogar mit Absicht angesteckt!« Sie hat geseufzt. »Natürlich nicht Buyisiwe selbst, das ist ja das Elend! Für all seine verbrecherischen Taten hat er leicht genügend Helfer gefunden, die für wenige Emalangeni bereit waren, Vieh für ihn zu stehlen, Vieh für ihn zu treiben, Weiden und Hütten anzuzünden, einfach, weil ihr Elend so groß ist! Weil ihre Kinder hungern, weil sie kein Geld für den Bus haben, um sich an der Krankenstation Medikamente abzuholen, weil ihre Kinder nicht zur Schule gehen können! Kann man es diesen Menschen verdenken, dass sie für wenige Emalangeni bereit waren, Buyisiwes schändliches Spiel mitzuspielen?«

»Und Vetter Sipho Joyful hat sein Spiel auch mitgespielt«, hat Mbuso gesagt. Er hat sich geräuspert. Bestimmt hatte er noch niemals vor so vielen fremden Menschen gesprochen.

Aber Lemonade hat ihn sofort unterbrochen. »Hat Sipho Joyful wenige Emalangeni für ein schändliches Spiel gekriegt?«, hat sie interessiert gefragt. Ich hatte ja schon einmal gesagt, man staunt, was diese Kinder alles mitbekommen. »Kann ich auch Emalangeni für ein schändliches Spiel kriegen? Ich kann viele Spiele!«

Sifiso hat sie böse angefunkelt, da war sie still. Mbuso hat weitergesprochen. »Dabei ging es Sipho Joyful ja gar nicht so schlecht, der hatte ja den Ranger-Job! Der hat das Geld nur für sein Bier gebraucht!«

»Und dir hat er dann den Tipp gegeben, dass PC Sipho Rinder für seine Lobola sucht«, habe ich gesagt. »Weil eure Hütte abgebrannt war und ihr Geld brauchtet, auch für deine Schwester. Und weil er dein Vetter ist, wollte er euch helfen.« Ich war froh, dass Sipho Joyful wenigstens ein Mal etwas Schlechtes aus einem guten Grund getan hatte. Dass eine schlechte Tat sozusagen gleichzeitig eine gute Tat war.

Mbuso hat den Kopf geschüttelt. »Ganz so war es nicht!«, hat er gesagt. »Joyful macht ja schon jahrelang bei Babe Dlaminis Rinderdiebstählen mit! Aber mit seinem betrunkenen Kopf hat er immer wieder Fehler gemacht, und einmal wäre das Ganze deshalb fast aufgeflogen!«

»Und woher weißt du das?«, hat Emma gefragt. »Das hat Sipho Joyful dir doch nie und nimmer selbst verraten!«

Aber Mbuso hat heftig genickt. »Doch, natürlich hat er das!«, hat er gesagt. »Als er betrunken war! Er war ja eigentlich immer betrunken. Und da hat er mir erzählt, dass Babe Dlamini ihn rausgeworfen hat und nicht mehr mit ihm arbeiten will, weil ihm das mit einem Säufer zu gefährlich geworden war. Darum hatte Joyful plötzlich nicht mehr genug Geld für sein Bier! Deshalb musste er sich etwas einfallen lassen.« Mbusos Stimme klang inzwischen ganz ruhig und sicher.

»Und was?«, hat Sifiso gefragt. »Was hat er sich einfallen lassen?« Obwohl das natürlich eigentlich schon klar war.

»Weil er wusste, wo Babe Dlaminis gestohlenes Vieh graste, bevor es nach Mosambik geschafft wurde …«

»Zum Beispiel am Gobolondo!«, habe ich gerufen.

»… hat er beschlossen, es einfach selbst zu verkaufen. Im Land natürlich, er hatte schließlich keine Trucks für den Transport. Und alleine konnte er es auch nicht machen, er ist als Ranger schließlich bekannt wie ein weißer Löwe! Darum hat er mir den Tipp mit PC Siphos Lobola gegeben …«

»Ich bring ihn um!«, hat PC Sipho Godbless gebrüllt.

»… und hinterher haben wir uns das Geld geteilt.«

»Mein Lobola-Geld!«, hat PC Sipho wieder gebrüllt.

»Beruhige dich, Mbusos Hälfte kriegst du ja wieder!«, hat Emma gerufen.

»Und dass du die andere Hälfte ganz sicher nicht wiederkriegst«, hat Inspector Gwebu streng gesagt, »weil der andere Sipho sich davon bestimmt längst Dosen über Dosen gekauft hat, ist die gerechte Strafe für deine Dummheit, PC Sipho! Vielleicht lernst du ja daraus endlich mal was!«

Das habe ich nicht geglaubt. Dafür kenne ich Sipho Godbless schon zu lange. Aber Sipho Joyfuls Dosen hatten wir im Hardware Store ja selbst gesehen.

Dann hat sich Inspector Gwebu an Mbuso gewandt. »Und du, mein lieber Mbuso«, hat er gesagt, »was machen wir mit dir? Ich werde dir sagen, was wir mit dir machen. Wir wollen sehen, ob du ohne Strafe davonkommen kannst. Die Besitzer der Rinder haben ihre Tiere ja inzwischen wieder zurück, und ich habe ihnen alle Zusammenhänge erklärt, auch von deiner Schwester und eurer abgebrannten Hütte. Sie wissen jetzt, dass Buyisiwe Dlamini der eigentliche Schurke ist – und Sipho Joyful! Es sieht so aus, als ob sie von einer Anzeige gegen dich absehen wollen. Schließlich hätten wir ohne dein beherztes Eingreifen gestern Abend den Kopf der Bande ja gar nicht schnappen können!«

»Ja, das wollte ich schon die ganze Zeit fragen!«, hat Emma gesagt. »Wieso ist Mbuso denn gestern Abend überhaupt mit Ihnen zur Grenze gekommen, Babe Inspector?«

Inzwischen war die Kinderschüssel Trifle einigermaßen leer gegessen. Dumisani kam mit einer frischen Kanne Tee aus dem Haus. Bestimmt hatte sie sich über den Pullover für ihr jüngstes Enkelkind gefreut. Bis auf Inspector Gwebu wollten wir alle gerne noch eine Tasse Tee.

48

»Danke, Dumisani!«, hat Miss Agatha gesagt. »Erzähl doch weiter, Mbuso! Wir wüssten natürlich alle gerne, wieso du so unerwartet zu unserer Rettung gekommen bist!«

Mbuso hat einen Schluck Tee genommen. Ich weiß nicht, ob er ihm geschmeckt hat. Bei Miss Agatha gibt es ja keinen Buschtee.

»Das waren die Geister der Ahnen!«, hat Mbuso gemurmelt. »Die haben das gewollt! Sie sind in jeder Nacht gekommen, um mir meine Schuld vorzuhalten, seit ich dem Constable die gestohlenen Rinder verkauft hatte, ich konnte überhaupt nicht mehr schlafen!«

»Dann hättest du ja ruhig schon früher zu Inspector Gwebu gehen und dich stellen können!«, hat Emma gesagt. »Dann wärst du die Geister los gewesen, und der arme Sipho Godbless wäre freigekommen, das haben wir dir schon mal gesagt! Hast du aber nicht getan.«

»Hab ich nicht getan«, hat Mbuso leise bestätigt. »Dafür hatte ich viel zu große Angst vor der Polizei! Noch größere Angst als vor den Ahnen.«

»Hm«, hat Inspector Gwebu gesagt.

»Aber als Joyful dann auch noch bei der Entführung mitgemacht hat …«

»Woher wusstest du das denn?«, hat Emma gefragt.

»Er war gerade bei uns und wollte mich überreden, noch ein paar Rinder für ihn zu verkaufen«, hat Mbuso gesagt. »Und ich hatte gerade gesagt, dass ich es nie, nie mehr wieder machen will, wegen der Ahnen. Da hat sein Telefon geklingelt. Es war Babe Dlamini.«

»Ich denke, der hatte Joyful rausgeschmissen?«, habe ich gefragt.

Mbuso hat wieder genickt. »Hatte er auch!«, hat er gesagt. »Aber jetzt hat er Sipho Joyful gesagt, er gibt ihm noch eine letzte Chance. Sipho kann für ihn im alten Hardware Store eine Person bewachen, die zu viel weiß. Solange Babe Dlamini noch nicht entschieden hat, was er endgültig mit ihr machen soll. Und weil Sipho Joyful ja Geld brauchte und weil ich ihm nicht helfen wollte mit dem Rinderverkauf, hat er gesagt, in Ordnung, er kommt sofort. Dann ist er losgefahren.«

»Und?«, hat Emma gesagt.

Aber ich wusste natürlich, wie es weitergegangen war. Jeder im Königreich hätte das gewusst, wir verstehen, wie die Geister der Ahnen sich verhalten. Nur Emma verstand das natürlich nicht. Man kann das Verhalten der Geister der Ahnen nicht verstehen, wenn man nicht an sie glaubt.

»Natürlich sind Mbuso die Geister der Ahnen danach erst recht erschienen!«, hat Sifiso da auch schon gerufen. »Weil er jetzt auch noch Mitwisser bei so einer schändlichen Entführung war! Also hatte Mbuso Angst vor ihrer Strafe in der Nacht!«

»Pffft, wirklich?«, hat Emma gefragt. »Ja, und dann?«

»Dann bin ich zum alten Hardware Store gelaufen«, hat Mbuso gesagt. »Leider erst nach ein paar Tagen, ich bitte um Verzeihung!« Er hat Miss Agatha entschuldigend angesehen. »Ich wollte Sipho Joyful überreden, Sie freizulassen. Sonst wäre ich wirklich zur Polizei gegangen.«

»Aber als du hingekommen bist ...«, hat Miss Agatha aufmunternd gesagt.

»Als ich hingekommen bin, waren gar nicht Sie eingesperrt, sondern Sipho!«, hat Mbuso gerufen. »Und er war vollkommen verzweifelt und wollte, dass ich ihn rauslasse oder ihm wenigstens sein Bier gebe, aber das konnte ich nicht, da war ja gar kein Schlüssel! Er hat gebrüllt, wenn Babe Dlamini ihn in die Finger kriegt, bringt der ihn um! Weil Sipho doch Miss Agatha hatte entkommen lassen! Und Miss Agatha wüsste zu viel, hatte Babe Dlamini ihm erklärt ...«

»Wie?«, haben Sifiso und ich gleichzeitig gerufen.

»... und Babe Dlamini wollte Miss Agatha deshalb vielleicht« – Mbuso hat Miss Agatha wieder entschuldigend angesehen – »für immer verschwinden lassen! Aber jetzt war sie schon von selbst verschwunden!« Mbuso hat tief Luft geholt. »Sipho ist schließlich mein Vetter! Da konnte ich doch nicht zulassen, dass Babe Dlamini ihn umbringt! Darum musste ich dann doch Inspector Gwebu anrufen, damit er Babe Dlamini zuvorkommen konnte!«

»Das war sehr tapfer von dir, Mbuso!«, hat Inspector Gwebu gesagt. »Schließlich war dir ja klar, dass so auch dein Verbrechen ans Licht kommen würde.«

»Ja, und dann sind wir eben zur Grenze gefahren, um Babe Dlamini auf frischer Tat zu ertappen«, hat Mbuso gesagt. Ich konnte sehen, wie sehr er sich über Inspector Gwebus Lob gefreut hat. »Inspector Gwebu und ich. Ich wusste ja von Sipho, auf welchem Weg sie die Rinder immer nach Mosambik geschafft haben. Inspector Gwebu hat mich beim Hardware Store abgeholt.«

»Und was für ein Glück, Mbuso!«, hat Miss Agatha gerufen. »Ohne dich wären wir alle Buyisiwe vermutlich nicht gewachsen gewesen.«

»Aber was ich immer noch nicht verstehe«, hat Reverend Hlophe jetzt eingeworfen, »das ist, warum Buyisiwe Dlamini Miss Agatha überhaupt entführt hat! Wieso wusste sie zu viel? Was haben Sie denn gewusst, Miss Agatha? Ich kann mir das alles nicht erklären!«

Ich konnte sehen, wie Miss Agatha sich darüber freute, dass jetzt endlich sie an der Reihe war mit dem Erklären. So geht es Miss Marple ja auch immer. Am Schluss hat sie das letzte Wort.

»Ja, das war eine verrückte Geschichte!«, hat sie gerufen. »Ihr erinnert euch an den Nachmittag, an dem Buyisiwe, Quinton und der Reverend zum Tee bei mir waren?« Alle haben genickt. (»Ich erinnere mich nicht«, hat Lemonade mit vollem Mund gesagt. Aber sie war ja auch gar nicht dabei gewesen.) »Buyisiwe hatte aus Versehen sein Handy bei mir vergessen. Ich dachte fälschlicherweise, dass es Thabo gehört. Und gerade als es geklingelt hat und ich rangegangen bin, ist Buyisiwe zurückgekommen, um es sich zu holen.«

»Aber warum hat er es dir nicht einfach abgenommen und ist wieder gefahren?«, hat Emma gefragt. »Warum hat er dich verschleppt, Auntie?«

Kennen Sie die Freude, wenn ein Mensch, der immer glaubt, so schlau zu sein, einmal etwas nicht versteht, meine Damen und Herren? Sie dagegen haben es verstanden? Emma glaubte ja immer, die Schlauste von allen zu sein. Aber jetzt konnte sie sehen, dass sie es nicht war.

»Das ist doch vollkommen logisch!«, habe ich gerufen. Bei Miss Agathas Worten war es mir wie Schuppen von den Augen gefallen. »Babe Dlamini konnte schließlich nicht wissen, was Miss Agatha da gerade in seinem Handy gehört hatte! Auch wenn sie in dem Augenblick gar nichts begriffen hatte!«

»›Heute Nacht musst du canceln!‹«, hat Miss Agatha vergnügt gesagt. »›Sie sind verschwunden!‹ Natürlich habe ich da zuerst an Vusi und die Nacht-Safari gedacht! Aber wenn Buyisiwe mich nicht entführt hätte, dann hätte ich mir vielleicht doch irgendwann einen Reim darauf gemacht, falls ich von der Sache mit dem Rinder-Diebstahl gehört hätte! So ein Risiko konnte der Schurke unmöglich eingehen!«

»Yebo!«, hat Inspector Gwebu gesagt und sich mit einem wohligen Seufzer gesättigt in seinem Stuhl zurückgelehnt. »So ist es gewesen. Er *musste* Miss Agatha ausschalten! Sie hätte seine ganzen Machenschaften auffliegen lassen können!«

»Es ging also doch um Vertuschung!«, habe ich zufrieden gesagt. So falsch waren meine Überlegungen gar nicht gewesen. Auch wenn ich die Falschen verdächtigt hatte.

»Aber warum denn dann die Lösegeldforderung?«, hat Reverend Hlophe gefragt und die Stirn gerunzelt. Ein Mann Gottes muss nicht verstehen, was ein privater Ermittler versteht, das ist ein Fakt. »Wenn er Sie nur verschwinden lassen wollte, weil er dachte, Sie wüssten zu viel, Miss Agatha?«

»Weil alle denken sollten, dass es eine ganz normale Entführung wegen Lösegeld ist!«, habe ich gerufen. »Darum hat Dlamini uns doch in diesem Verdacht auch so bestärkt! Und als wir ihn bei Miss Agatha im Garten gefragt haben …«

»… ob er es dann nicht merkwürdig findet, wenn keine Lösegeldforderung eingeht, hat er noch ganz schnell eine geschrieben!«, hat Emma gesagt. »Sogar handschriftlich, der Dummkopf!«

Inspector Gwebu hat sich mit dem Ärmel über den Mund gewischt. »Es ist tatsächlich seine Schrift!«, hat er gesagt. »Aber natürlich guckt sich das noch mal ein Schriftsachverständiger an. Und ein Notizbuch mit solchem Papier besitzt Dlamini auch.«

»Ach, Kinder, war das nicht wieder einmal eine wunderbare Zusammenarbeit zwischen Polizei und privaten Ermittlern?«, hat Miss Agatha gerufen.

»Ich finde, die Polizei hat eigentlich erst ganz zum Schluss eine Rolle gespielt«, hat Emma gemurmelt. »Wir hätten sie vorher schließlich auch schon gut gebrauchen können, aber da war sie ja wieder mal ständig auf Beerdigungen.«

Inspector Gwebu hat Emma ein bisschen heimtückisch angesehen. »Was war das denn übrigens mit den Filmleuten?«, hat er gefragt.

Darüber hätten wir natürlich lieber nicht gesprochen. Ein erfahrener Privatdetektiv spricht nicht so gerne über die Irrwege, die auch er manchmal geht.

»Ja, das war doch klar, dass wir die verdächtigen mussten!«, hat Emma gerufen. »So, wie ihr Laster aussah! Wer hat denn eine Matratze hinten in seinem Filmwagen und sonst nichts? Aber ich habe gehört, wie die Cinex-Leute heute Morgen bei der Abfahrt zu Thulile gesagt haben, von jetzt an schlafen sie wieder in ihrem Wagen. Die Tage in Lion Lodge haben sie sich nämlich nur gegönnt, weil es ihr erster Hochzeitstag war. Sonst schlafen sie immer im Laderaum. Darum war da auch diese Matratze! Die war überhaupt nicht dazu da, dass ein Entführungsopfer darauf schlafen konnte! Sie sind noch nicht wirklich eine richtige Filmfirma, bisher filmen sie nur mit einer kleinen Handkamera. Aber sie hoffen sehr, dass sie in den Tagen bei uns genügend spannendes Material zusammengekriegt haben, um daraus einen erfolgreichen Film schneiden zu können.«

»Angeber!«, habe ich gesagt. »Aber Cinex auf ihren Wagen schreiben!«

»Die Welt will betrogen werden«, hat Miss Agatha gesagt. »Ja, ihr Lieben, nun ist doch noch alles zu einem guten Ende gekommen. Ich glaube …«

Dann hat sie erschrocken zu Mbuso hingesehen. »Mbuso!«, hat sie gerufen. »Was tust du denn da?«

Aber ich habe es schon geahnt. Noch während Emma gesprochen hatte, war Mbuso aufgestanden und ein bisschen zögernd um den Tisch gegangen. Jetzt stand er neben PC Siphos Stuhl.

»Ich wollte«, hat er gemurmelt; jeder konnte sehen, dass das, was er jetzt tun wollte, ihm schwerfiel, »ich wollte dich um Verzeihung bitten, Sipho Godbless! Wenn du mir nicht verzeihst, werden die Geister der Ahnen mich nachts nie mehr in Ruhe lassen! Ich weiß, es war nicht richtig von mir, dir die Rinder zu verkaufen. Und es tut mir leid, dass du deswegen jetzt nicht mehr genug Geld für deine Lobola hast! Darum wollte ich …«, und mit einem Ruck hat sich Mbuso sein Trikot über den Kopf gezogen. Dann hat er es Sipho hingehalten. »Weil ich doch weiß, dass du auch ein Fan vom FC Barcelona bist …«

»Schenken?«, hat PC Sipho gerufen. »Du schenkst mir dein Barca-Trikot?« Dann hat er Mbuso das Hemd aus den Händen gerissen. »Ich glaube, jetzt lassen sie dich in Ruhe!«, hat er gesagt. »Die Geister der Ahnen. Das Trikot wollte ich schon immer haben!«

Da war Sipho Silima natürlich nicht der Einzige.

Und ich habe mich gefragt, ob es sich wohl gehörte, an so einer vornehmen Tafel wie der von Miss Agatha mit nacktem Oberkörper zu sitzen, wie Mbuso es jetzt tat. Aber Mbuso wollte ja bestimmt kein Gentleman werden.

Miss Agatha hat es ganz offensichtlich nicht gestört. »Ach, Kinder, wie schön!«, hat sie gerufen. »Was für ein gutes Ende zu einem aufregenden Fall!«

Ich habe gedacht, dass das Ende noch um einiges besser hätte sein können, wenn Mbuso *mir* sein Trikot geschenkt hätte und nicht Sipho Godbless. Aber der Mensch soll nicht immer unzufrieden sein. Wir waren noch am Leben, und es gab Trifle, und niemand musste mehr Angst vor den Rinderdieben haben. Es war wirklich ein gutes Ende zu einem aufregenden Fall.

In diesem Augenblick hat ein Donner die Erde zum Beben gebracht, und aus schwarzen Wolken, die sich uns so schnell genähert hatten, dass wir sie kaum wahrgenommen haben, fiel plötzlich der Regen wie ein Sturzbach mit Tropfen groß wie die Eier des Nashornvogels.

»Ins Haus!«, hat Miss Agatha gerufen. »Es regnet, meine Freunde, es regnet! Die Zeit der Dürre ist vorbei!«

Wir waren alle längst aufgesprungen, mit unseren Tellern in der Hand. Schon bevor wir das Cottage erreicht hatten, waren wir tropfnass. Es war ein wunderbares Gefühl.

»Es wird Frühling!«, hat Sifiso geflüstert.

Eingehüllt in das gleichmäßige Prasseln des Regens, habe

ich von Miss Agathas Terrassentür aus nach draußen gesehen. Es wurde Frühling, und die Nächte würden wärmer werden.

Miss Agatha hat glücklich in die Hände geklatscht. »Nun setzt euch doch, setzt euch doch!«, hat sie gerufen. Sie hat auf ihren Esstisch gezeigt. »Ich glaube, Dumisani muss uns aus der Küche noch eine Schüssel mit Trifle bringen, was meint ihr?«

Ich habe ihr recht gegeben. Hatten wir nicht etwas zu feiern? Die Zeit der Dürre war vorbei, und wir hatten unseren dritten Kriminalfall aufgeklärt. Mit Fug und Recht kann ich darum sagen: Ein Privatdetektiv bin ich längst. Nun muss ich nur noch ein Gentleman werden.

Leseprobe aus:
Thabo – Detektiv & Gentleman –
Der Nashorn-Fall

Vielleicht möchten Sie auch noch etwas über meine anderen Fälle erfahren, meine Damen und Herren? Zum Beispiel, wie es war, als Emma, Sifiso und ich den Nashorn-Mörder überführt haben?

Die ersten zwei Stunden werde ich hier überspringen, sie waren sozusagen durchschnittlich: nicht so viele Tiere wie bei den Touren in der Dämmerung natürlich, aber genug, um die Touristen oben auf den Bänken glücklich zu machen. Ein Zebra gleich zwei Minuten hinter dem Tor unter einer Schirmakazie, fünf Giraffen im hohen Elefantengras, massenhaft Antilopen zwischen den Dornbüschen der Steppe, eine kleinere Elefantenherde am Wasserloch und natürlich eine Löwenfamilie. Nach der Löwenfamilie war die Stimmung blendend. Selbst wenn in der letzten Stunde nicht mehr viel passierte, würden die Gäste trotzdem reichlich Trinkgeld geben. (Nicht der Chinese, das war klar.)

Der Chinese setzte während der ganzen Fahrt seine digitale Spiegelreflex nicht ab; der alte Mann zückte alle paar

Minuten eine kleine Automatikkamera (immer, wenn seine blonde Frau rief: »Da, Alfred, da!«); und der Verliebte und der freundliche Mr Winterbottom haben pausenlos mit dem Handy fotografiert und gefilmt. Wenn ich für jedes Touristenfoto auf unseren Touren einen Cent bekäme, wäre ich reich.

Es hatte lange nicht geregnet, und der Jeep hat den roten Staub der Straße aufgewirbelt, aber davon bekamen nur Onkel Vusi und ich unten etwas ab; bis zu den Gästen auf der Plattform wehte er nicht. Wir fuhren schon länger durch Dornbuschsteppe, aber bis auf vereinzelte Antilopen waren keine Tiere mehr zu sehen. Hinter dem großen einsamen Baobab würden wir in das Akazienwäldchen abbiegen, und von da war es dann nicht mehr weit bis zum Parkplatz.

»Verdammt!«, hat Mr Winterbottom plötzlich gemurmelt. Er ist halb aufgestanden, damit er in sämtlichen Hosentaschen kramen konnte. »Wo ist mein Kopfhörer?«

Der Verliebte hat mit seiner Braut nämlich gerade das Video angeguckt, das er zehn Minuten vorher von den Löwen gemacht hatte, jeder von den beiden hatte dabei einen Ohrstöpsel vom Kopfhörer im Ohr. Die Touristen halten es nie aus zu warten, meine Damen und Herren, sie gucken ihre Videos schon auf der Safari an. Zum Glück hatte der männliche Löwe seine Mähne geschüttelt und gegähnt, als wir im Schritttempo an ihm vorbeigefahren sind, da waren die Gäste bestimmt alle mit ihren Bildern zufrieden.

Und jetzt wollte Mr Winterbottom sein Video natürlich

auch angucken, und das Löwenbrüllen gehörte dazu. Aber wenn er seinen Kopfhörer bisher in einer der Hosentaschen gehabt hatte, dann war er jetzt jedenfalls nicht mehr da. Vielleicht war er ihm irgendwann herausgefallen, als er nach einem Taschentuch oder dem Schlüsselbund gesucht hatte. So was passiert einem ja leicht, und es war doch ein Glück, dass er nur den Kopfhörer verloren hatte und nicht seine Schlüssel. Mir ist dabei sofort wieder Miss Agathas verschwundenes Laptop-Kabel eingefallen. Ich war gespannt, ob sie es inzwischen gefunden hatte und ob sie Emma dann jetzt doch noch zeigen musste, wie sie ins Internet kam.

»Na, ohne Ton geht ja auch!«, hat Mr Winterbottom gemurmelt. »Verdammt gute Bilder, verdammt nah dran! Da werden sie zu Hause staunen! Willst du auch mal gucken?« Und er wollte mir das Handy über die Schulter nach vorne reichen.

(Übrigens haben Sie sich vielleicht auch schon gefragt, meine Damen und Herren, ob Mr Winterbottom wirklich ein Gentleman ist, so häufig, wie er »verdammt« sagt. Die Antwort ist: Ich weiß es nicht. In Miss Agathas Filmen wäre er keiner.)

Aber jetzt hat Onkel Vusi plötzlich »Pssst!« gezischt. »Sie haben Glück!«, hat er geflüstert. »Zum Abschluss kann ich Ihnen wahrscheinlich im Akazienwäldchen noch eine Gruppe Breitmaulnashörner zeigen. Darum seien Sie jetzt bitte besonders leise; Nashörner sind fast blind, aber dafür hören sie ausgezeichnet. Und wenn etwas sie beunruhigt, können sie äußerst unfreundlich werden.«

»Greifen sie an?«, hat die junge Verliebte erschrocken gefragt und sich ihre Hälfte des Kopfhörers aus dem rechten Ohr gezogen. »Auch Autos? Würden die unser Auto angreifen?«

Ihr Bräutigam hat sie noch fester in den Arm genommen. »Keine Angst, Schatz, die sind viel zu langsam!«, hat er gesagt. »Da sind wir längst über alle Berge, bevor die uns auf die Hörner nehmen können.«

Oh, sie sind so klug, die Touristen! Sie wissen alles, sie kennen sich aus!

»Fünfzig Stundenkilometer, leicht«, hat Onkel Vusi gesagt, ohne sich zur Plattform umzudrehen. »Und was glauben Sie, woher all die Beulen in unserer Motorhaube stammen?«

»Die hat ein Nashorn ...?«, hat die Verliebte gefragt.

Die alte Frau hat leise aufgestöhnt. »Vielleicht sollten wir dann lieber nicht ...?«, hat sie gesagt.

Aber da hat Onkel Vusi schon nach vorne gezeigt. »Psssst!«, hat er wieder geflüstert. »Rechts am Wegrand, unter der großen Schirmakazie! Ein Nashornbaby!«

Sie können es mir glauben, meine Damen und Herren, oder es meinetwegen auch für Angabe halten: Schon in diesem Augenblick hatte ich ein schlechtes Gefühl. Das war einfach etwas, was es nicht geben sollte und was es normalerweise auch nicht gab: ein Nashornkalb ganz allein auf der Straße. Ein Nashornkalb, das sich nicht regte und rührte. (Nur sein Schwanz hat ein bisschen hin und her gependelt.)

Ich habe blitzschnell zum Wegrand gegenüber geguckt. Wenn seine Mutter auf der anderen Seite graste und wir gleich zwischen den beiden durchfuhren, würde das der Nashornkuh nicht gefallen. Unser Wagen hatte nicht nur Beulen in der Motorhaube, sondern auch in den Seitenblechen.

Aber ich hätte mir keine Sorgen machen müssen.

»Oh mein Gott!«, hat der alte Mann geflüstert. Die alte Frau hat jetzt so laut gestöhnt, als wollte sie ohnmächtig werden.

Ich hatte auf die falsche Seite geguckt, darum habe ich es erst nach ihnen entdeckt. Wir mussten keine Angst vor der Nashornmutter haben. Direkt vor ihrem Kind lag sie reglos im Elefantengras, ein riesiger grauer Berg mit einer Blutlache um ihren Kopf. Wo die beiden Hörner hätten sitzen sollen, waren nur noch zwei unvorstellbar große Wunden, von denen die Fliegen aufstoben.

Da musste man gar nicht genauer hinsehen. Irgendwer hatte ihr die Hörner abgesägt. Sie war verblutet.

Leseprobe aus:
Thabo – Detektiv & Gentleman –
Die Krokodil-Spur

Und möchten Sie auch noch wissen, wie es war, als wir den Fall mit den verschwundenen Kindern aufgeklärt haben?

Die Sonne stand jetzt schon so tief, dass der Himmel allmählich seine blaue Farbe zurückgewann.

Natürlich war die Idee verrückt, meine Damen und Herren. Was für eine Spur sollte das denn wohl sein? Ein bloßer Fußabdruck auf der trockenen roten Erde? Eish! Davon gab es Millionen. Und Reifenspuren? Welche?

Aber die beiden Kleinen sind losgerannt, die Augen fest auf den Boden gerichtet. Ich habe es ja schon gesagt: Am schlechtesten fühlt man sich immer, wenn man gar nichts tun und nur abwarten kann. Sogar Emma ist mit einem mauligen Gesicht hinter mir hergelaufen. »Was glaubst du denn wohl, was du hier findest?«, hat sie gerufen.

»Keine Ahnung!«, habe ich gerufen. »Misttag!«

Nach nicht einmal einer halben Meile führte rechts ein schmaler Weg von der roten Sandpiste ab und in die Hügel;

ein Weg, auf den sich die Touristen niemals getraut hätten. Und das war auch gut so. Sie wären nicht weit gekommen, es sei denn, sie hatten einen sehr guten Geländewagen.

Ich kannte den Weg. Er führte vorbei an den in die Hügel getupften Hütten von Manyandeni und nach ungefähr einer weiteren Meile an einem verlassenen General Dealer. Danach kam für einige Meilen gar nichts mehr. Und dann kam die Grenze.

»Und jetzt?«, hat Emma gefragt. »Geradeaus? Oder rechts?«

Ich habe die Achseln gezuckt. »Wir könnten uns aufteilen!«, habe ich gesagt.

Aber Pilot hat auf einmal so ganz komisch rumgehampelt. »Ich muss mal!«, hat er geflüstert. »Ich muss jetzt gleich ...« Dann ist er mit einem Satz hinter den Baum-Aloen verschwunden, die nur wenige Meter neben dem Weg im Grasland wuchsen.

»Pass auf Schlangen auf!«, habe ich gerufen. »Hörst du, Pilot!«

Emma hat geseufzt. »Wieso müssen wir immer diese Babys dabeihaben?«, hat sie gefragt. »Was ist denn das für eine Ermittlungsarbeit, wenn man dauernd ...«

»Ich auch!«, hat Lemonade gebrüllt und ist hinter Pilot hergerannt. »Warte, Pilot! Ich will auch müssen!«

Und genau in diesem Moment ist Pilots Kopf schon wieder aufgeregt zwischen den Aloen aufgetaucht. »Er hat sich hier versteckt!«, hat er geschrien und wild irgendetwas in der Hand geschwenkt. »Sifiso hat sich hier versteckt!«

Dann ist er angerannt gekommen, den rechten Arm triumphierend vor sich ausgestreckt. In der Hand hielt er ein kleines Stück dünne Pappe, und als er näher kam, konnten Emma und ich auch sehen, was es war.

»Nein!«, hat Emma geflüstert.

Pilot hatte eine Spielkarte gefunden. Sie gehörte zu einem Autoquartett.

»Wahnsinn!«, hat Emma gerufen, nachdem sie Pilot die Karte aus der Hand gerissen hatte. Sie hat sie zwischen den Fingern gedreht. »Logisch gehört die Sifiso!«

Ich habe Ihnen erzählt, meine Damen und Herren, dass Sifiso sich sehr für Autos interessiert. Niemand kennt die Automarken so gut wie Sifiso, und er sieht sich immer alle Wagen auf dem Parkplatz von Lion Lodge und auf dem Parkplatz von Lion Park ganz genau an. Von manchen kennt er sogar Hubraum und PS. Sifisos großer Traum ist es, einmal Automechaniker zu werden. (Natürlich nur, wenn es mit dem Privatdetektiv-Beruf nichts wird.)

Darum hatte Emma ihm irgendwann vor vielen Jahren das Autoquartett geschenkt. Eine Familie mit Kindern hatte es bei der Abreise von Lion Lodge neben dem Pool vergessen. Seitdem trug Sifiso es immer bei sich, vor allem, wenn er in die Schule ging. Und niemand konnte Sifiso beim Autoquartett schlagen.

»Wie ist die da hingekommen?«, habe ich gefragt und die

Karte angestarrt. Dann bin ich blitzschnell zu den Aloen gerannt, hinter denen Lemonade gerade ihren Rock hochzog.

»Das macht man nicht, Dummi!«, hat Lemonade gesagt. »Gucken!«

Aber ich habe ihr nicht mal einen Vogel gezeigt. Ich habe das Gras auseinandergebogen und den Boden abgesucht. Hinter einem Stein lag eine zweite Karte.

»Und was bedeutet das jetzt?«, habe ich verwirrt gefragt. Inzwischen hat Emma sich über meine Schulter gebeugt. Ich konnte mir nicht vorstellen, dass Sifiso freiwillig seine wertvollen Quartett-Karten weggeworfen hatte. Niemals. »Hat ihn hier vielleicht irgendwer angegriffen, und ihm sind die Karten aus der Hosentasche gefallen? Als sie gekämpft haben?«

Emma hat ihre Stirn in Falten gelegt. »Könnte sein!«, hat sie gemurmelt.

»Noch eine!«, hat Pilot gebrüllt. Er war ein Stück weiter den Weg entlanggelaufen, und jetzt schwenkte er wieder triumphierend seinen Arm. »Ich hab noch eine gefunden!«

»Dann haben sie aber an zwei Stellen gekämpft«, habe ich gesagt. »Hier und dahinten. Oder, Emma? Komisch.«

Aber Emma hat nicht geantwortet. Sie hatte diesen Blick, den ich sonst nur von Miss Agatha kenne. Und natürlich von Miss Marple.

»Hänsel und Gretel!«, hat sie dann auf einmal gerufen und mich in die Seite geboxt. »Mann, Thabo! Das ist doch logisch!«

»Was ist ›Hänsel und Gretel‹?«, hat Lemonade interessiert gefragt. Jetzt, wo wir Sifisos Karten entdeckt hatten, war sie auf einmal wieder ganz beruhigt. Wo Sifisos Karten waren, musste schließlich auch Sifiso irgendwo sein.

»Das waren zwei Kinder!«, hat Emma gesagt und dabei weiter den Boden abgesucht. »Arme, arme Kinder! Und als sie mal in den Wald gegangen sind, haben sie Brotkrumen ausgestreut, damit sie den Weg zurück nach Hause finden, und dann …«

»Die haben Brot weggeschmissen?«, hat Pilot fassungslos gefragt. »Das ist aber ausgedacht, Emma! Das ist nicht echt!«

»Ich mach das nicht!«, hat Lemonade empört gesagt. »Brot wegschmeißen! Das futtert dann ein Mungo!«

»Genau!«, hat Emma gesagt. »Quasi. Vögel haben die Brotkrumen aufgepickt, und darum konnten Hänsel und Gretel den Weg nach Hause nicht mehr finden.«

»Dummis!«, hat Lemonade energisch gesagt und den Kopf geschüttelt. »Und das schöne Brot war auch weg.«

Aber ich hatte endlich begriffen, was Sifisos Spielkarten mit Hänsel und Gretel zu tun hatten.

»Mann, Emma!«, habe ich geflüstert. »Du meinst, er hat sie mit Absicht …«

»Damit wir ihn finden, ja!«, hat Emma aufgeregt gesagt. »Irgendwer hat Sifiso entführt, und er hat uns Hinweise hinterlassen, denen wir folgen sollen!«

»Genial«, habe ich gemurmelt.

Nachbemerkung

Ein Land wie das Königreich in diesem Buch gibt es wirklich, und ich habe es beim Schreiben die ganze Zeit in meinem Kopf gesehen: Es liegt ganz im Süden Afrikas. Es gibt diese Sprache, diese Namen, und auch die Orte findet man auf einer guten Straßenkarte. (Nur nicht Lion Park, der heißt in Wirklichkeit anders.) Aber mit den Orten wie mit allen Personen in der Geschichte habe ich getan, was Autoren zum Glück erlaubt ist: Ich habe sie durcheinandergewürfelt, wie ich sie gerade für meine Geschichte gebraucht habe. So ist ein neues, eigenes Königreich nur für dieses Buch entstanden, dessen Polizisten ganz sicher dümmer sind als in der Wirklichkeit und dessen Kinder vielleicht schlauer. (Aber wirklich nur vielleicht.)

Und dass Thabo und Sifiso keine Eltern mehr haben, ist auch genau wie in der Wirklichkeit: Im Süden Afrikas haben durch Aids unglaublich viele Kinder ihre Eltern verloren. Und wie Thabo und Sifiso schaffen sie es trotzdem, ihr Leben zu leben. Dafür kann man sie eigentlich noch viel mehr bewundern, als wenn sie immerzu Kriminalfälle aufklären würden, oder?

Danksagung

Dieses Buch hätte ohne eine Reihe von Menschen im Süden Afrikas nicht geschrieben werden können.

Ich danke den Mitarbeitern des Aids-Waisenprojekts MobiDiK in Swasiland: Tihlobetakhe Zulu, Agnes Dlamini, Welile Simelane und Mbuso »Mr Chicken« Dlamini, mit denen ich über viele Jahre im abgelegenen Bergland unterwegs sein konnte und die mir dabei immer wieder geduldig erklärt haben, was ich nicht verstand – von Hochzeitsbräuchen über die Geister der Ahnen bis hin zum Busverkehr.

Ich danke Ton und Gill Vriend für ihre Großzügigkeit, Gastfreundschaft und stete Bereitschaft, Fragen zu beantworten. Ihr Zuhause eMoyeni (»Platz der Winde«) direkt unterhalb von Sibebe Rock, dem größten Monolithen der Erde, hat mir ein wenig als Vorbild für Miss Agathas Cottage gedient.

Ich danke der tapferen Mary Zikalala, die mit 69 Jahren allein ihre vier verwaisten Enkelkinder großzieht. Sie hat sämtliche siSwati-Passagen in diesem Buch für mich überprüft und beharrlich versucht, mir Wörter wie »Silima!« (Blödmann!) auszureden, weil sie nicht schön sind. Dafür hat sie mir jeden Morgen einen kleinen Zettel mit freundlichen Wörtern zugesteckt, wie sie in keinem Buch fehlen sollten. (Ein paar habe ich verwendet.)

Ich danke den unzähligen Frauen, mit denen ich in den vergangenen Jahren im Bergland von Shiselweni bei ihrer ehrenamtlichen Betreuung von Aids-Waisen gesprochen habe. Die Begegnung mit ihnen und viele ihrer Bemerkungen, Fragen und Bitten haben mir geholfen, das Leben dort besser zu verstehen.

Und ich danke den Hunderten von Kindern, zumeist Waisen, die bei meinem gefährlich hellhäutigen Anblick manchmal zuerst geweint und sich dann doch auf meine Kommunikationsversuche eingelassen haben. Ich bewundere ihre Tapferkeit und ihre Fröhlichkeit. Unter ihnen finden sich die Vorbilder für Thabo und die anderen.

Ohne sie alle hätte dieses Buch nicht geschrieben werden können. Trotzdem werden sich darin Fehler und Irrtümer finden: Natürlich habe ich sie ganz allein zu verantworten.

www.moevenweg-stiftung.de

Alphabetische Liste aller schwierigen Wörter

Babe – Vater, auch respektvolle Anrede für ältere Männer
Bakkie – Lieferwagen
Bantfwana – Kinder
Buganu – alkoholisches Getränk aus den Früchten des Marula-Baums
Cha! – Nein!
Dagga – Drogen, speziell Marihuana
Eish! – Wow! Meine Güte!
Emadloti – Geister der Ahnen
Emalangeni – Landeswährung (Singular: Lilangeni)
Gogo – Großmutter, auch allgemein: alte Frau
Hamba kahle! – Auf Wiedersehen! (an den, der geht) (Plural: Hambani kahle!)
Homestead – Geschäft. Mehrere kleine Hütten, in denen die verschiedenen Mitglieder einer Familie leben
Ingci – Monat der Antilope (August)
iNkundla – Etwas Ähnliches wie ein Landkreis – fasst mehrere Dörfer zujammen.
iNtfwasa – Ausbildung zum Sangoma

Inyoni – Monat der Wanderung (September)
Kholwane – Monat des Spatzen (Juli)
Knobkerrie – Knüppel mit Knauf, traditionelle Waffe
Kraal – Viehgehege; aber auch: Hof, Siedlung
Kuphotfulwa – Abschlusszeremonie der Sangoma-Ausbildung
Kusile! – Guten Morgen!
Lala kahle! – Gute Nacht! (wörtlich: Schlaf gut!) (Plural: Lalani kahle!)
Lobola – Brautpreis, den der Bräutigam der Familie der Braut zahlen muss
Make – Mutter, auch respektvolle Anrede für ältere Frauen
Muti – traditionelle Medizin aus Pflanzen, Tieren und Mineralien
Muti Men – Männer (meist Tangoma), die mit ihren magischen Kräften dafür sorgen sollen, dass eine Fußballmannschaft siegt.
Ngeke – Niemals!
Ngihambe emalibeni ebatsakatsi! – Ich hatte einen schlechten Tag! (wörtlich: Ich bin von bösen Zauberern verzaubert worden!)
Ngiyabonga. – Vielen Dank.
Ngiyabonga kakhulu – Ganz herzlichen Dank!
Ngiyacolisa. – Entschuldigung. (Ich entschuldige mich.)
Ngiyaphila. – Mir geht es gut.
Ngiyaphila nami. – Mir geht es auch gut.
Nkhosi – etwa: Sir (sehr respektvolle Anrede)

Sala kahle! – Auf Wiedersehen! (an den, der bleibt) (Plural: Salani kahle!)
Sangoma – traditioneller Heiler, der vor allem die Geister beschwört (Plural: Tangoma)
Sanibonani! – Guten Tag! (wenn man mehrere Menschen begrüßt)
Sawubona! – Guten Tag!
Shebeen – illegaler Pub
Silima! – Blödmann! (Plural: Tilima!)
Sisi – Schwester
Siyabonga – Danke! (Wir bedanken uns.)
Tangoma – Plural von Sangoma (siehe dort)
Thula! – Halt die Fresse!
Tilima! – Blödmänner! (Singular: Silima!)
Tjwala – Bier, das aus Mais gebraut wird (Mealie-Bier)
Tsotsi – Gangster (Plural: Tsotsis)
Unjani? – Wie geht es dir?
Yebo – Ja

Namensliste der Personen

(In alphabetischer Reihenfolge, aber die wichtigsten schon gleich mal vorweg.)

(Vermutlich) wichtigste Personen:

Thabo Sonnyboy Shongwe: Will Gentleman und Privatdetektiv werden. Erzählt die Geschichte, ohne zu verraten, wie alt er ist.

Sifiso Lovejoy Madlopha: Thabos bester Freund. Will Detektiv oder Automechaniker werden, hat aber im Augenblick noch alle Hände voll mit seinen drei jüngeren Geschwistern zu tun.

Emma Chapman: Tochter von Ms Wendy Chapman, Miss Agathas Großnichte und Thabos älteste Freundin. Ist inzwischen leider die meiste Zeit des Jahres auf einem Internat in England.

Miss Agatha: Der älteste Mensch in Thabos Bekanntschaft, Großtante von Emma. Guckt mit Thabo Kriminalfilme auf DVD.

Alle anderen (natürlich auch wichtigen) Personen:

Bongani: Ranger in Lion Park

Buyisiwe Fairplay Dlamini: Guter alter Freund von Miss Agatha und erfolgreicher Geschäftsmann in der Logistikbranche

Duduzile Mbisi: Verlobte von PC Sipho Godbless, die viele Rinder wert ist

Dumisani: Das älteste Hausmädchen von Lion Lodge. Hilft gelegentlich auch bei Miss Agatha aus.

Film-Frau: Ist nicht sehr geduldig, wenn ihr Mann Jonathan mal in die Büsche muss

Hlahla Delighty Madlopha: Sifisos vernünftige Schwester, zuständig fürs Kochen

Inspector Quinton Gwebu: Polizeichef von Debedebe. Muss immerzu auf Beerdigungen.

Jabulile: Haushaltshilfe von Miss Agatha

Jonathan: Dokumentarfilmer und Mann der Film-Frau

Lungile Lemonade Madlopha: Sifisos kleine Schwester. Hat den Geist eines Schwarms wilder Bienen in sich und zum Glück viele Schutzengel.

Mary: Haushaltshilfe von Miss Agatha

Mbuso, der Barca-Junge: Trägt ein Trikot vom FC Barcelona

Ms Wendy Chapman: Emmas Mutter und Besitzerin von Lion Lodge

Nokwanda: Küchenmädchen in Lion Lodge

Onkel Vusi: Ranger in Lion Park und Thabos Onkel, bei dem Thabo lebt

Police Constable (PC) Sipho Godbless: Junger Polizist am Polizeiposten Debedebe. Gerät wegen der Lobola für seine Verlobte in große Schwierigkeiten und kennt sich mit Kriminalistik nicht besonders aus.

Reverend Hlophe: Pastor, der gern einen Kirchturm für seine Kirche hätte und seinen alten Morris Minor 1000, Baujahr 1967, über alles liebt

Sandile: Sangoma in Hlatikulu

Sibusiso Pilot Madlopha: Sifisos jüngerer Bruder

Sipho Happy: Ranger in Lion Park

Sipho Joyful: Ranger in Lion Park. Trinkt gerne Tjwala und Buganu.

Tante Bongwe aus Mantongomane: Tante von Sifiso, Delighty, Pilot und Lemonade

Thulile: Rezeptionistin in Lion Lodge. Hat das College für Tourismus und Fremdenverkehr besucht und daher ein Diplom mit roter und goldener Schrift, das in einem Rahmen an der Rezeption hängt.

Xolani: Ranger in Lion Park

Kirsten Boie, 1950 in Hamburg geboren, war einige Jahre als Lehrerin tätig, bevor 1985 ihr erstes Kinderbuch »Paule ist ein Glücksgriff« erschien und sich als grandioses Debüt erwies. Heute ist sie eine der renommiertesten und vielseitigsten deutschen Kinder- und Jugendbuchautorinnen. Die promovierte Literaturwissenschaftlerin hat zahlreiche nationale und internationale Auszeichnungen erhalten und wurde mehrfach für den Hans-Christian-Andersen-Preis nominiert. 2007 wurde sie für ihr Gesamtwerk mit dem Sonderpreis des Deutschen Jugendliteraturpreises geehrt.

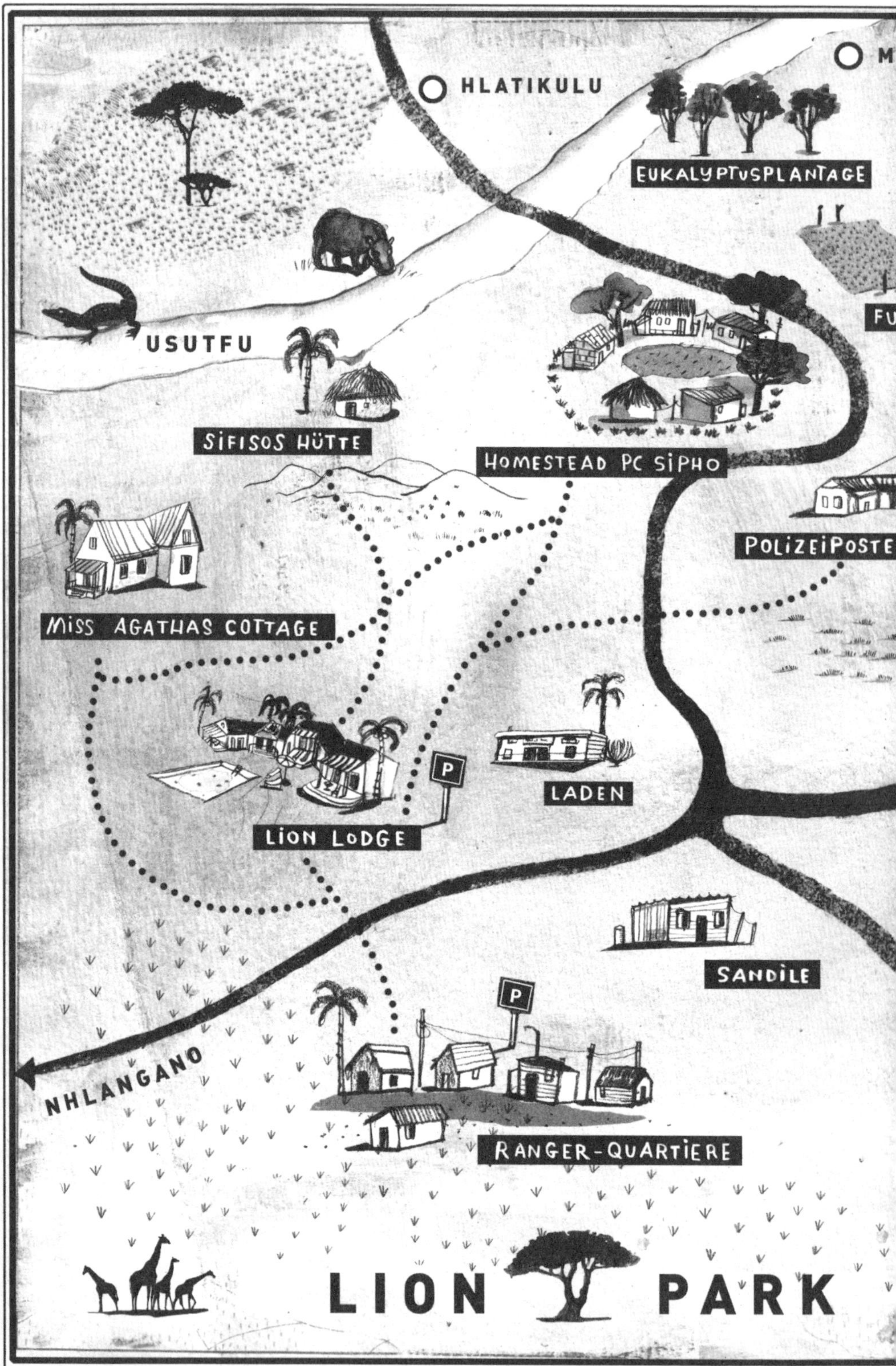
HLATIKULU
M
EUKALYPTUSPLANTAGE
FU
USUTFU
SIFISOS HÜTTE
HOMESTEAD PC SIPHO
POLIZEIPOSTE
MISS AGATHAS COTTAGE
LADEN
P
LION LODGE
SANDILE
P
NHLANGANO
RANGER-QUARTIERE
LION PARK